Wojna Balonowa

fabryka słów
www.fabryka.pl

Romuald Pawlak

Wojna Balonowa

Pogodnik trzeciej kategorii
Tom II

Ilustracje
Andrzej Łaski

fabryka słów

Lublin 2006

Wydanie I

ISBN-10: 83-89011-87-5
ISBN-13: 978-83-89011-87-9

Prace nad tą książką swoimi śpiewami wspierały humbaki (Megaptera novaeangliae). Obyście trwały jak najdłużej, kochane humbolce! I precz z wielorybnikami!

Kogo my tu mamy?

Rosselin

Najgorszy mag pogodowy spośród wszystkich odnotowanych w annałach Akademii Magicznej miasta Fert. Babiarz, łasuch, pijak i kryminalista. Dziecięciem będąc, spalił świątynię Draceny w rodzinnej wiosce. I chociaż uniknął kary, odtąd śmiało kroczył przestępczą ścieżką, już to kradnąc (najczęściej wino), już to mordując (ze szczególnym upodobaniem muchy, komary oraz mole, nad którymi znęcał się, wycinając w ich skrzydełkach runy zaklęć pogodowych).

Jako uczeń Akademii wsławił się przypadkową – jak twierdził – próbą uduszenia kolegi Firencjusza, na którym trenował zaklęcia pogodowe, a także doskonałym opanowaniem sztuki kradzieży win ze szkolnych piwnic i gry w oszukiwane rupikolo.

Dyplom magiczny zdobył dzięki oszustwu oraz całkowitemu zniechęceniu kadry wykładowczej Akademii. Mistrzowie mieli go już tak serdecznie dosyć, że woleli Rosselinowi dać papier i pozbyć się gada raz na zawsze, a najlepiej na jeszcze dłużej.

Pierwsza praca: u malarza Astrogoniusza. Zwolniony w trybie natychmiastowym za niekompetencję.

Druga praca: umowa na jeden rejs z szyprem Tortinatusem. Cudem, chwalić Dracenę, zakończona pomyślnie.

Trzecia praca: u Zejfy d'Argilach, damy na imperialnym dworze. Wywalony. Skazany na banicję.

W czasie bezrobocia prawie pożarty przez smoka, zniewolony przez pewną Eufemię, omal zabity na śmierć przez pewnego kulawego barona.

Czwarta praca: znów u Zejfy d'Argilach. Stan: nie uprzedzajmy wypadków...

Filippon

Smok. Łuski, ogon, skrzydła, te sprawy – i właśnie dlatego nader długo był brany przez ludzkość za bezrozumne zwierzę. Jednak całe lata nie dementował tej oczywistej nieprawdy, bo co, głupiemu źle na świecie?

Zmiennokształtny. Z tym że kształtny zawsze, a zmienny niechętnie i w zależności od potrzeb.

Przy tym choć skrzydlaty, to nielatający. Złośliwy, sarkastyczny, bydlak po prostu. A zarazem przyjaciel na śmierć i życie.

Postać pełna sprzeczności. Z równym zapałem pałaszuje dzieła pałacowych kuchmistrzów, jak i surowe produkty: robaki, szczury i inne stworzenia, wspomnianych kuchmistrzów nie wyłączając.

Annabell

Osobista narzeczona Rosselina. Jeżeli ktoś wam powie, że rudzi są fałszywi, nie wierzcie: ta miła osóbka zawsze mówi, co myśli. To dzięki niej nasz pogodnik, zamiast siedzieć w domu u boku ukochanej, już wkrótce polubi podróżowanie po bezkresach Imperium.

Wielka przyjaciółka zwierząt, z czego należy wyciągnąć wniosek, że kto jak kto, ale magowie na pewno zwierzętami nie są.

Zejfa d'Argilach

Czwarta dama ferteńskiego dworu. W intrygach i wybuchach złości zdolna dorównać jednak samej cesarzowej. Nie miałaby nic przeciwko zamążpójściu – niestety, bogowie Faraelu wciąż ją doświadczają, zsyłając kandydatów zbyt biednych lub zbyt mało urodziwych. I jak w takich warunkach pozostać wierną?

Znawczyni mody i kosmetyków. Zdecydowana pielęgnować cerę tak środkami konwencjonalnymi, jak i niekonwencjonalnymi – z tej prostej przyczyny znalazło się przy niej miejsce dla maga Rosselina. A że jej uroda wciąż pozostaje świeża niczym wiosenny poranek, nawet pechowy pogodnik nie zdołał jej zepsuć...

Lenka

Służąca Zejfy d'Argilach. Cicha i spokojna, póki wszyscy patrzą. Kiedy nikt nie patrzy, wychodzi z niej ktoś całkiem inny: potwór mieszkający w kształtnej piersi oraz oku szarozielonym.

Garzful

Karzeł. Cecha szczególna: zły błysk w oku.

Cecha jeszcze bardziej szczególna: wyjątkowe stężenie nienawiści na stopę sześcienną. Dworscy kronikarze z utęsknieniem czekają na jego śmierć, bowiem malowniczy opis jego podłych czynów zapewne stanie się dziełem najpopularniejszym w wydawniczej historii Imperium. Liczne zbrodnie uczynią Garzfula wreszcie sławnym. Prawdziwe Zło, które tak godnie reprezentuje, powinno mieć opiewające je arcydzieło.

Xan

Łaciata karlica, a mimo to jakże odmienna w charakterze od Garzfula. Zwykle łagodna, okrutna i złośliwa tylko wówczas, kiedy trzeba stępić pazury cesarskiemu knypkowi. Dziewczę nieodgadnione jak ocean jesienią – nigdy nie wiadomo, kiedy gwałtownie zaszumi, a kiedy ukołysze łagodnie w ramionach.

Joanna f'Imperte

Cesarzowa Imperium Faraelickiego. I to dopiero jest straszne! Bo czyż władczyni może być osobą normalną? No przecież nie może. Powinna być okrutna, nieczuła na ludzki los, powinna nienawidzić sztuki, uwielbiać za to krwawe rozrywki. Tymczasem tortury – poza wyjątkami – Joannę nudzą, za to sztuka bawi.

Czy cesarzowej wypada z siebie żartować? Oczywiście nie – powinna być nadęta jak indor. Wypada więc zrewidować dotychczasową definicję, bowiem śmiech z własnej osoby nie jest Joannie f'Imperte obcy. Może to indory są zatem nienormalne?

Jest to jednak kobieta z zasadami, o czym nie należy zapominać. I jak ktoś nie traktuje serio swoich obowiązków względem Imperium, cesarzowa chętnie się ponudzi, widząc jego jelita wleczone po ulicach Fertu.

Farfinkelszt

Aptekarz z Fertu. Można by go nazwać duchowym ojcem Rosselina, gdyby nie fakt, iż obaj takiego powinowactwa się wypierali. Pogodnik dlatego, bo nie chciał spędzić życia na mieszaniu maści, a Farfinkelszt, gdyż poczynania Rosselina groziły nie tylko ścięciem, ale także odebraniem koncesji na legalne pigularstwo. No a wtedy skończyłyby się także wszelkie lewe interesy, które przynosiły trzy razy więcej dochodu.

Sykander

Sekretarz Rady Magów. I jak każdy mag – nieprzewidywalny.

Najpierw wyrzucił Rosselina z uczelni, gdy tylko ten dostał dyplom, i tak zamknął pogodnikowi drogę do świetlanej kariery naukowej. Później, poznawszy się na swej pomyłce, postanowił Rosselina wspierać, co w przypadku maga oznacza: rzucać mu pod nogi kłody, ale takie, żeby pogodnik, wysoko podskakując, mógł jednak pokonać przeszkody.

Brunhild ver Didlog

Arystokrata, nieszczęsny narzeczony Zejfy d'Argilach, a także właściciel kilku posiadłości, które przyprawiają go o stres i nadkwasotę.

Poczciwiec, prawdziwy brat łata. I to wielka łata, bowiem Brunhild postury jest sporej, choć wzrostu nikczemnego.

I lata jak smok, choć tylko w dół, co zostało eksperymentalnie potwierdzone przy użyciu środka dopingującego w postaci ziela nikorośli.

Tinkus

Własność Zejfy d'Argilach. Pudel o panterzym charakterze. Ryczy groźnie, ale ludzi woli unikać. Jeżeli już decyduje się na starcie, to z nogawką, bo zwykł się kierować zasadą: *Wyżej kolana nie podskoczysz.*

Latarnia

Stwór będący właścicielem samego siebie, choć niektórzy uważają inaczej. Kotka czarna jak noc, przetykana drobnymi plamkami podobnymi do rzadko padającego śniegu. Oko jedno, rozumy dwa, bo trzeba odpowiadać za siebie i za smoka.

Przyjaciółka Filippona, wróg jego wrogów, postrach wszelkiej maści eksperymentatorów.

Wada: dużo sierści, którą hojnie obdziela wszystkie meble i kąty. Co sezon nosi nowe futerko, bo uwielbia podążać za modą.

Zaleta: pozbawiona nałogów. I tania w utrzymaniu, bo o strój potrafi zadbać we własnym zakresie.

Tortinatus

Szyper morski, którego jednak wyroki losu wciąż krzyżują na szlakach lądowych z magiem Rosselinem.

Przez swoje załogi zwany Czarnym Szyprem. Nie bez powodu, bo duszę ma mroczną i ukrywa w niej herezję krakerńską, czyli wiarę tyleż zakazaną, co na przestworach oceanu nagminną.

Popularyzator-pasjonat nikorośli. To on zaraził pogodnika tym straszliwym nałogiem.

Rozdział 1

Nigdy! – stanowczo zapowiedział Filippon. Gniewnie szurnął ogonem i prawie przy tym rozwalił drzwi izby pogodnika, w której toczyła się ta poranna pogawędka o smoczych obowiązkach.

Rosselin nerwowo drgnął, nadstawiając ucha. Dopiero po chwili odetchnął z ulgą. Na szczęście rumor wywołany przez tego przeklętego jaszczura nie ściągnął im na głowy żadnej awantury, w jakich lubowała się Zejfa d'Argilach. Pewnie wcale by jej nie uspokoiło, że przedmiotem burzliwej konwersacji, jaką toczyli dwaj przyjaciele, nie była akurat ich pracodawczyni, ale sama cesarzowa. Właśnie wczorajszego wieczoru przypomniała sobie, że przecież smok miał złożyć jej hołd. Spytała o to jednym niedbałym zdaniem na marginesie rozmowy ze swoimi damami dworu, ale czyż mały kamyk nie potrafi pociągnąć za sobą wielkiej lawiny?

Smok wściekłym spojrzeniem obrzucił maga i podsumował:

– Po moim trupie!

Pomysł, aby przysięgę wierności składał cesarzowej trup Filippona, choć trudny w wykonaniu, kusił pogodnika swoją oryginalnością. Joanna musiała widzieć niejedno, ale na pewno nie coś takiego. Zaliczenie za jednym zamachem zarówno wiernopoddańczego hołdu, jak i udziału w wybiciu smoczego gatunku nawet dla niej musiało być czymś nowym.

Rosselin zamyślonym spojrzeniem powiódł po zagraconej izbie, zerknął przelotnie na jaszczura. *Kronikarz mógłby to później nazwać hołdem ostatecznym* – pomyślał. Natychmiast jednak w duszy maga – i to wcale nie pod wpływem Filippona, który poruszył się niespokojnie, jakby czytał w jego myślach – zrodziły się wątpliwości. Bo kto niby miałby zabić potwora? On sam, skromny pogodnik wciąż tylko trzeciej kategorii? Czego by użył? Złośliwej mżawki, uporczywego gradobicia, czy raczej mgły duszącej niby zbyt ciasno zawiązany szal?

A może podjąłby się tego zadania artysta Astrogoniusz? Cóż, kiedy na razie, zamiast uwieczniać codzienne życie dworu, kurował się z galopującej depresji, w jaką wpędził go nie kto inny, jak właśnie Rosselin przy niewielkim współudziale smoka.

Malarz całkowicie wypadł z obiegu. Po prawie śmiertelnym utopieniu Astrogoniusz nabawił się bowiem wodowstrętu! Służbie z najwyższym trudem udawało się go porządnie domyć, zanim był zdolny przyjąć tych nielicznych gości, którzy chcieli go jeszcze odwiedzać. Mało kto bowiem miał ochotę tracić czas na popadającego w niełaskę dworskiego portrecistę.

Naturalnym kandydatem do próby zgładzenia jaszczura wydawał się być Garzful. Karzeł każdym swoim ruchem dowodził, że istnieje coś takiego jak wrodzona podłość ducha. Także i on nie mógł jednak w tej chwili przyjąć zlecenia. Po incydencie w czasie uroczystego balu wyprawionego przez cesarzową parę tygodni temu knypek odsiadywał karę w więziennej wieży. Rosselin wciąż miał w pamięci minę Joanny, kiedy na jej talerzu z sałatką owocową wylądowały dwa okrwawione palce Garzfula.

Nie, odpada – pomyślał mag, z trzaskiem wyłamując kostki palców, aż Latarnia uniosła łebek i spojrzała na pogodnika swoim jedynym okiem. Pewnie chciała mu powiedzieć, że kiedy porządny kot śpi, obowiązuje cisza nocna. I to bez względu na to, czy za oknem jest jasny dzień czy noc ponura. *Garzful może i jest odpowiednio szalony, ale kiedy temperament bierze górę nad rozumem, to się musi skończyć kazamatami.*

Mag zaznał już rozkoszy uwięzienia zarówno na statku szypra Tortinatusa, jak i później, w rezydencji kulawego barona Mingarda. Na to wcielenie miał już dosyć bycia więzionym, ściganym i prześladowanym.

Zresztą, patrząc na Filippona, który hałaśliwie podrapał się lewą przednią nogą w prawe ucho, po drodze wymiatając pazurami jakieś resztki spomiędzy kłów, Rosselin uznał, że dobry smok to żywy smok.

Ulubiony filozof pogodnika twierdził: *Z martwym bydlęciem to tylko same kłopoty. Padlina cuchnie i lęgną się w niej robaki. Żeby ścierwo zakopać, trzeba się wcześniej porządnie namachać łopatą. A duch zwierzęcia, zamiast powędrować do boskiej zagrody Aarafiela, i tak pewno zacznie człowieka straszyć.*

Co prawda owe gorzkie refleksje Sarturusa sprowokował jego osioł Burczyfał. Zwykły osioł, nie żaden tam smok. Jednak Rosselin, spoglądając teraz na Filippona, nie potrafił dostrzec istotnych różnic pomiędzy bydlęciem filozofa a swoim własnym, równie upartym czterołapem. No chyba tylko taką, że ten posiadał piątą kończynę: ogon chwytny jak u małpki lepperynki. Wreszcie zaprzestał porannej toalety, przysiadł na owym ogonie i wbił ponure spojrzenie w maga. No i nasz pogodnik, czy to przez tkliwość serca, czy z wyrachowania, znów doszedł do wniosku, że jednak woli mieć jaszczura całego i żywego, byle po swojej stronie.

Nagle Rosselin nerwowo drgnął, nadstawiając ucha, bo oto z przedpokoju łączącego izby apartamentu Zejfy dobiegł bolesny pisk służącej:

– Nie szpilką, pani! Proszę, nie! – Po czym do uszu maga i smoka dobiegł kolejny zduszony jęk.

Pogodnik i jego awanturniczy zwierzak spojrzeli po sobie. Do tej pory uwaga czwartej damy dworu skupiona była wyłącznie na przygotowaniach do randki z grubym i nieprzyjemnym w obejściu Brunhildem ver Didlogiem. Z pomocą Lenki Zejfa próbowała ułożyć włosy w jakąś fantazyjną fryzurę i choć od czasu do czasu zza drzwi dochodziły określenia tak dziwaczne, jak choćby: *Dawaj gorący wałek!*, to nic nie zapowiadało mąk okrutnych, bolesnych i bez wątpienia zakończonych czyimś zejściem śmiertelnym sześć stóp pod ziemię.

Rosselin w zamyśleniu drasnął paznokciem blat stolika, przy którym siedział, i pogłaskał ogrzewającą mu uda Latarnię. Nawet w jej jedynym oku zabłysło coś na kształt współczucia, mimo że zwykle z trudem znosiła pieszczoty Lenki, gięła kark, aby tylko uniknąć jej dłoni.

Wszyscy w tym pokoju wiedzieli, że Zejfa to okrutna pani, a z rana miewa humor podły i nieprzysiadalny.

Smok z szurgotem przesunął się od drzwi w stronę przeciwległej ściany, wypędzając stamtąd Tinkusa. Tkwiło tam jedyne okno izby, mały kwadrat wyglądający jak wizjer w drzwiach celi. Skojarzenie może nieco dziwaczne i traumatyczne, ale właśnie takie nasunęło się Rosselinowi podczas oglądania manewrów jaszczura, który próbował nie poprzestawiać mebli swoim długim ogonem. Mag westchnął. Cóż, jego izba była mieszkalna tylko w teorii. Wcześniej mieścił się tu schowek na nikomu niepotrzebne graty.

– Jeszcze jakby w małej sali, to może – niepewnie mruknął Filippon, wracając do zażartej kłótni sprzed chwili. Gdzieś się zapodział jego rezon. Skóra smoka straciła naturalny zielonobrązowy odcień, lekko poszarzała niczym ziemia po przejściu ognia przez wyschnięty busz.

– Ty nie udawaj kameleona – mruknął pogodnik.

– Nie udaję żadnego Leona – odciął się jaszczur. – Zresztą ty też zbladłeś.

Przerwał, przysłuchując się z niepokojem mamrotaniom Zejfy przeplatanym chlipnięciami służącej.

– No ale zlituj się – dodał szybko, aby sobie Rosselin nie pomyślał, że taki potężny smok jak on może czuć lęk przed byle damą dworu. – Płaszczyć się przed pałacową hałastrą? Przed tymi durniami?

Nim mag zdołał się zlitować albo zrobić cokolwiek innego, Lenka znów kwiknęła cienko, wchodząc w najwyższe słyszalne rejestry. Szyba za plecami smoka strzeliła, obrzucając go deszczem ostrych odłamków. Filippon otrząsnął się z niesmakiem, a kotka zeskoczyła z kolan maga i prychnęła ze złością.

Pogodnik nerwowo przygryzł wargę. Sytuacja zrobiła się bardzo nieprzyjemna. Mimo to postanowił kuć żelazo, póki... gorące? Nie, raczej póki miękkie.

– Bestio kochana – zaczął chytrze, słodko, z czułością zdolną powalić mastodontyla – czyli jednak zgadzasz się na złożenie hołdu cesarzowej?

Smok zrobił zaskoczoną minę, choć nie wiadomo, czy bardziej z powodu lukru płynącego z ust Rosselina, czy też przez wybuch okna za plecami. Rozłożył skrzydła i wytrząsnął z nich ostatnie okruchy szkła. Kotka i pudel zniknęli pod nimi jak niewinne kurczątka przytulane przez mamę. Ich zębiasta kwoka otrząsnęła się znowu, sypiąc zamiast pierzem ostrymi odłamkami.

Na widok stanowczej miny swego przyjaciela jaszczur wreszcie niechętnie przytaknął, choć bardziej przypominało to odgłos przelewania się wzburzonych kwasów żołądkowych.

– Cesarzowej tak – burknął. – Dworskim lizytyłkom nie.

Magowi nagle nawet powietrze zaczęło pachnieć inaczej. Tchnęło fiołkami oraz konwalią, zupełnie jakby wszystkie kwiaty na łąkach Imperium tylko czekały na koniec głupiego uporu Filippona, a teraz otworzyły swe pąki. Choć niewykluczone, że to tylko Lenka uciekająca przed karzącą ręką Zejfy zbiła parę flakonów z perfumami. Albo przez rozbite okno wdarł się nagły powiew wiatru znad Zatoki, sygnalizując przybycie kupców z Hieropontu, gdzie wyrabiano najlepsze pachnidła na świecie.

– No dobra, to ja jeszcze pokombinuję, jak nie urazić tej twojej smoczej godności – rzekł pojednawczo pogodnik, zastanawiając się, którą szatę najlepiej włożyć: coś konserwatywnego, czy raczej pozwolić sobie na szkarłatne ozdoby na ramionach, jakie ostatnio weszły w kanon pałacowej mody.

Jaszczur prychnął pogardliwie, wyrywając Rosselina z zamyślenia. Przez jego zielonkawobrązowy grzbiet przemknęło drżenie. Czyżby tłumił ironiczny śmiech?

– Pozwól, że wezmę sprawę we własne pazury – oznajmił z wyższością.

Wizja negocjacji prowadzonych przez smoka przy użyciu kłów, raptownych zmian postaci, wreszcie agresywnych zionięć ogniem trochę zdenerwowała pogodnika. Nagle dotarło do niego, że problem grubości tkaniny albo intensywności ozdób na szacie wcale nie jest najważniejszym, z jakim musi się tego poranka zmierzyć.

– Tu trzeba taktu... – zaczął, wstając z krzesła i robiąc nerwowy krok w stronę swojej osterwaldzkiej jaszczurki.

Filippon nie słuchał go wcale. Z całej jego postawy, mocno przechylonej w stronę drzwi (zwłaszcza obojgiem uszu, które właśnie wyciągnęły się niby u królika), biła obawa, czy szpilka w ręku Zejfy nadal zagraża jego łuskom, czy skierowała się w stronę kolejnej ofiary, niejakiego Brunhilda ver D.

Wreszcie smok odwrócił głowę w stronę maga.

– Nie znasz się – stwierdził krótko, po żołniersku. – Tu trzeba sposobu, nie taktu. Idę negocjować warunki swego upokorzenia, a ty lepiej wezwij szklarza. Inaczej w nocy tu uświerkniemy.

I nie czekając na odpowiedź, zniknął za drzwiami.

Sarturus powiadał: *Zabijcie moich przyjaciół, a z wrogami sam sobie poradzę. Albo zginę z honorem, nie od ciosu w plecy.*

Filozof wiedział, co mówi. Życie Rosselina zawisło teraz na jednym smoczym pazurze. To zaś nie bawiło go wcale. Nie po to uciekał z wygnania, nie po to wracał na dwór, odzyskiwał posadę u Zejfy i ryzykował śmierć albo zamianę w chmurę gradową z ręki kogoś z Rady Magów, żeby teraz wszystko stracić. I to za sprawą jakiejś cholernej jaszczurki! Na przenajświętszą Dracenę, przecież smoki mają się kojarzyć z mądrością i przebiegłością! Tymczasem Filippon przynosił wstyd swojemu gatunkowi. Był jego prawdziwą zakałą! Jednak roztrząsania wad i zalet smoczej rasy szybko ustąpiły w myślach pogodnika obawom o własny los. Czuł, że jeżeli nic nie zrobi, negocjacje jego poczwary zakończą się na drewnianym pniaku – zejściem śmiertelnym z ręki kata. Albo wleczeniem jelit po krętych uliczkach Fertu na oczach przekupek zachwalających słodkie bułki, umorusanych dzieciaków drących się wniebogłosy, a także matek przestrzegających je, że jak się nie poprawią, skończą tak samo jak resztki tego pana na powrozie.

– Psiakrew! – zaklął mag. – Zabić go to za mało!

Wypowiedziane z dużą dawką emocji przekleństwo przyciągnęło uwagę Lenki. Drzwi cicho skrzypnęły i do środka izby zajrzała opuchnięta od płaczu okrągła twarz służącej.

– Stało się coś złego, Rosselinie? – spytała. – Ty też masz kłopoty, biedaku?

Pogodnik nikomu nie zamierzał się zwierzać z trosk spowodowanych przez głupiego stwora. Zaniepokojenie dziewczyny było jednak bardzo miłe. *Nie jest taka jak smok* – westchnął gorzko w duchu. *Cóż za egoistyczny bydlak!*

– Nie, tak tylko filozofuję – odparł uspokajająco. – Książkę piszę.

Dziewczyna skinęła głową.

– Ach, magia... przydałoby się ją znać choć trochę... – Na jej okrągłą buzię wypłynął uśmiech rozmarzenia i subtelnego ciepła.

Poglądy Rosselina, ugruntowane wielowiekową tradycją Akademii, a podtrzymywane przez sędziwych wykładowców, dawały się streścić w powiedzeniu: *Chcesz zepsuć zupę, daj chłopu sól. Daj babie magię, a świat cały zepsuje.* Postanowił więc przenieść rozmowę na bezpieczniejszy teren, tym bardziej że palec Lenki, spuchnięty niczym dojrzały ogórek, świetnie się do tego celu nadawał.

– Ajajajajaj – zagadał z udawaną troską, ostentacyjnie przyglądając się przyszłemu polu zdarzeń.

Na te słowa Lenka szerzej otworzyła drzwi, po czym czarująco się rozpłakała. Choć jej ciało wciąż nie przekroczyło progu izby, dusza została już kupiona i zamieszkała w pokoju pogodnika.

– Tak strasznie boli... – chlipnęła służąca, podnosząc na Rosselina oczy pełne łez i boleści. Zapewne łatwiej było jej płakać, kiedy miała obok siebie współczujące serce. Żeby być bliżej tego bezcennego organu, zrobiła dwa kroki. I, wiedziona jakimś kobiecym instynktem, zamknęła za sobą drzwi.

Mag nie powinien okazywać żadnych ludzkich słabości. Lepiej, by był niczym skała: niewzruszony, chłodny i analityczny. Rosselin miał jednak wiele słabości, w tym najgorszą: nie znosił dziewczęcych łez. Widząc takie nieszczęście, natychmiast pragnął przytulić i utulić. Czasem nie kończyło się to równie niewinnie, jak się zaczynało – wystarczy wspomnieć Annabell, która niby kłębuszek rudego nieszczęścia wpadła na pogodnika podczas letniego obozu w Troj, a została... hm, czasem pogodnikowi przemykała przez głowę wątpliwość, czy to on mieszka z tym płomienistym demonem, czy raczej jest już tylko gościem we własnej izbie?

Musiał więc uważać, bo teraz jego dziewczyna mogła wpaść z niezapowiedzianą wizytą. I poćwiartować Rosselina drewnianą łyżką, a dopiero potem przypomnieć sobie, że miała przecież najpierw zadawać pytania.

Chociaż kiedy Lenka tak płakała, wyciągając bolący palec w stronę naszego bohatera i małymi krokami przysuwając się ku niemu, to w magu rosła chęć przytulenia nieszczęsnej, obawy zaś malały.

– Może zamrozimy opuszkę? – wyrzekł ostatkiem sił. Był to jeden z tych czarów, na których używanie uzyskał zgodę, bo nigdy nie wiadomo, czy jakiś wściekły dworzanin nie rzuci się ze szpadą albo widelcem na maga, pragnąc dowieść wyższości stali nad klątwą. – Mniej będzie boleć...

Był to błąd wynikający ze wspomnianej słabości oraz nagłego zaćmienia umysłu. Jakiś filozof mógłby napisać niezłą pracę na temat trucizny zawartej w dziewczęcych łzach. Rosselin nie przewidział, że Lenka rzuci mu się na szyję, szepcząc:

– Tak, tak, mroź mnie, kochany... mroź...

Może szpilka Zejfy była zatruta? Może dwórka szykowała się do napaści na kogoś i tylko w roztargnieniu zużyła część trucizny na swoją służącą? Tak czy owak, pogodnik został opleciony zgrabnymi rączkami Lenki, wtulony w jej kształtne ciało... i był już całkiem miękki, uległy...

...kiedy nagle drzwi zaskrzypiały złowrogo. A może to tylko Tinkus uznał, że należy wziąć udział w zabawie ludzi, bo stał teraz przy wejściu, a w jego czarnych oczach malowała się zazdrość...

Ale to i tak było nic w porównaniu z zazdrością Anabcll. To był krzaczek głogu przy sośnie alherydzkiej, prztyczek w nos przy wrażeniach dostępnych bywalcom portowych tawern, katar przy zarazie. A jednak Rosselin jako człowiek wykształcony rozumiał wymowę symbolu i w mig dośpiewał sobie do niego całą resztę. Gwałtownym ruchem wyrwał się ze słodkich okowów Lenki i odskoczył pod okno. Służąca rozpaczliwie wyciągnęła ku niemu zraniony palec, wstała i zrobiła krok w przód...

Pogodnik obejrzał się za siebie, na wybitą szybę. Stwierdził, że jeśli wyskoczy, na pewno się zabije, bo siedem pałacowych pięter to nie w kij dmuchał, nie tacy twardziele jak on wypadali z tej wysokości, po czym robili się strasznie miękcy tam daleko, na dole, na chodnikach wyłożonych płytkami z jakże praktycznego czerwonego marmuru.

Trzeba było użyć magii, ostatniej deski ratunku. Zaklęcie mamrotał tak szybko, że słowa blokowały się w korku niby karoce w jednym z tuneli wychodzących z Fertu na świat.

Palec Lenki natychmiast zbielał. Podczas kiedy dziewczyna przyglądała mu się w oszołomieniu – zapewne porażona czarem odpryskowym, bo w nerwach Rosselin siał rykoszetami magii jak oszalały, kompletnie tracąc nad nimi kontrolę – pogodnik już ją wyminął. Po drodze zdeptał Tinkusa, udając, że nie słyszy jego skomlenia, i wreszcie dotarł do zbawczych drzwi izby.

– Idę po szklarza, bo strasznie tu wieje... – rzucił, przemykając się przez przedpokój.

Nagle rozległ się cichy krzyk Lenki. A potem coś małego upadło na podłogę.

Uciekając na pałacowy korytarz, Rosselin modlił się do Aarafiela – bo tylko facet zrozumie faceta – żeby nie był to zamarznięty palec służącej.

II

Ze dwa piętra pokonał dzikim galopem, zanim dotarło do niego, że służąca wcale go nie ściga. A po prawdzie – że nie ściga go absolutnie nikt. Bo kto by sobie zawracał głowę jakimś tam pogodnikiem najniższej kategorii?

Szpilka naprawdę musiała być zatruta – uznał, dysząc i odpoczywając przy panoramicznym oknie, za którym rozciągał się widok na Wewnętrzne Miasto. Owszem, z Lenki miła dziewczyna, ale przecież zwykle nienapastliwa. A nawet życzliwie uszczypliwa, odkąd Annabell zamieszkała w pokoju maga.

Szok powoli mijał, w czym skutecznie pomagali przechodzący dworzanie oraz arystokraci, służba i gwardziści, spoglądający na zadyszanego Rosselina niczym na jakieś monstrum. No bo prawda: dyszał jak pies, włos miał zmierzwiony niczym u niedźwiedzia, a strój mocno niekompletny. Rozmawiał ze smokiem w szlafroku, bo przecież dopiero co wstał, a we własnej izbie nie ma co paradować niby na defiladzie z okazji święta pełnoletności Draceny.

Taaak... pogodnik skutecznie psuł markę całemu rodzajowi magicznemu.

Nieszczęścia zwykły jednak chodzić parami, bo katastrofy to stworzenia stadne. Nic więc dziwnego, że zanim się wydyszał i doprowadził do porządku, na jego drodze stanął jeden z geomagów, niejaki Blain. Spojrzeniem pełnym pogardy zlustrował Rosselina, skrzywił się z niesmakiem i mruknął:

– Wcześniej trzeba wracać z nocnych schadzek, psiakość! To jest dwór, nie jakiś tam burdel!

Odwrócił się i odszedł, nie czekając na wyjaśnienia pogodnika. Ten wściekle zacisnął zęby, aż chrupnęło. Wbił wzrok w plecy Blaina – i zapewne gdyby nie sieci antymagiczne chroniące pałac przed nieautoryzowanymi zaklęciami, geomag spłonąłby w widowiskowy sposób albo zamarzł na kamień. *A potem bym go kopnął i rozbił* – pomyślał ze złością Rosselin.

Zaciśnięcie pięści nie przyniosło żadnej ulgi. Nasz bohater syknął tylko z bólu, przypominając sobie poniewczasie – kiedy paznokieć wbił mu się w dłoń – że przedwczoraj Annabell prosiła go o obcięcie pazurów. I miała rację...

Wreszcie zwarł się w sobie i krokiem nieco sztywnym odbył drogę powrotną do swego pokoju. Próbował przewidzieć, czy Lenka najpierw go zabije, uwiedzie, czy wkroi do sałatki, którą następnie zje ze smakiem. Choć była wegetarianką, ucieczka Rosselina mogła zmienić niejedno przekonanie służącej.

Na szczęście, ku swojej niekłamanej uldze, nie zastał jej w apartamencie.

Może pobiegła do Bernarda – pomyślał. Co prawda cesarski medyk raczej nie przyklei utraconego palca, na pewno jednak wyrazi zainteresowanie i współczucie...

Pogodnik pospiesznie włożył normalne szaty. Jego los wciąż wisiał na smoczym pazurze. Kto wie czy wkrótce nasz mag nie straci głowy. I to wcale nie z miłości.

Wakacje w Troj dawno minęły, a codzienna egzystencja w pałacu wcale nie przypominała sielanki, nawet jeżeli nie było się wygnańcem, tylko cesarzową żyjącą w przepychu.

Joanna f'Imperte, otoczona doradcami, wciąż rozstrzygała spory, podejmowała decyzje, przyjmowała baronów z prowincji – a wreszcie usiłowała pogodzić inżynierów budujących tunel w Alherydach z magami, którzy byli temu przeciwni, twierdząc, że podobna ingerencja w naturę zakłóci aurę magiczną, a przez to ucierpią ich umiejętności.

– Na których – dodawali z przekąsem w nieoficjalnych rozmowach – podobno cesarzowej nadal zależy...?

W poniedziałki imperatorowa oddawała się pracy ze szczególną niechęcią. I dla wszystkich było to oczywiste. Dlatego sekretarz, który odpowiadał za porządek audiencji, innych wizyt roboczych, a także prywatnych posłuchań, uniósł w zdziwieniu brew, gdy ujrzał przed sobą Rosselina. Ten dojrzały mężczyzna o skroniach posrebrzonych, a spojrzeniu tchnącym znajomością życia, wysłuchawszy naglącej prośby pogodnika, rzekł tylko:

– Lepiej nie, magu. Dziś już kazała rozwłóczyć końmi trzech bandytów. A to norma na cały miesiąc, o ile rozumiesz, co chcę przez to powiedzieć.

Rosselin nerwowo oblizał wargi, po czym ponuro skinął głową.

Trafił mu się wybór jak w stołówce Akademii: pomiędzy zaśmierdłą mortadelą a kluskami z trocin, którymi to potrawami najczęściej karmiono młodych adeptów sztuki magicznej. Mieli dobrze zapamiętać, że czary i władza to jedno, a gorzki smak magii to drugie. I jeśli nie będą starali się być naprawdę dobrzy, to na zawsze pozostaną im tylko trociny albo w najlepszym wypadku trufle z wyskrobanego i przemielonego pergaminu.

Z tamtej nauki pozostało pogodnikowi wspomnienie obrzydliwego smaku mortadeli, stąd wędlin chwytał się tylko w ostateczności. Teraz jednak sprawa była prosta: cesarzowa może i była w kiepskim humorze, ale zasadniczo nic do Rosselina nie miała. Natomiast jeżeli smok uprzedzi maga w dotarciu do Joanny f'Imperte, o włóczenie końmi można będzie przestać się martwić. Po pałacowych korytarzach chodziły bowiem słuchy, że kat na zimowe, nudne popołudnia przygotowuje szczególnie wyrafinowaną torturę z udziałem mrówek. Jako wiejski chłopak pogodnik doskonale wiedział, do czego taki drobiazg jest zdolny. Wygryzienie dodatkowych (i całkowicie zbędnych) dziurek w ciele ofiary wcale nie było szczytem ich umiejętności.

– Muszę zaryzykować – wyznał z niechęcią Rosselin.

Sekretarz wzruszył ramionami, potoczył spojrzeniem po komnacie, w której podejmował interesantów (tych lepszych, bowiem gorszych gwardziści stojący u drzwi skutecznie zniechęcali mieczem i halabardą), wreszcie skinął głową.

– Na własne ryzyko, uprzedzam – zaznaczył, podkreślając słowa zdecydowanym gestem. – Żeby nie było na mnie w razie jakiegoś nieszczęścia.

Wskazał pogodnikowi inne drzwi, za którymi mieściła się poczekalnia.

Mag usiadł więc i czekał. Wyobraźnia podpowiadała mu coraz bardziej wysublimowane sposoby dręczenia go i maltretowania – w tym takie, przy jakich ów gorący wałek Zejfy zdawał się być miłą dla ciała pieszczotą.

Drogą skojarzeń dotarł do tortur, jakie pod pretekstem leczenia niekiedy stosował Bernard o'Cencor. Wiele się mówiło na dworze na przykład o tym, jak to wyciął parę organów Denisowi de Uthe. Kiedy zaś ten się o tym dowiedział i wpadł w szał, medyk spokojnie wyjaśnił mu, iż po pierwsze, operację przeprowadził na żądanie szanownej małżonki pacjenta i ma na to stosowne dokumenty. Po drugie i ważniejsze, zrobił to dla jego zdrowia, gdyż teraz de Uthe nie będzie mógł pić, przez to dłużej pożyje. A po trzecie, nie warto się złościć, wszak z nerwów można dostać apopleksji, natomiast wyciętej nerki nikt już nie przywróci, bo poszła na śmietnisko i pewno jakiś pies ją zeżarł.

Wreszcie cesarzowa znalazła chwilę dla Rosselina. Gdyby nieszczęśnik wiedział, że owa chwila nadeszła po męczących uzgodnieniach dotyczących handlu stalą, uciekłby z poczekalni lub udał, że Dracena odebrała mu mowę. Stal bowiem nie należała do tych produktów Imperium, o których władczyni miała pojęcie. Zaś gdy przychodziło jej polegać w czymś całkowicie na doradcach, oczy Joanny traciły dobrotliwy blask, a przybierały taki...

Taki, że pogodnikowi byłoby lepiej skorzystać z rady sekretarza. Złowieszczy dreszcz przebiegł magowi po plecach, kiedy spoczęło na nim ciężkie spojrzenie cesarzowej.

Pytanie, czy smok go uprzedził, jakoś nie chciało Rosselinowi przejść przez gardło. Zmieszany zaczął więc bąkać o obietnicy złożenia hołdu, o kłopotach...

Władczyni patrzyła na niego coraz chłodniejszym wzrokiem. Pojawiły się w nim nawet złowróżbne iskierki, równie drobne jak leśne mrówki.

– Magu, sam to zaproponowałeś – przerwała mu wreszcie z wyraźnym zniecierpliwieniem. – O ile pamiętam, obiecałeś to w imieniu tego twojego stwora, kiedy zależało ci na rewanżu na biednym Astrogoniuszu. Więc teraz nie narzekaj. Wezwij następnego – mruknęła do swego doradcy, który w milczeniu stał obok.

Pogodnik zmartwiał. Niezaprzeczalnie Joanna miała rację. Tamtego feralnego dnia, aby dopełnić zemsty na malarzu, gotów był zjeść trzy funty dżdżownic albo nawet żywego kota (ryzykując ostrą chrypkę). Nie przypuszczał wówczas, że tak szybko znów przyjdzie mu rozmawiać z panią Imperium o nieszczęsnym pacykarzu i smoczym hołdzie. I że cała jego przyrodzona zdolność przekonywania bliźnich potokiem nieodpartych argumentów będzie warta tyle, co przywołanie imienia Draceny w chwili napaści pięciu zbójów z kijami w pustym ferteńskim zaułku.

Cesarzowa niecierpliwiła się coraz bardziej. Jej czoło przecięła pionowa zmarszczka. Spojrzała z dezaprobatą na Rosselina, który wciąż nie znikał razem ze swoimi problemami.

– Jeśli narozrabia, to się go najwyżej zabije – mruknęła, zamykając dyskusję.

Mijając grubego sekretarza, który odprowadzał maga sennym spojrzeniem, pogodnik uznał, że spośród wszystkich kandydatów do zabicia smoka cesarzowa ma największe kwalifikacje. Była w odpowiednio paskudnym nastroju. Oraz nie uznawała czegoś takiego jak odmowa spełnienia jej życzeń.

Pytanie tylko, co na to smok.

Odprawiony z kwitkiem Rosselin postanowił wrócić do izby, przebrać się i wymknąć do miasta.

Plan miał prosty: wypić, narozrabiać, wytrzeźwieć w rynsztoku, po czym na kacu oraz z podwójnym poczuciem winy (za kaca i rozróbę) pójść do świątyń Aarafiela, Draceny oraz przeklętego Krakerna z morskich głębin. Tam gorliwą modlitwą oraz szczodrą ofiarą zamierzał sprawić, aby afera ze smokiem skończyła się na wstydzie, a nie na włóczeniu jelit. Bo wstyd można jakoś przełknąć i przeżyć, a wyprucie kiszek to operacja raczej jednorazowa, przynajmniej z punktu widzenia dawcy.

Pomysł, żeby na wszelki wypadek wcześniej te kiszki znieczulić dobrym winem i rybką z rusztu, bardzo się pogodnikowi podobał. Tym bardziej że Lenkę wciąż absorbował palec, który co prawda nie odpadł, jednak tylko dzięki Bernardowi. Lepiej więc było wypuścić się na szerokie wody ferteńskich winiarń, niż siedząc w pokoju, ryzykować, że służącą Zejfy znów najdą jakieś groźne pomysły.

Niestety, nawet ta namiastka nadziei na chwilę smacznego zapomnienia została mu odebrana. Cóż, jak się jest kiepskim i pechowym magiem, taki już los człowiekowi pisany.

– No jesteś! – ucieszyła się Zejfa, kiedy na skrzyżowaniu pałacowych korytarzy ich drogi zeszły się gwałtownie, czyli wpadli na siebie niby dwa pędzące ulicami Fertu tramwaje konne. – Gdzie uciekasz? – zatrzymała Rosselina, który próbował zbiec z miejsca kolizji.

I tak, zamiast popijać wino w miłym towarzystwie, pogodnik pół dnia wypełniał swe obowiązki. Dwórka boleśnie mu przypomniała, po co sprowadziła go do Wewnętrznego Miasta.

Nudząc się w pracowni krawieckiej Kalarusa, patrzył, jak Zejfa przymierza nowe suknie, co chwilę pstrykał palcami, by w magiczny sposób poprawić jej wymiary i urodę (luminarz medycyny Bernard o'Cencor nazwałby to pewnie efektem placebo), i słuchał narzekań na Didloga. To przez niego dwórka czuła się zmęczona, niewyspana i wymiętoszona.

– Nie umie uszanować mojej skóry, bydlak jeden! – tupnęła nogą. – Nie wie, co dobre.

Biedny Didlog! Gdyby to słyszał, pewnie by schudł ze zgryzoty. Jako mężczyzna Rosselin nawet mu współczuł. Chociaż z drugiej strony, mądremu dnia by wystarczyło, aby charakter Zejfy d'Argilach ujawnił się w całej krasie. Ale cóż, baron był stary i pewnie już niedowidział. Za to jego miłość była całkiem ślepa...

Pogodnik miał się od kogo uczyć cynizmu. Siedząc wygodnie na stołku podsuniętym przez praktykantkę, dochodził do wniosku, że skoro dwórce wystarczą te trzy czary, które opanował bezbłędnie, a czasem nawet wystarczy udawać mistrza magii, to żyć nie umierać. Praca nie jest ciężka i dobrze rokuje na przyszłość. Zejfa jeszcze z dziesięć lat będzie pięknieć, zanim dopadną ją zmarszczki i inne nieprzyjemne oznaki dojrzałości.

Od krawca do pałacu musiała wyruszyć cała karawana. Dama dworu odprawiła powóz, którym tu dotarli, bo nie zamierzała cennych nabytków spuścić z oka. Powrót do domu zajął im więc godzinę – jakiś milion trzysta tysięcy sześć przekleństw, według rachuby Rosselina.

Najgorsze nastąpiło jednak później. Zejfa, za nic mając protesty swego osobistego maga, część starych rzeczy upchnęła w jego pokoju, żeby w bardziej dostępnych miejscach zrobić luz dla świeżych zakupów.

– Nie podoba się? – spytała, widząc, jak siny ze złości pogodnik otwiera usta do ciętego protestu. – Jak nie pasuje, to mogę więcej miejsca zrobić... – Tu uśmiechnęła się słodko jak nóż przygotowany do pokrojenia tortu. – Wystarczy wyrzucić paru przybłędów...

Rosselin przełknął ślinę. Miała gorzki smak.

Później zamknął za Zejfą drzwi izby, sam zaś przekręcił klucz w zamku i rzucił się na łóżko.

Cokolwiek miało nastąpić, nasz bohater postanowił to przespać. Uznał, że we śnie nawet wypruwanie flaków da się znieść, o ile tylko niezręczny kat nie wyrwie go z drzemki.

Przebudził maga potężny hałas. To smok, klnąc na czym świat stoi, wybił dziurę w drzwiach. Wydawał się mocno pijany.

– Ty chyba oszalałeś! – wrzasnął Rosselin ze swego łóżka.

Filippon zrobił dziwną minę.

Obejrzał się za siebie. Dziura nie zniknęła. Ani myślała ulec dematerializacji. Wyglądało na to, że pod wpływem procentów jaszczur trochę się rozminął z rzeczywistością. Albo też trafił na zbyt twarde drewno.

– Ano tak – przyznał wreszcie z lekkim zażenowaniem. – Oszalałem. Zanim spotka mnie ten wstyd, postanowiłem się uppppić...

Znów popatrzył na dziurę w drzwiach. Nadal tam była: okrągły otwór w sam raz dla kota. Latarnia z pewnością się ucieszy, bo choć opanowała spuszczanie klamki, po co ma udowadniać swój spryt za każdym razem, kiedy musi pójść na siku?

– I chchyba się udało – dodał ochryple smok. – Tylko w knajpie było coś pustawo...

– Ty mi tak znikaj – mruknął uspokojony Rosselin. – Zawału przez ciebie dostanę albo co!

Jaszczur uwalił się na krześle.

– Daj spać... – I po chwili zaczął posapywać jak najprawdziwszy ferteński bezdomny upity w trzy de i jednego tru.

Patrząc na swego przyjaciela, pogodnik czuł, jak mała irytacja miesza się w jego duszy z wielką radością. Miał ochotę pogłaskać Filippona. Bo przecież najwyraźniej smok się poddał, jakoś przełknął potrzebę wzięcia udziału w tej okropnej ceremonii.

Na twarz maga wypłynął mroczny uśmiech. Mógł sobie wyobrazić, jak to było z tą knajpą. Szynkarz pewno bał się uciec i zostawić dobytek, boby go mało co

zostało. Ale goście... Cóż, zapewne jutro Fert znów będzie huczeć od plotek.

Smok skutecznie podtrzymywał opinię, że ci z pałacu to albo debile, albo dewianci. A jak normalny, to ni dudu, ukrywa się z tym niczym panna z ciążą.

Susza ma tendencję do przechodzenia w pożar. Chociaż nie każda. Czasem susza wymaga potopu, czyli tendencję ma dokładnie odwrotną. Jak widać, wszystko jest względne...

Takie to filozoficzne rozważania snuł Rosselin, idąc sobie chodnikiem Wewnętrznego Miasta w stronę jednego z tuneli prowadzących do zwyczajnej części Fertu. Chciał odetchnąć atmosferą miasta. Bo wysokie wieże to jedno, a niski lud – to drugie. Pogodnik nie zapominał, że dziś wyniesiony do łask, jutro może zostać strącony z niebios. Tak na wszelki wypadek postanowił odwiedzić aptekarza Farfinkelszta, a potem trochę się pokręcić po znajomych miejscach. Jedna czy druga knajpa nikomu nie zaszkodzi. Może się trafi ktoś, kto potrzebuje pałacowych znajomości?

Stary aptekarz był bardzo rad z jego wizyty. Wreszcie miał komu ponarzekać na reumatyzm, niskie ceny leków i wysokie podatki.

Później nadeszła milsza część wyprawy, czyli odwiedziny knajp. Jak to bywa, nie skończyło się na dwóch. Raczej na dwunastu. Albo na dwudziestu, bo w pewnej chwili Rosselin przestał liczyć. Kompanii wokół niego przybyło, imperiałów ubyło, aż wreszcie...

Tak, wreszcie pogodnik znalazł się na łasce rozszalałego żywiołu podłogi tawerny „Karampuk” twarzą w twarz z Czarnym Szyprem!

– A co ty tu robisz? – spytał Tortinatus, podtrzymując twardym ramieniem maga chwiejącego się na falach nietrzeźwości. – Nie urządziłeś się w pałacu? Ciągle szlifujesz te nędzne bruki?

Na oblicze pogodnika wypłynął radosny grymas.

– Urządziłem się – przyznał. – I wszystko tam mam. Kłopoty także.

Szyper zazdrośnie westchnął i wskazał Rosselinowi stół, przy którym zasiadł z jakąś zacną kompanią. Część stanowili marynarze dawnej załogi Czarnego Szypra, części pogodnik nie znał. Wszyscy jednak przyjęli go życzliwie. Szczególnie ci, na których opończa maga wywarła wrażenie. Co najmniej dwóch drabów o twarzach ponurych i pociętych bliznami zerkało to na Rosselina, to na Tortinatusa, podziwiając jego znajomości.

– No tak, ale to pałacowe problemy – stwierdził szyper, ruchem ręki przywołując karczmarza. – Też bym chciał mieć takie.

Nieszczęsny dworak poklepał go po ramieniu, przy okazji rozlewając wino sąsiadowi.

– Tortinatus, nie masz czego żałować. Tam na korytarzu łatwiej utonąć niż pośrodku oceanu.

Żeglarz w zamyśleniu wyskubał jakiś zakręcony włosek z wąsów. Popatrzył na pogodnika, uśmiechnął się zgryźliwie i mruknął półgłosem:

– Ale perełek tam więcej.

Przed świtem doszli do wniosku, że nie ma to jak piractwo pałacowe.

Rozstali się, od razu umawiając na jakąś następną popijawę.

III

Rosselina obudziło słońce. Wlewało się przez świeżo wprawioną szybę niby sztormowa fala – tak samo agresywnie atakując zmętniałe od niewyspania oko pogodnika.

Przekręcił się na drugi bok, jęknął, kiedy łokieć Annabell trafił go pod żebro.

Skutki wczorajszej popijawy z Tortinatusem nadciągnęły z całą siłą. Choć umysł maga nie funkcjonował jeszcze całkiem sprawnie, jego żołądek był już w pełni rozbudzony. A nawet postanowił sobie pobaraszkować i... pogadać. Rosselin czuł, jak szalejące w brzuchu jelita usiłują wypchnąć do góry coś, co jeszcze wczoraj było smacznym gulaszem zakrapianym kropelką wina, a dziś raczej paskudnym dowodem, że jak ktoś je i pije byle co, to kres jego żywota będzie raczej podły.

Poderwał się niezgrabnie i zatykając usta, zaczął szukać naczynia, które gdzieś tu powinno być...

– Ani mi się waż! – ostrzegł smok, na którego omal nadepnął w tym na wpół sennym błądzeniu po pokoju. – Może to i kiepskie wino, ale sam je sobie przyniosłem z cesarskiej piwniczki i nie dam zapaskudzić. Wynocha do wygódki na korytarzu!

Teraz dopiero mętne spojrzenie maga nabrało ostrości. Rzeczywiście, z naczynia, hmmm, unosił się zapach arawеńskiego cykariusza. Tyle że jego charakterystyczny zielony kolor...

To był bardzo szybki bieg. Rosselin z niezwykłą prędkością pokonał wszystkie drzwi, kawałek korytarza i kolejne drzwi. Strażnika, który akurat przechadzał się czujnie w pobliżu apartamentu Zejfy, zignorował.

Ów czekał jednak na pogodnika, gdy ten, ocierając rękawem brodę, znów pojawił się na korytarzu.

– Co, grypa żołądkowa? – mruknął współczująco gwardzista. – Wiem, sam niedawno przechodziłem...

Mag westchnął ciężko. Ale zaraz znów zasłonił dłonią usta, bo powietrze zapachniało jakoś nieświeżo.

– Gulasz – odparł półgębkiem.

Teraz zawahał się strażnik. Obrzucił maga dziwnym spojrzeniem, po czym poprawił miecz u pasa i bez słowa ruszył dalej.

Cóż, widać można dotknąć żołnierza wspomnieniem posiłku. A mówi się, że to twardziele...

– Lepiej ci? – Smok obrzucił Rosselina czujnym spojrzeniem, kiedy ten wrócił do ich wspólnej izby.

W odpowiedzi pogodnik tylko westchnął.

– Tia... Ale nie aż tak, żebyś się musiał obawiać o swoje wino. Chyba zostanę abstynentem.

Bestia tylko prychnęła ironicznie, jak to miała w zwyczaju.

– Bez obaw, na wszelki wypadek wino wypiłem. A ty to chyba absynentem zostaniesz...

– Abstynentem – odruchowo poprawił go mag.

Smok znów prychnął. Jego ironia zabiłaby wszystkie muchy w pokoju, gdyby tylko jakieś odważyły się latać.

– Absynentem, przecież wiem, co mówię. Stuligrosz otworzył nową knajpę niedaleko pałacu i dają tam taki absynt, że można zacząć latać z rozkoszy...

Udając, że nie jest obrażony, Rosselin wrócił do łóżka. I wkrótce zapadł w nerwowy sen.

Śniły mu się małe smoki, które musiał połykać i zwracać. Przy czym z połykaniem nie było problemu, ale w drugą stronę pojawił się kłopot ze smoczymi łuskami, które stawały na sztorc.

Kiedy znów się obudził, żołądek dał mu spokój. Ale mimo to miał poczucie, że nadciąga katastrofa.

Ledwo ohydnymi wyzwiskami przywitał w myślach nowy dzień, delikatne ramię oplotło go słodkim uściskiem... Tymczasem on był niedysponowany, nie miał nastroju, głowa go bolała i w ogóle.

– Smok gdzieś sobie poszedł – szepnęła mu do ucha Annabell. – Wykorzystajmy to i zróbmy coś, zanim ustalimy datę ślubu...

Zaraz, jaki ślub?! – chciał krzyknąć zszokowany Rosselin, ale w porę przygryzł dolną wargę. Tak więc z jego ust wydobył się tylko nieartykułowany jęk rozpaczy oraz bólu.

– Wiem, że się cieszysz, misiu! – Narzeczona zaplotła magowi ręce na szyi i włożyła mu język w usta. Nie mógł więc zaprotestować, nawet gdyby chciał – a przecież nie zamierzał tego robić, nie był aż tak szalony. Dziewczyna sprawnie wepchnęła sobie teraz jego język między zęby i w każdej chwili mogła go odgryźć.

Kiedy po chwili znów mogli mówić, dodała:

– A Zejfa to jest taka dobra, że obiecała wystarać się dla nas o mieszkanie w wieży, żebyś miał blisko do pracy...

Są takie słowa, które mogą zabić. W duchu Rosselin wypowiedział ich chyba z tysiąc. W tym parę klątw, zaklęć i innych takich, nad którymi w stanie oszołomienia trudno zapanować.

Na szczęście był kiepskim magiem, nikomu krzywdy nie zrobił.

Jednak aktorem okazał się jeszcze gorszym niż pogodnikiem. Jego mina odsłoniła przed Annabell mroczne wnętrze człowieka, z którym planowała związać się na zawsze.

– To co, nie chcesz się ze mną ożenić? – chlipnęła rozpaczliwie, odwracając twarz do ściany. – Po tym wszystkim?!

Rosselin miękł w oczach. Jak już powiedzieliśmy, dziewczęce łzy rozpuszczały go w mig. Zaś Annabell szlochała tak rozpaczliwie, jakby chciała go rozpuścić co do kosteczki niby jakiś kwas lub smocza ślina, co zresztą na jedno wychodzi. Dłuższy czas płakała cynicznie, patrząc spod oka, jakie wrażenie jej szloch wywiera na magu. A pogodnik, nawet mięknąc niczym gotowany makaron, zarazem podziwiał jej talent do manipulacji.

– Ależ chcę, koteczku – westchnął wreszcie. – Tylko czy jesteśmy na to gotowi? – ratował się rozpaczliwym wybiegiem znanym mu z pewnego romansu, który ostatnio ukradkiem czytał.

I wtedy nastąpiła ostateczna katastrofa. Dziewczyna wybuchnęła prawdziwym, nieudawanym płaczem.

– Ja jestem gotowa! – krzyknęła rozdzierająco. – Od dawna jestem gotowa, a ty nic nie rozumiesz, draniu!!! – Zaczęła bębnić pięściami w jego coraz bardziej wątłą pierś.

W ten sposób Rosselin został jeszcze bardziej oficjalnym narzeczonym swojej narzeczonej i zaczął w myślach błagać magów oraz wszystkich innych świętych, żeby coś się wydarzyło. Cokolwiek. Coś, co uwolni go od właśnie złożonej pod przymusem przysięgi.

Bo on... on nie czuł się wcale gotowy dostać od losu więcej szczęścia, niż już miał.

Życie dworu ma to do siebie, że chociaż okiem laika i oberwańca, który przypadkowo trafił na tutejsze korytarze, może wyglądać na totalny chaos, to jednak w istocie wszystko toczy się sprawnie, biegnąc utartymi koleinami.

Tak więc Rosselin był raczej pewien, że kwestia hołdu powróci dopiero wtedy, gdy cesarzowa przypomni sobie o sprawie. Tymczasem nie minęły trzy dni, gdy z kancelarii pałacowej przybył urzędnik, aby powiadomić maga i jaszczura o stanie przygotowań. Data została już wyznaczona, zaś w swej łaskawości – nie wiadomo, dla smoka czy też dla Rosselina – Joanna pozwoliła im zerknąć na listę gości. *Zerknąć* oznaczało zapoznać się, podpisać i głośno wyrazić zadowolenie.

No i smok wyraził. Bardzo soczyście.

Dla Flauperta, jak się nieszczęsny urzędnik przedstawił, rzeczą oczywistą było, że nic mu do tego, iż imperatorowa chce przyjąć hołd od jakiegoś zwierzęcia. A że w papierach jego właścicielem był mag Rosselin, no to biedny gryzipiórek w swoim ostatnim słowie zapytał:

– Ty jesteś właścicielem tej tresowanej jaszczurki? Tej, co ma się niby ukorzyć przed cesarzową?

Być może Flaupert zamierzał się nawet rozwodzić nad gładkością łusek, wyraźnymi deseniami biegnącymi przez grzbiet albo równie istotnymi walorami cudu przyrody o imieniu Filippon, ale po prostu i zwyczajnie – nie zdążył. Bo choć to Rosselin otworzył urzędnikowi drzwi, choć to on usłyszał te słowa, to nagle jakby czas się cofnął, a ziemia zadrżała – i niby wicher z izby pogodnika wybiegło milionzębe monstrum.

Rozległ się wrzask, a potem dwa demony: jeden niewielki, rozkrzyczany piskliwie, drugi ścigający go z cichym, głuchym warkotem – pomknęły korytarzem.

Za zakrętem wpadły na dwóch gwardzistów, którzy nie wiedząc, co się dzieje, na wszelki wypadek zaczęli zaciekle młócić mieczami powietrze.

Żaden z nich nie trafił Flauperta ostrzem, a uderzenie płazem w głowę prawdopodobnie ocaliło mu życie, bo upadł i kolejny cios przeszedł tuż ponad jego ramieniem. Drugiego demona nikt nie trafił, bo ten rozwiał się niby dym.

Urzędnik jakoś doszedł do siebie. Ale musiał przejść na natychmiastową emeryturę, bowiem po tym przykrym zdarzeniu całkowicie stracił mowę. A może nawet nie tyle stracił, co bał się powiedzieć cokolwiek. Nocą często budziły go koszmary. Jeżeli miał pod ręką papier, natychmiast zaczynał rysować jakieś potwory.

W niczym nie przypominały smoka, ale miały równie okropny wygląd. I zawsze atakowały maleńką postać, w której rysach można było rozpoznać samego Flauperta.

Jak widać, kiedy jest się pałacowym urzędnikiem, najlepiej siedzieć cicho i nie zadawać głupich pytań.

Rozdział 2

Wreszcie nadszedł TEN dzień. Filippon od samego ranka obnosił na pysku minę taką, jakby się najadł zepsutych robaków. Spoglądając na niego, pogodnik miał na końcu języka pytanie, komu los i przewrotny dowcip Draceny wyznaczą rolę ofiary, a komu – kata.

Dzień ów miał przejść do historii Imperium jako ten, który zapoczątkował nowy świecki kult. Mimo to smok – zamiast pójść wcześniej spać, zrobiwszy porządny rachunek sumienia – jak zwykle całą noc grasował w pałacowych korytarzach. Magowi to nie przeszkadzało, skoro nikt dotąd nie przysłał mu wezwania na pojedynek, adwokata pragnącego wydobyć odszkodowanie w wysokości miliarda imperiałów albo zamaskowanego zabójcy, który pozbawiłby Rosselina życia.

Jednak od przebudzenia jaszczur zachowywał się nieznośnie. Warczał przekleństwa we wszystkich znanych sobie językach, skrobał pazurami po podłodze, stroszył skrzydła i ogólnie demonstrował postawę nieprzyjazną światu.

Bulgoty smoczej duszy nie wzruszały pogodnika ani trochę. Zejfa go nie potrzebowała, ceremonia została przewidziana na późne popołudnie. Mag postanowił więc wyciągnąć na kielicha Georgiona, jednego ze świeżo poznanych znajomych.

Był to o parę lat młodszy od Rosselina pałacowy snycerz przybyły ze wschodnich prowincji, z niewielkiego miasta Kann Arch na południowym wybrzeżu. Jego mistrz, stary Lisbet, pozwalał mu na wiele, twierdząc, że prawdziwi artyści nie mogą się zamykać w drewnie, kości czy metalu. Powinni raczej szukać wzorów dla swych dzieł w życiu. Georgion chętnie więc błądził pałacowymi korytarzami, rozmawiał z ludźmi, próbując spojrzeć na świat ich oczyma.

Pogodnik postanowił namówić go na kieliszek mardańskiego albo kroplę piołunówki u Stuligrosza. No bo skoro młody snycerz chce poznawać innych, nie może pominąć miejsc, gdzie przy alkoholu otwierają się ludzkie dusze.

Popijając boski nektar, jakim zapewne raczył się sam Aarafiel, kiedy równie boska Dracena dawała mu chwilę wytchnienia, pogodnik próbował odpowiedzieć na pytanie Georgiona: czy magia zmienia świat?

Nasz bohater nigdy dotąd się nad tym nie zastanawiał. Magia to magia. Dla kogoś, kto wyszedł z Akademii Magicznej, była czymś równie naturalnym, jak powietrze do oddychania.

Ale może magia była czymś innym?

Za stawianie takich pytań Rosselin polubił Georgiona od pierwszej chwili. Dlatego przyznał się, że nie wie, czy magia zmienia świat. Snycerz, patrząc na nieobrobione drewno, wyobraża sobie doskonały kształt, który wyłoni się za sprawą jego zręcznych rąk i wyobraźni. On, pogodnik, spoglądając na chmury czy słuchając szumu wiatru, też próbuje wprowadzić zmianę. A skoro jest to ingerencja, to pewno i zmiana świata. Czy to wszak oznacza zmianę w dużej skali? Jeden mag poprawia w, dajmy na to, Fercie deszczową pogodę na słoneczną. A w tym samym czasie inny mag wywołuje deszcz na pustyni Nevarge. Kiedy spojrzeć na te działania równocześnie, to one się neutralizują. Czy więc zaszła zmiana taka, jak w przypadku powstania pięknego stolika?

– A poza tym – westchnął mag na koniec tego długiego wywodu, którego Georgion słuchał w skupieniu – tobie udane dzieła wychodzą częściej niż mnie zamówiona przez zleceniodawcę pogoda.

Trącił pusty kielich i zawołał karczmarza, bo w jednym smok się nie mylił – absynt Stuligrosza, czyli po ludzku mówiąc, piołunówka, był wprost genialny. Coraz bardziej smakował Rosselinowi.

Mag wrócił do swej izby akurat wtedy, kiedy smok dojrzał do rzucania paniami lekkich obyczajów.

– Kurrr... – powtarzał, podczas kiedy Rosselin szybko przebierał się w najlepsze szaty. – No kurrr... dlaczego ja? Dlaczego musiało to spotkać akurat mnie? Mało to idiotów plącze się po korytarzach? Co to, łapanki nie dało się urządzić?

Mag taktycznie milczał. Nie znosił takich ceremonii, ale skoro cesarzowa naprawdę chciała zobaczyć zhołdowanego smoka, nie było rady. Przeżyją to upokorzenie jak mężczyźnie przystało, uśmiechając się promiennie i powtarzając co chwila: *proszę, bardzo dziękuję, ależ tak, z największą przyjemnością*. A potem nastąpi czas spijania śmietanki. Tym bardziej że Joanna zaplanowała w ogrodzie na trzecim piętrze wieży małą ucztę na cześć swego nowego poddanego.

Wreszcie nadeszła pora, by iść. Zostać rozstrzelanym, pozbyć się honoru, za to odzyskać spokój...

– Ja nie chcę – jęknął naraz jaszczur. – Mam krwawą biegunkę ceremonialną. Muszę kogoś zabić albo oszaleję...

I na dowód, że istotnie jest bliski szaleństwa, zawył, a jego rozpacz poniosła się korytarzem...

To, że wszystkie korniki oraz inne smaczne robaki zaczęły uciekać, to normalka. Jednak gońca, którego mistrz ceremonii przysłał z ponagleniem, Rosselin z Filipponem musieli ratować. Nie wytrzymał – zemdlało się biedaczynie. Oparli go o ścianę i chwilę wachlowali chustką maga, zanim ożył.

Sam zresztą był sobie winien. Bo zanim zapukał, podsłuchiwał przez dziurkę od klucza. A jaszczur zaryczał akurat w nią.

Gdy tylko nieszczęsny posłaniec otworzył oczy, zaraz ku utrapieniu pogodnika zemdlał ponownie, ponieważ smok najżyczliwszym ze smoczych głosów zaryczał mu prosto w ucho:

– No, gratuluję, twarda sztuka z ciebie...

Cóż, wyczucie sytuacji miał znacznie mniejsze niż siłę głosu.

Kiedy czekali w przedsionku sali audiencyjnej, Rosselin miał okazję się przekonać, że jego jaszczurka z Gór Osterwaldzkich bardzo przypomina człowieka. Filippon denerwował się jak każdy człowiek, a nawet bardziej: jak człowiek ze wspomaganiem. Czyli ze skrzydłami. No i miał ostrzejsze pazury. Mag doświadczył tego, kiedy smok, nerwowo krążąc po ciasnym pokoju, nadepnął mu na nogę.

Wrzask, który wydał z siebie pogodnik, natychmiast zwabił czterech strażników. Niby to stanowili wartę honorową, ale Rosselin podejrzewał, że tak naprawdę dostali rozkaz pilnować, aby jaszczur nie pożarł któregoś z uczestników ceremonii.

Kątem oka spoglądając na dziurę w bucie, przez którą prześwitywała krew – jego krew! – mag starał się zrobić minę w typie *ależ nic się nie stało, panowie*. Nie bardzo mu to wyszło, zapewne ten grymas bardziej niż uśmiech przypominał przedśmiertny skurcz paralityka, ale to chyba wystarczyło. Uspokojeni gwardziści opuścili miecze.

Naraz do pokoju wsunął się mistrz ceremonii.

– Idziemy! – szepnął teatralnym, wyćwiczonym głosem.

Wąskim korytarzykiem przebyli kilka kroków i znaleźli się u drzwi tak zwanej *małej sali audiencyjnej*.

Rozległy się dzwony i wkroczyli do środka.

Zgodnie z życzeniem cesarzowej zgromadziła się tu tylko najmniejsza cząstka dworu. Ledwie jakieś dwie setki najważniejszych gości, pośród nich cudem dźwignięty z łoża Astrogoniusz oraz ułaskawiony z tej okazji przebrzydły karzeł Garzful. Gdyby smok potrafił myśleć pozytywnie, powinien poczuć się szczęśliwy, że tyle zrobiono specjalnie na jego cześć. On jednak pomyślał coś całkiem innego. Nie powiem wam co, bo było to bardzo brzydkie. Nawet jak na smoka.

Pogodnik i jego bestia kroczyli więc ku tronowi cesarzowej z przekonaniem, iż zmierzają w stronę nieuchronnej katastrofy. Stojąca w pierwszym szeregu łaciata karlica Xan zdążyła im szepnąć kilka słów otuchy, kiedy ją mijali, jednak niewiele to pomogło. Rosselin miał nieodparte przeczucie, że oto stąpa czerwonym dywanem w stronę solidnego pniaka. Kat był piękny i mądry, jednak ostrze w jego ręku wyglądało na głodne krwi.

Cesarzowa, siedząc na tronie ulokowanym w głębi sali, pod wielkimi arrasami przedstawiającymi oblicza kolejnych władców Faraelu, starała się zachować spokój. Kiedy mag i smok dotarli w pobliże jej tronu, przesłała im nawet uśmiech.

Widać było, że jaszczur jest straszliwie zdenerwowany. Cały się trząsł i stękał. Łuski cicho klekotały, w przeciwieństwie do skrzydeł, które – nastroszone jak u zdenerwowanego łabędzia – łopotały z szumem.

A jakby tego było mało, na ciele smoka wykwitły plamy układające się w jakieś słowa. Przypominało to litery, ale kompletnie obce, nieznane Rosselinowi. Napis mógł więc równie dobrze znaczyć ROBAK KRZEPI! jak i – o zgrozo! – CAŁA WŁADZA W ŁAPY SMOKÓW!

Z Rosselina, ku zdumieniu jego samego, odpłynęło przerażenie i zastąpił je stoicki spokój. A nawet wisielczy, sarkastyczny humor, który pozwolił mu dostrzec, że stojąca niedaleko cesarzowej Zejfa ma rozczochrane włosy i że bardziej jej z nimi do twarzy niż we fryzurze układanej co rano za pomocą gorących wałków i innych narzędzi tortur.

Jednak ci z doradców oraz gości, którzy nie znali prawdziwej natury smoka, w zdumieniu i przerażeniu obserwowali dygot osterwaldzkiej jaszczurki. Im także udzieliło się napięcie widoczne w jej zachowaniu. Tak to już jest z krwawą biegunką ceremonialną – bywa zaraźliwa.

Jeden z takich szczególnie wrażliwych delikwentów, stojący w pierwszym szeregu wysoki chudzielec o twarzy szczupłej i nieco natchnionej, nagle krzyknął cienko, po czym zemdlał. Padając, osunął się Rosselinowi do stóp. Ten, wyrwany ze stanu ironicznego zobojętnienia, gwałtownie odskoczył. Gwardia pałacowa już biegła. Dobroczynne ręce odsuwały młodzieńca od bestii, a w powietrzu...

A w powietrzu, poza tym że wisiała w nim groza, nie działo się nic szczególnego, dopóki nie poruszył go ryk smoka:

– No co?!!! – wybuchnął Filippon, nie dbając o to, przed jakim audytorium stoi. – Nigdy nikomu nie składałem hołdu!

Cesarzowa uniosła się na swym tronie. Ku zdumieniu wszystkich wstała, po czym zstąpiła na ziemię. Jej lekki uśmiech wydawał się nawet szczery.

– Ja też nie – przyznała z rozbawieniem. – I mam nadzieję, że to nieszczęście nigdy mnie nie spotka.

Zerknęła na mistrza ceremonii, który obserwował swoją władczynię wzrokiem takim, jakby się zastanawiał, co go spotka najpierw: ścięcie mieczem przez któregoś z obecnych w sali gwardzistów czy raczej kaźń z ręki obdarzonego fantazją kata.

Joanna uśmiechnęła się ponownie. Zrobiła jeszcze krok i pośród szmeru zaskoczonych dworzan położyła Filipponowi rękę na głowie.

– Rzeczywiście, miejmy to już za sobą. Czy ty, smoku, składasz mi... – zaczęła.

– Tak, tak i jeszcze raz tak! – przerwał jej niecierpliwie jaszczur. – Na krew matki, której nie znałem, na cienie przodków, których usiłuję odnaleźć, a nawet na gardła twoich doradców, o ile zechcą je dać... tylko błagam, skończmy już!

Przez twarz Joanny przebiegł grymas rozbawienia.

– Przyjmuję cię w poczet swoich poddanych, Filipponie z... Czekaj, skąd ty właściwie jesteś?

Smok łypnął okiem, westchnął. Wydawał się odrobinę spokojniejszy, jakby odzyskał trochę rezonu.

– Niech będzie, że z Osterwaldu.

Władczyni wdzięcznie skinęła głową. Powiodła spojrzeniem po zgromadzonych w sali dworzanach i arystokratach.

– A więc przyjmuję cię w poczet swoich poddanych, Filipponie z Osterwaldu.

Zamilkła, czekając na reakcję jaszczura. Ten jednak ani myślał się odzywać.

– Już? – wyrzucił z siebie wreszcie, po długiej chwili przykrej ciszy, podczas której kilku dworzan – tych, co wstrzymali oddech, udusiło się na śmierć. – To wszystko? Bo ja muszę pobiegać. – A widząc, że imperatorowa niedbale skinęła głową, rzucił się do tak panicznej ucieczki, że Joanna widziała jeszcze jego pysk, podczas kiedy reszta cielska zbiegała już po schodach.

Tak oto przed twórcami dworskiej etykiety za sprawą smoka stanęły całkiem nowe wyzwania. I pewne było, że niektórzy im nie sprostają, bo jak dopasować paragrafy wspominające o *dwóch rękach* do czterech łap smoka? Albo zakaz noszenia broni na wierzchu, podczas kiedy Filippona wyposażyła w nią natura?

Rosselin westchnął.

– Przepraszam za niego, cesarzowo – rzekł. – Na imprezę za ogon przywlokę bydl... to znaczy... – zmieszał się – Filippon z Osterwaldu uświetni biesiadę swoją obecnością, choćbym miał za nim iść w te góry.

A odchodząc, mruczał pod nosem:

– Łuski mu spod ogona powyrywam, jedną po drugiej, niech no tylko bestię spotkam...

II

Aby osłodzić smokowi doznany wcześniej uszczerbek na honorze i humorze, przyjęcie z okazji hołdu miało być ciche i gustowne. Postanowiono je urządzić w małym pawilonie na trzecim piętrze centralnej wieży.

Było to miejsce nadzwyczaj urokliwe. Ktoś, kto umiał docenić walory estetyczne, nie miał wyjścia, po prostu musiał zachwycić się finezją, z jaką sala została przeistoczona w pachnący ogród.

Na podłodze usypano grubą warstwę ziemi przykrytą podestem. Powstał dzięki temu normalny parkiet, na który wchodziło się po stopniach. Można było na nim ustawić meble i stoły, a także tańczyć i biesiadować. W wyciętych otworach posadzono drzewa i krzewy. Ściany porośnięte były pnączami sięgającymi koron drzew. W tej typowo leśnej nieregularności – jedne sztuczne polanki mieściły po dziesięć stołów, inne z trudem dwóch ludzi – można było przez chwilę zapomnieć, że człowiek znajduje się w samym sercu Imperium, w pałacu cesarzowej.

Wśród dworzan ta maleńka dżungla cieszyła się coraz większym uznaniem, zwłaszcza że w przeciwieństwie do prawdziwych leśnych ostępów była wolna od komarów, panter, wampiunów, harpii górskich oraz innych bestii.

Przynajmniej do czasu, póki nie zajrzy tu jakiś potwór w rodzaju smoka.

Jednak bohater wydawanego na jego cześć przyjęcia wcale nie był skłonny do współpracy ani nie poczuwał się do wdzięczności, a mówiąc trywialnie – po prostu zniknął.

Rosselin miał nadzieję, że znajdzie go ukrytego w szafie swojej izby albo w smoczarni. Nie zastał go tam jednak. Za to kiedy powiadomił Odeta, urzędnika odpowiedzialnego za bezawaryjny przebieg przyjęcia, że chyba trzeba będzie użyć straży pałacowej do odszukania najważniejszego gościa, ten osadził go świdrującym spojrzeniem i ledwie kącikami ust z ostentacyjnym lekceważeniem wycedził:

– Se poradzimy, magu, jak zawsze.

Nie żeby pogodnik był jakoś specjalnie nerwowy. Tym bardziej kiedy miał na kogo zwalić niepowodzenie. *A prosiem bardzo* – odparł w myślach z ironią.

Postarał się jednak być niedaleko epicentrum zdarzeń. Odnalazł Xan i zamienił z nią kilka słów, wreszcie udało mu się też pogawędzić chwilę z t'Harą. Mimo że burzliwe dzieje jego świeckiego zakonu pacyfalistów dobiegły końca, hrabia nie wyglądał na zmartwionego, a nawet coraz lepiej odnajdywał się w nowej rzeczywistości. Z zapałem opowiadał pogodnikowi, że planuje wreszcie ubić jakąś prawdziwą bestię, a jej rogami czy wypreparowanym szkieletem ozdobić swoje apartamenty.

– I nie będzie to Garzful – dodał szybko. Co prawda stracił wiarę i stanowisko w zakonie właśnie za sprawą karła, ale to jeszcze nie powód, aby honorować jego marne szczątki wieszaniem na ścianie.

Wszyscy czekali na początek przyjęcia. To znaczy na smoka. Który się nie pojawiał. Wcale a wcale.

Im bardziej zaś smok się nie pojawiał, tym bardziej go brakowało...

A nic tak nie zmiękcza ludzi jak strach przed ręką władczyni. I wreszcie Odet dramatycznym psyknięciem odwołał pogodnika na bok.

– Nie dają spokoju ci urzędnicy, przeszkadzają jak pszczoły w piciu kompotu – o swej dezaprobacie Rosselin scenicznym szeptem poinformował całe otoczenie.

Przeprosił t'Harę i zrobił trzy kroki w stronę purpurowego ze złości oraz upokorzenia Odeta. – No co jest? – warknął. – Się coś nie udało?

Dworzaninowi odebrało mowę na taką bezczelność.

– Nie, no tylko mi nie mów, że sobie nie poradziłeś sam? – pogodnik wszedł na najwyższe rejestry okrucieństwa, na jakie tylko było go stać. – Ty sobie nie poradziłeś?! To możliwe? Taki doświadczony urzędnik?

Jeżeli ktoś wcześniej nie wiedział, że Odet jest głupcem, teraz miał okazję się o tym przekonać. A biedak miał przeciwko sobie całą salę, bo ludzi traktował zawsze z pogardą. Ostatnio chociażby Annę Histomenę, której nie dość, że zdeptał długą suknię, pędząc jak szalony ślepiec korytarzem, to jeszcze kazał przyciąć do pół uda pod groźbą doniesienia samej cesarzowej, że chciała go zamordować. Biedna stara dama, wdowa po niechlubnej pamięci Janie Histomenie – wsławionym jedynie potężnymi długami i ucieczką w śmierć – posłusznie rozkaz Odeta wykonała, bojąc się śmierci publicznej. Ta jednak spotkała ją i tak, tyle że z innego powodu: w wieku lat sześćdziesięciu pięciu trudno obnosić się ze strojem godnym może dziewczęcia, ale na pewno nie dojrzałej matrony.

Teraz, prawdopodobnie po raz pierwszy, Odet znalazł się w sytuacji bez wyjścia.

Przełknął upokorzenie, a potem dwa razy ślinę. Kto wie czy gdyby nie napięta sytuacja, nie doszłoby do morderstwa na oczach zgromadzonych.

– Przyprowadź go, magu – warknął wreszcie, odzyskując mowę. – To twój smok!

Rosselin uśmiechnął się szyderczo.

– Jeżeli mnie o to prosisz... – odparł ze słodyczą zdolną zabić. – Zobaczę, co się da zrobić.

I zostawiając dworaka w niepewności, wyszedł na korytarz.

Dobrze jest znać słabości przyjaciół.

Jak odszukać smoka w labiryncie korytarzy liczących wiele mil? Nie można być na wszystkich piętrach naraz. Nie da się upolować smoka, który zechce pozostać ukryty... to znaczy innego smoka może i tak, gdyby się jakiś trafił. Ale Filippona z Osterwaldu – na pewno nie.

Jednak Rosselin miał w głowie pewien szalony pomysł. Pognał w dół wieży, do wyjścia, wybrał najbliższy trawnik i ku zdumieniu ludzi tak długo rozgrzebywał ziemię, aż znalazł garść soczystych, smacznych i pożywnych robaków.

Teraz należało już tylko zastawić pułapkę – posłużyła do tego celu mała kanciapka pełna mioteł, wiader i szmat – i czekać, aż wyczulony nos Filippona nieomylnie przywiedzie go w miejsce, gdzie oczekiwały na niego dżdżownice i pędraki. Oraz jeden mały, zabłąkany przez pomyłkę kret, którego (choć bardzo wierzgał) Rosselin postanowił dołączyć do zestawu jako główne danie. Miał to być taki smoczy odpowiednik pieczonego bażanta z powtykanymi piórami, prosiaka z jabłkiem w ryjku, tortu z panią i panem na czubku czy innego tandeciarstwa, które każe biesiadnikom zawołać *Ooo!*, a nawet zaklaskać.

Ukryty za szeregiem mioteł, wysmarowany robalem, który oddał życie w służbie Imperium, nie musiał czekać długo. Ucapił skradającego się i pociągającego nosem jaszczura, tak że ten ani pisnął.

– Przyjęcie albo kat – warknął wściekły pogodnik. Bowiem robak, którym się natarł, śmierdział gorzej od ziół, jakimi babka karmiła go w młodości, żeby rósł zdrowo.

Smok westchnął ciężko i rzekł:

– Ale najpierw robaki, bo co się mają zmarnować...

Popatrzył spode łba na Rosselina, by dodać:

– I chcę cię wylizać. Takiego smacznego pędraka popsułeś...

Prócz słabości przyjaciół dobrze jest też znać ich nawyki.

Rosselin musiał Filippona najpierw trzymać, a potem ciągnąć za ogon, bo po zjedzeniu wszystkich robaków smok zadziwiająco szybko stracił motywację do dotrzymania słowa.

– Czy ja muszę? – powtarzał, co prawda dając się pogodnikowi ciągnąć, ale z trudem. Dworzanie oraz nawykła do przeróżnych dziwactw czy fanaberii gwardia pałacowa spoglądali z krzywymi uśmiechami, jak mag pogodowy trzeciej kategorii mozoli się z wciąganiem na schody, a potem wleczeniem po korytarzu swojej osterwaldzkiej jaszczurki. Rosselin klął przy tym niemiłosiernie. Warczał. Zgrzytał zębami. Zupełnie jakby to on był dziwacznym zwierzakiem domowym... przepraszam – pałacowym, który właśnie poczuł przypływ sił witalnych i ciągnie na smyczy flegmatycznego właściciela.

A przy tym wszystkim dziękował losowi, że przyjęcie odbywa się na piętrze trzecim, a nie trzynastym. To dopiero byłby pech...

Wreszcie dotarli na miejsce. Kiedy pogodnik odnalazł Odeta, był on już bledszy od najbielszej z bieli. Sprawiał wrażenie, jakby właśnie umarł.

– Jest twój – poinformował go Rosselin, demonstracyjnie odrzucając ogon smoka wprost na kolana dworzanina.

Nogi, pazury, oczy i ogon ożyły – wszystkie naraz. Przez jedno mgnienie oka nic nie było widać. Potem z bitewnego zgiełku oraz krwawej jatki wyłonił się jaszczur trzymający za gardło Odeta.

– To ty mnie kazałeś przyprowadzić? – syknął.

Po czym zrobił urzędnikowi coś takiego, że ten zaryczał jak prawdziwy potwór, prawie jak smok. Zaś jego uszy, mimo szybkiej interwencji Bernarda o'Connora, już do końca życia przypominały postrzępione pierogi.

I przyjęcie się rozpoczęło.

O wprowadzeniu Filippona z Osterwaldu na salony nawet nie warto wspominać, bo biedak ze stresu mienił się tak bardzo, że chwilami prześwitywały przez niego kości oraz cała reszta smoczego oprzyrządowania.

Na szczęście głód i pragnienie szybko zwyciężyły złe siły oratorstwa i napuszonej dworskiej etykiety. Ludzie i smoki rzucili się do stołów. Jedli i pili, pasa popuszczali, a nawet pod jedną z palm skręty z zabronionej nikorośli palili...

Wreszcie, kiedy zaczęła się niczym nieskrępowana zabawa, ku zaskoczeniu wszystkich cesarzowa postanowiła zatańczyć ze smokiem.

Orkiestra sprawiła się jak należy – to znaczy smyczki nie opadły ani nic. Nawet gdyby zstąpił Aarafiel i Joanna f'Imperte postanowiła powieść z nim galopkę, muzycy zagraliby bez zmrużenia oka.

Filippon odnalazł się jak zwykle. Władczyni trzy razy jęknęła, kiedy jaszczur pazurami nadepnął jej na nogę. Ale wytrzymała do końca. Trzeba umieć znosić przykrości, jeżeli chce się być cesarzową, prawda?

Jak widać, Joanna f'Imperte znalazła lepszy sposób na przejście do historii niż poprzez eksterminowanie ginących gatunków. Uznała, że lepiej będzie, jeśli zapisze się w księgach jako Tańcząca ze Smokiem.

W końcu orkiestra przestała grać. Imperatorowa klasnęła w dłonie i pośrodku sali, pod baldachimem drzew, zebrał się cały tłum ludzi.

– A teraz prezenty, mój drogi Filipponie – zarządziła Joanna. – Bo przecież nie możemy zapomnieć o upominkach, prawda?

Spojrzała na smoka, który wyglądał na mocno zaskoczonego.

– Osterwaldu nie mogę ci podarować – uśmiechnęła się – boby mój szanowny małżonek wrócił do Fertu i niepotrzebnie zawracał mi głowę, zamiast siedzieć tam i urządzać sobie bezkrwawe łowy. Ale jeżeli znajdziesz jakąś inną ładną skałę, to ci ją oddam.

Oczywiście nie wszyscy mieli prezenty. Wkrótce jednak jaszczur uzbierał górkę różnych niepotrzebnych rzeczy. Tylko jeden z baronów właściwie odnalazł się w sytuacji. Jego służący wtaszczył ogromny kawał surowego mięsa jeszcze broczącego krwią. Filipponowi aż oczy zalśniły z łakomstwa.

Na to, aby wręczyć mu beczkę dobrze utuczonych robaków, nie wpadł nikt.

Wreszcie, niemal na samym końcu, z tłumu wysunął się Astrogoniusz.

Malarz sprawiał przygnębiające wrażenie. Wyszczuplał, wyłysiał, z jego oczu zniknął żywy blask złośliwej inteligencji. Rosselin pomyślał, że będzie musiał wziąć tego pacykarza pod opiekę. W głębi duszy czuł się trochę winny. Zemsta była piękną sprawą, ale przecież nie chciał rujnować malarzowi kariery, a jedynie trochę go doświadczyć, jak Astrogoniusz doświadczył pogodnika, obrzucając obelgami i wywalając z roboty.

Teraz biedny malarz podszedł i wręczył swemu niedawnemu dręczycielowi prezent. I jak to artysta, wręczając go, zarazem szukał pochwały dla samego siebie.

Kiedy wyciągnął zza pleców pakunek, Rosselin natychmiast się domyślił, że w środku jest obraz.

Biedny smok też to pojął. Minę, już dostatecznie płaczliwą po tych wszystkich przyjęciowych szykanach, zrobił taką, jakby mu ktoś nagle oznajmił, że musi przejść na dietę wegetariańską, wreszcie dobił go stwierdzeniem, że nawet robaki w winie są wykluczone. I, aha, samo wino też, bo dieta nie tylko bezmięsna, ale i bezalkoholowa. A najlepiej niech się Filippon posila powietrzem, bo ono zdrowe jak mało co.

– Otwórz – łagodnie poprosił Astrogoniusz.

Nie odmawia się umierającemu, to rozumiał nawet Filippon. Wydobył z siebie głębokie westchnięcie pełne rezygnacji, po czym ostrożnie, jednym pazurem, rozciął papier i wyłuskał zawartość.

Widać było, że jaszczur z trudem wytrzymuje oglądanie samego siebie. Ramy wyglądały imponująco: złocone, grube i masywne. O obrazie można było wiele powiedzieć poza jednym: że wiadomo, kogo przedstawia. Choć po czterech łapach, które oko z trudem wyławiało spośród chaosu kolorów, plam, kresek i grubych rys – wyglądających, jakby ktoś darł płótno pazurami – należało się domyślać, że portret przedstawia smoka.

Rosselin zrozumiał w tamtej chwili, że jego własne koszmary na tle ślubu z Annabell to nic w porównaniu z tym, co musi przeżywać Astrogoniusz – i to na żywo. Tylko naprawdę drastyczne wizje mogły usprawiedliwić powstanie takiego dzieła.

Smok również wydawał się wstrząśnięty.

– Eee... dziękuję, Astrogoniuszu – rzekł chrypliwie. – Doceniam, że złożony ciężką chorobą znalazłeś czas na stworzenie arcydzieła...

Część dworzan ruszyła już w kierunku stołów uginających się pod smakołykami, a on trwał tak chwilę, nie wiedząc, co począć z obrazem, kiedy naraz pojawił się Garzful. Rozglądając się niespokojnie, czy Xan nie zrobi mu jakiejś krzywdy, wyjął zza pleców owinięty w białe płótno okrągły przedmiot i podał Filipponowi ze słowami:

– A to prezent ode mnie na tę szczęśliwą chwilę. Zostańmy przyjaciółmi, smoku.

Chyba mu zaszkodziło warunkowe zwolnienie – pomyślał zdumiony Rosselin.

Zrezygnowany bohater przyjęcia gotów był już przyjąć wszystko, nawet kubełek gotowanej marchewki. Zaczął odwijać podarunek.

– O kurrrrr.... – mruknął nagle, nie bacząc na stojące wokół damy.

Podarunek robił wrażenie. Był to złocony hełm z krótkimi, ostrymi wypustkami.

Mag przypatrywał mu się w zdumieniu. Rycerze zakuci w stal dawno wymarli. Jak dowiodły działania wojenne, byli łatwym celem dla wszelkiej maści hałastry walczącej niehonorowo, za to skutecznie. A w dodatku magowie zbyt często urządzali sobie zawody, który szybciej podgrzeje taką mięsną puszkę.

Chociaż patrząc na ten hełm, niegdyś okrywający zapewne mocno zdeformowaną czaszkę, Rosselin zastanawiał się, czy prawdziwym powodem wyginięcia tej kasty nie była po prostu selekcja naturalna. Ostatecznie nikt normalny nie dałby się zakuć w grubą blachę. Przecież w takim kaftanie nawet pod pachą trudno się podrapać, o większych potrzebach nie wspominając.

Na smoka jednak to dziwaczne nakrycie głowy pasowało niemal idealnie. Filippon szybko nasadził je na łeb i rozpłomienił się w zwycięskim uśmiechu.

A kiedy karzeł dodał, że to hełm samego Livardona z Kentu, jaszczur nawet go uściskał z wrażenia, choć pogodnik mógł się założyć o własne życie, że jego bestia nigdy wcześniej nawet nie słyszała tego imienia.

Tak to Garzful dał jaszczurowi coś więcej niż beczkę robaków – dał mu amulet zwycięstwa.

I tym mocnym akcentem skończyły się wszystkie punkty oficjalne, zaczęło się zaś nieoficjalne obżarstwo oraz pijaństwo. Pod jedną z palm kokosowych szybko doszło do tak intensywnej orgietki, że dojrzałe orzechy leciały uczestnikom tej zabawy na głowę. Ponieważ jednak kokosy są podobno afrodyzjakiem, nikt sobie nie przerywał, a co spadło, zostało skonsumowane.

Ku uciesze biesiadników smok poczuł się wreszcie duszą towarzystwa i zaczął pić wino z hełmu.

Rosselin też bawił się miło. Przy kieliszku wina i dobrego sera wybaczyli sobie z Odetem urazy, bo po co te kłótnie? Lepiej żyć w zgodzie, a wrogów szukać gdzie indziej.

Było już bardzo późno, kiedy zauważył coś zadziwiającego. Filippon chyłkiem wrócił do kupki swoich prezentów, wyciągnął stamtąd dzieło Astrogoniusza i ruszył w stronę największej gęstwiny.

Zaintrygowany mag szybko podążył jego tropem.

Pijany jaszczur wędrował zakosami, hałasując i walcząc z nieporęcznym obrazem. Pogodnik mógł więc go tropić, pozostając niezauważonym. Wreszcie w jakimś mateczniku smok przystanął, zaklął i rozerwał ramę. Później zaczął ją rozbijać na mniejsze kawałki. Te wsadzał w szpary wokół rosnących tu drzew.

Wreszcie spojrzał na rulon obrazu. Rozwinął go, westchnął i wydawało się, że wepchnie go tam, gdzie wcześniej wylądowały szczątki ramy. Ale zamamrotał coś pod nosem, pokręcił swoją jaszczurczą głową i krzywiąc się z obrzydzeniem... zjadł płótno!

Na twarzy ukrytego za palmą Rosselina zagościł lekki uśmiech. Rozumiał, że smok postanowił się poświęcić, aby świat nigdy więcej nie oglądał takich potworności.

Kiedy pogodnik z ulgą zamknął za sobą drzwi izby, Filippon rzucił hełm w kąt i mruknął:

– A teraz idę rozprostować kości...

Mag spojrzał na smoka z niedowierzaniem i... niepokojem.

– Przecież przyjęcie właśnie się skończyło... – bąknął.

Jaszczur warknął z głębi gardła:

– Ty możesz nazywać to przyjęciem, ja wolę miłym upokorzeniem. A teraz idę naprawdę się zabawić.

– Ależ... – zaczął Rosselin. Przecież na własne oczy widział, jak bawił się smok. I była to całkiem udana impreza. Czyżby obraz mu zaszkodził, utkwił gdzieś w kiszkach?

W oczach Filippona błysnęły krwawe iskry.

– Bez obaw, będę polować z dala od domu.

I dotrzymał słowa. Tej nocy krzyki grozy niosły się po innych wieżach pałacowego kompleksu.

Rankiem naliczono kilka osób, których serca nie wytrzymały. Jeden z baronów wyskoczył oknem. O świcie znaleziono w krzakach poniżej jego apartamentu tylko kości objedzone przez mrówki, a może inne stworzenia.

Dziwnym trafem Rosselin skojarzył, że źle skończyli ci, którzy podczas ceremonii składania hołdu patrzyli z pogardą i zazdrością na osterwaldzką jaszczurkę...

III

Było późne popołudnie, kiedy smok przeciągnął się leniwie i podrapał w swędzące łuski pod lewą tylną łapą. Otworzył jedno oko, by spojrzeć na Rosselina, który siedząc przy stole, pracował nad swoją naukową księgą o wpływie soli na magię, albo też odwrotnie.

– No to spełniłem twoją prośbę – mruknął smok. – Dałem się oćwiczyć jak małpka. Teraz ty dotrzymaj obietnicy...

Lekko zaskoczony pogodnik przeniósł spojrzenie na Filippona, a ten kontynuował:

– ...i zorganizuj spotkanie z tymi swoimi magami. Smoczyce, pamiętasz? – jaszczur uśmiechnął się drwiąco. – Bo przecież prawdziwy smok musi znaleźć jaskinię, posadzić przed nią drzewo i znaleźć smoczycę, która złoży jaja w gnieździe...

Rosselin skubnął w zamyśleniu wargę.

– No dobra, przejdę się korytarzami – mruknął. – Pogadam z kimś mądrzejszym od siebie...

– To akurat nie będzie trudne. No chyba że spotkasz Didloga. – Filippon z hałasem wyciągnął cielsko w kącie pokoju. – Rób, co chcesz, ja słowa dotrzymałem.

Nie powinien był nigdzie wychodzić. Co więcej – nie powinien był słuchać.

A już na pewno nie powinien był podsłuchiwać.

– ...i sam karzeł opowiedział mi, że to blaga, rozumiesz? Żaden tam rycerski hełm, dał temu potworowi kask ulubionego psa jednego z cesarzy sprzed paru wieków – mówił ze śmiechem ktoś w głębi korytarza, za zakrętem. – Imaginujesz to sobie, Dryll?

Rosselin zatrzymał się, wystawiając ucho za róg korytarza. Ale wymieniony Dryll odparł tylko:

– No, jak jaszczur głupi, to co się miał nie nabrać? – po czym rozmowa zeszła na inny temat.

Pogodnik nerwowo zagryzł wargę. No pięknie! Znów z tego cholernego Garzfula wylazła nienawistna dusza czy co to tam się kryło w środku karlego ciała.

Mag powiódł spojrzeniem po korytarzu i cofnął się, żeby rozmówcy go nie ujrzeli. Kiedy plotka dotrze do smoka...

Dobrze wiedział, jak to może wyglądać. Ffein, jego mistrz od burz i naporów powietrza, zwykł opowiadać uczniom historię swego psa. *Chciałem go pogłaskać, rozumiecie* – mówił smutnym tonem. *Lekkim wicherkiem przeczesać mu sierść... No i trochę nie doceniłem siły tej wichury. Albo twardości muru.*

Bujna wyobraźnia Rosselina podsunęła mu odpowiedni widok.

Musiał koniecznie odszukać karła, zanim smok usłyszy plotkę i zechce sam wymierzyć sprawiedliwość. Czyli rozpłaszczyć Garzfula na czymś twardszym.

A cesarzowa mogła nie lubić paskudzenia ścian pałacu swoimi ulubionymi karłami.

Poszukiwania tego obmierzłego knypka zajęły Rosselinowi ledwie parę chwil. Bardzo się starał. Napędzał go strach, że po zabiciu Garzfula cesarzowa powie na przykład:

– *Twój zwierzak zabił mi karła, hultaju. Dasz mi zaraz nowego...*

– *Ale ja nie mam, o pani* – odpowie drżącym głosem nasz bohater.

– *Cóż, więc sam go zastąpisz. Nasz oprawca skróci ci ręce i nogi. Nie będzie to może to samo, ale... Kaaacieee!*

Odnalazłszy przyszłego nieboszczyka i sprawcę swego okaleczenia, pogodnik odciągnął go na bok, w miejsce, gdzie mogli porozmawiać na osobności. Był to ciemny kąt korytarza opleciony pajęczyną. W sam raz do takich rozmów. Mag prawie wepchnął tam karła.

– Co jest? – warknął Garzful, broniąc się przed niespodziewaną agresją. – Ledwie spróbowałem czegoś innego niż więzienne żarcie, a tu już ktoś dybie na moje życie...

Rosselin chwycił go za szyję.

– Wiesz, co się stanie, jak smok usłyszy plotki, które rozsiewasz? – syknął.

Karzeł uśmiechnął się okrutnie, choć być może był to grymas bólu, bo pogodnik wciąż trzymał dłonie na jego gardle.

– A, o to chodzi! To ci powiem, co mówią. Że to przez niego siedziałem w wieży...

Mag zaklął w duchu. Jakim cudem Garzful mógł się o tym dowiedzieć?

– Gadanie – rzekł szybko. – A za ten numer z hełmem to cię Filippon rozedrze na ćwierci.

Na twarz karła wypłynął triumfalny uśmiech.

– O ile zdąży. Wiesz, dlaczego tamten pies zdechł?

Pogodnik zamarł. Dotarł do niego trupi dech płynący od pajęczyny.

– Te ostre szpikulce były zatrute – krwiożerczo uśmiechnął się pupil cesarzowej. – I myślę, że trochę trucizny tam zostało. O ile się nie pomyliłem, twój smok pewno już gdzieś zdycha w kącie.

Mag odepchnął go na ścianę.

– Ty!

– A ja! – Garzful poprawił ubranie. – Idź, odszukaj, zakop. I nie wchodź mi w drogę, dobrze radzę.

Źle radził. Rosselin spiesznie ruszył odszukać smoka i ostrzec go przed niebezpieczeństwem, póki ten jeszcze żyje. Bo, przyznacie sami, martwego smoka to już o niczym nie warto uprzedzać.

Dopiero przed drzwiami apartamentu Zejfy dotarło do maga, że przecież Filippon nie jest taką sobie zwykłą jaszczurką, więc byle trucizna go nie położy.

Ale kiedy nabrał tchu i pchnął drzwi, jeszcze bardziej zdziwił go widok karlicy przy boku smoka.

Xan coś gorączkowo szeptała jaszczurowi do ucha.

I nagle...

– Ja tego sukinkota zabiję!!! – wrzasnął Filippon. – Na Dracenę bez ogona!

Skoczył ku drzwiom, w których stał pogodnik. Ten próbował go złapać za ogon i powstrzymać, ale na niewiele się to zdało. Wściekły potwór pognał korytarzem, niknąc zaraz za zakrętem.

Rosselin wrzasnął za nim na całe gardło:

– A smoczyce?!

Odległy tupot jaszczurzych nóg ustał.

– Co smoczyce? – spytało echo walące po ścianach korytarza niby grad w okna.

Pogodnik uśmiechnął się pod nosem.

– Jak zabijesz Garzfula, skażą cię za awanturnictwo, Filipponie. I nici ze smoczyc...

A kiedy potwór zionący z pyska obłoczkami pary wyłonił się zza zakrętu, mag dodał:

– Wymyślimy coś innego. Coś takiego, żeby naprawdę go zabolało.

IV

Przez kilka dni Filippon chodził i udawał, że nie słyszy narastającej fali plotek. Rosselinowi udało się go również namówić na noszenie hełmu, chociaż podczas przedkładania smokowi argumentów na rzecz tego pomysłu omal nie postradał życia.

Ale jaszczur wkrótce przyznał mu rację. Bo oto gdy kroczył z łbem dumnie zakutym w stal niby ów Livardon z Kentu, Garzful wyraźnie zaczynał się bać i tracił pewność siebie.

Szczytem wszystkiego było, kiedy smok w hełmie podszedł na jakimś przyjęciu do karła i w otoczeniu dziesiątek ludzi uciął sobie miłą pogawędkę o rycerskim honorze.

A dwa dni później doszło do kulminacji. Było to akurat święto pierwszego spotkania Draceny z Aarafielem i cesarzowa wyprawiła małą uroczystość.

Jedzono i pito zdrowo a pobożnie – do dna.

Już wydawało się, że choć tym razem wszystko przebiegnie jak Aarafiel przykazał, gdy nagle do sali wpadł jakiś niski człowieczek w smoczym hełmie nasadzonym na łeb niczym za duży kapelusz. Z tą różnicą, że hełm najwyraźniej nie chciał zejść. Nieszczęśnik bulgotał z wściekłości albo rozpaczy – trudno było rozpoznać. Za to po kształcie miotającej się postaci nawet Brunhild ver Didlog domyśliłby się, że to Garzful.

Tymczasem obok Rosselina, zajmującego miejsce w gronie kilku magów, zmaterializował się jaszczur, szyderczo uśmiechnięty.

W ciszy oniemiałych dworzan karzeł kręcił się jak dziecięcy bąk i ryczał doprawdy niczym Krakern wystawiony na broń prostego, ale zaciętego marynarstwa... Wreszcie całkiem stracił kierunek i runął w stronę cesarzowej.

Rozległy się westchnienia kilku dam, jedna z nich nawet zemdlała. Strażnicy unieśli broń...

Smok stał już nie obok pogodnika, lecz u boku swej władczyni, jak na wiernego poddanego przystało.

– Pozwolisz, moja pani, że cię wyręczę – rzekł Filippon, świeżo upieczony rycerz z Osterwaldu.

I przeskoczywszy stół, celnym kopnięciem skierował hełm z zawartością w stronę bramki. To jest otwartych drzwi komnaty.

Odgłosy strzelanych karnych, rzutów wolnych, a także fauli długo jeszcze niosły się po korytarzach pałacu. Wtórowały im cichnące ryki pechowych zawodników drużyny przeciwnej niż ta, w której grał piłkarz o wdzięcznym imieniu Filippon albo, jak zapewne przez pomyłkę nazwali go kronikarze, Filipponaldo.

A samą grę lud, któremu bardzo się spodobało kopanie okrągłej głowy, nazwał garzfulką kopaną albo szmacianką dworską. Popyt na głowy trochę wzrósł, zanim kupcy zauważyli, że można zrobić interes na głowach zastępczych – gumowych lub szmacianych.

Tak oto smok, który jeszcze tego samego dnia podał komplet obowiązujących reguł, zapoczątkował nowy świecki kult. Stadiony zaczęły rosnąć jak grzyby po deszczu i tylko złośliwi mnisi narzekali, że szmacianka odciąga młodzież od świątyń.

Ale cesarzowej gra się spodobała i to przesądziło o jej popularności. Zaś sam Garzful na jakiś czas przycichł i schodził innym dworzanom z oczu, tylko Bernarda o'Cencora ciągle nagabywał, czy ten nie ma jakichś nowych specyfików na ból głowy.

Co medyk skrzętnie wykorzystał, bo ochotników do eksperymentów zawsze mu brakowało.

Rozdział 3

Podziemia Akademii Magicznej przerażały. Jako niesforny uczeń nasz pogodnik obawiał się ich bardziej niż amputowania nogi w kolanie albo zaklęcia odbierającego mowę.

Uczniacy – poza rzecz jasna Rosselinem i jego kolegą Durchichlanem, którzy w czasie intensywnych prac nad wydobyciem wytrawnego wina z głębin ziemi wpadli w lochy i w kłopoty – zwykle nieprędko poznawali prawdę: że pod majestatyczną bryłą budynku Akademii rozciągają się głębokie kazamaty. Mistrzowie niechętnie poruszali ten temat. Zapytani wprost, z kwaśną miną nie zaprzeczali, że owszem, są tam podziemia. Bagatelizowali jednak sprawę w duchu: *No ale przecież każdy budynek ma jakieś piwnice, nieprawdaż? Czasem są to nawet piwnice z winem...*

Dopiero w ostatnim roku nauki któryś z mistrzów brał na siebie ciężar wyjaśnienia przyszłym pogodnikom czy sadownikom pochodzenie tej aury tajemniczości.

Otóż magia to sztuka nieprzewidywalna. Podobnie zresztą jak sami magowie. Jeden okaże się skalniakiem, inny kopistą-iluminatorem, a trzeci... cóż, trzeci nie okaże się ani rzadkim prawdziwkiem jak doradca cesarzowej Stawirlen, ani nawet tajemniczym czarnym magiem, tylko zwykłym draniem. Bandytą, który przy pomocy czarów postanowi ludziom szkodzić ile wlezie.

W lochach uwięziono wielu przestępców obdarzonych mocą oraz umiejętnościami magicznymi. Niektórych nie udawało się prosto zgładzić albo strach było ryzykować. A poza tym, nawet gdyby się dało, to czy nie lepiej jednak ich badać? Imperialny wymiar sprawiedliwości patrzył na takie sprawy inaczej, według niego przestępcę należało zakatrupić i odesłać do Kompostnika, krainy umarłych – niech Aarafiel się martwi, skoro głupio takiego człowieka stworzył. Jednak Akademicy nie byli tak złośliwi, a może po prostu praktyczniejsi. Nie przyznawali się do tego przed nikim, aby nie wzbudzać niepokoju, ale poszukiwania organu mocy, jakiegoś magicznego odpowiednika serca, szyszynki czy jąder, wciąż trwały. A że do tych celów zupełnie nie nadawały się białe myszy czy inne puszyste króliczki doświadczalne, pochopne wyzbywanie się obiektów naukowych nie wchodziło w grę.

O tych wszystkich sprawach rozmyślał Rosselin, nerwowo stąpając po schodach wiodących w głąb owych straszliwych podziemi.

Sykander, który przed chwilą zdjął czar blokujący z drzwi wejściowych, a potem w drodze w głąb usuwał kolejne zapory i alarmy, z rosnącym rozbawieniem spoglądał na młodszego maga. Czasem też chłodnym spojrzeniem obrzucał Filippona. Ten bowiem w lochach czuł się jak w swojej jaskini, o której kiedyś opowiadał pogodnikowi. Już przy wejściu gad z namaszczeniem wciągnął piwniczny zapaszek w nozdrza i stwierdził z lubością:

– Czuję mnóstwo robaków. Schodźmy, nie ma na co czekać!!!

Rosselin bardzo by chciał, żeby celem ich wędrówki było łapanie robaków. Ale nie, oni szli zobaczyć... smoki!

Drugie spotkanie Filippona z Radą Magów okazało się brzemienne w skutki. A także w następstwa. Wreszcie – w konsekwencje.

Za pierwszym razem szanowni starcy tylko sobie podyskutowali z jaszczurem. Ten nie wytrzymał napięcia, nagle dostał rozwolnienia i wyskoczył przez okno. Trochę przy tym wystraszył szanownych gerontów i gdyby panika mogła zabijać, trzeba byłoby wybierać nową Radę... Później, gdy wrócił z toalety, doszło do starcia na tle pisania przez smoka dziennika, na co magowie nalegali, zaś Filippon wprost przeciwnie. Tak więc owo pierwsze spotkanie okazało się dla wszystkich uczestników niemiłą porażką, o ile nie katastrofą.

Wkrótce jednak, pod pretekstem konsultacji fragmentów swojego diariusza, jaszczur uzyskał drugą audiencję. Na to spotkanie przybył znacznie lepiej przygotowany... ba! w jakiś zagadkowy sposób pomiędzy wizytami posiadł taką technikę manipulowania ludźmi, że mógłby zbić majątek jako domokrążny sprzedawca pierdółek ozdobnych lub misek z godłem Imperium. I w zamian za dalsze wpisy w dzienniku uzyskał prawo do rozmowy z kimś, kogo Rada Magów nie zamierzała pokazywać nikomu i bardzo się obawiała.

Magiem, który podobno widział smoki.

I to na trzeźwo.

Przed skręceniem w niski korytarz, wiodący w najbardziej ponure zakamarki magicznego więzienia, Sykander naraz gwałtownie się zatrzymał.

– Ma na imię Irapio – oznajmił, spoglądając uważnie na Rosselina. – I dobrze wam radzę, bądźcie bardzo, ale to bardzo ostrożni.

Smok pogardliwie prychnął.

– Irapio?! Ależ mu imię matula nadała. Ni pies, ni wydra, a i niedźwiedź nie wycharczy... Pewnie przeczuwała, biedna, że będą z nim kłopoty wychowawcze...

Pogodnik się zachmurzył. Powróciło odległe wspomnienie z czasów, kiedy pasał krowy, a świątynię Draceny miał spalić dopiero w odległej przyszłości, podobnie jak zostać magiem. I to niesprawiedliwie wciąż przypisanym do trzeciej kategorii, choć tamten pożar był przecież pierwsza klasa.

– Chciała być oryginalna – mruknął. – Znam ten ból. Mnie ojciec chciał nazwać Pierwszymzkościzrodzonym, tylko matce imię wydało się za długie. No i jeszcze wzruszała ramionami na tę kość, z uśmiechem powiadając, że żadna porządna kość nie może być tak miękka i kichowata jak ta, co to jej ojciec używał...

Westchnął. Czasem, spoglądając na dworskie obyczaje, dochodził do wniosku, że zwyczajne życie ma więcej zalet niż pałacowy przepych. Ale jako głupi wiejski podrostek nie wiedział, że spełnione marzenia mogą się stać przekleństwem.

– No i tak zostałem tym, kim zostałem... – dokończył, nagle tracąc chęć dyskutowania.

Jaszczur spojrzał na niego ironicznie.

– To znaczy specjalistą od wpadania w kłopoty?

Rosselin spiorunował swoje zwierzątko wzrokiem. Prawie przy tym przepalił smoczą łuskę.

– Koniec żartów. Spokój! – zarządził Sykander.

Poprowadził ich najciaśniejszym, najmroczniejszym korytarzem prosto w dół, jakby do Aarafielowego Kompostownika. Jeszcze kilkadziesiąt kroków wąskim tunelem kutym w litej skale, ostry zakręt – i drogę przegrodziła im kurtyna wody wylewającej się nie wiadomo skąd, bo na pewno nie z sufitu ponad ich głowami. Spływała z szumem niby kaskada małego wodospadu. W powietrzu unosiła się rozpylona mgła. Jednak na podłodze nie powstała choćby najmniejsza kałuża.

– To już nie macie na górze pryszniców? – mruknął Filippon.

Sykander w skupieniu wypowiedział jakieś krótkie, niezrozumiałe słowo. W ścianie wody otworzyło się przejście wyglądające jak pionowa kocia źrenica. Za nią widać było dalszy ciąg korytarza. Gdy tylko tam dotarli, woda za plecami znów odcięła im drogę.

Minęli trzy takie bramy, wędrując po zacieśniającej się spirali.

Wreszcie korytarz przeszedł w krótki przedsionek. Na jego końcu znajdowały się ciężkie, okute żelazem drzwi. Sykander westchnął i pchnął je lekko. Otworzyły

się bezszelestnie, jakby trzymały je nie zawiasy, lecz magiczne okowy.

– A oto i nasz szanowny zbrodzień – stwierdził sekretarz Rady. – Zapraszam do środka...

Rosselin chciał puścić jaszczura przodem, bo w końcu to jego osobisty potwór nalegał na odwiedziny u niebezpiecznego maga. Ale nie zdążył wykazać się gościnnością. Filippon sam odepchnął przyjaciela – niczym piórko stojące na przeszkodzie rozwścieczonemu mastodontylowi w pogoni za uciekającą trawą – i ze straszliwym łomotem wpadł do środka.

Podczas kiedy pogodnik coraz bardziej bladł na twarzy i pod ubraniem, w izbie więziennej rozległy się dwa krótkie okrzyki, zwierzęcy kwik przypominający odgłos po uderzeniu w smocze żebro, ordynarne przekleństwo, za jakie dzieciaki na podwórku potrafią zapłacić srebrnego imperiała (chęć zaimponowania kolegom nie zna ceny), znów ryk... trzaski i syki szalejącego pożaru...

– Oho, dogadują się – niefrasobliwie stwierdził Sykander oparty o ścianę. – Ciekawe, czyj argument zwycięży.

Dłuższą chwilę trwało, nim zapadła cisza. Rosselin ostrożnie wsadził głowę w szparę pomiędzy murem a drzwiami...

Irapio okazał się mężczyzną nieco podstarzałym, z włosami opadającymi grubym warkoczem na ramiona. Jego pociągła, pozbawiona zarostu twarz była mocno skupiona, jakby mag trwał w jakimś transie. Stał z rękoma opuszczonymi wzdłuż boków pośrodku niewielkiej, ascetycznie urządzonej komnaty.

W jednym z kątów izby, przy drewnianym stoliku i prostym krześle, warował smok. Szczerzył kły, nerwowo poruszając samym koniuszkiem ogona.

– Ogłaszam remis – zarządził Sykander. – Bo jak nie, wstrzymam racje żywnościowe. Albo zmuszę do przejścia na kaszę bez skwarków – i spojrzał groźnie na więźnia.

Ten natychmiast oprzytomniał. Wyszedł z transu i omiótł trójkę przybyszy zimnym, nieprzyjemnym spojrzeniem.

– Smoka to już dawno nie widziałem – mruknął nieco zdziwiony. W jego szarych oczach spoglądających na jaszczura pojawiła się zaduma. – Szukasz swoich, co? – rzekł wreszcie.

W gardle Filippona coś zagrało. Coś, co Rosselin uznałby za szloch, gdyby nie wiedział, że przecież jego przyjaciel pozbawiony jest wyższych uczuć niczym idol pogodnika, filozof Sarturus.

– Opowiedz im, co zobaczyłeś – mruknął Sykander. – Opowiedz im o Mieście... albo o swoich snach...

Irapio uśmiechnął się drwiąco. Na jego wąskie oblicze wypłynął chytry, niedobry grymas. Widać było, że ci dwaj mają ze sobą jakieś zadawnione porachunki.

– A co ja z tego będę mieć?

Sekretarz Rady Magów obojętnie wzruszył ramionami.

– Nic. Ale spytaj, czego NIE BĘDZIESZ mieć, jeśli nie zechcesz współpracować.

Więzień gniewnie zacisnął usta.

– Dobrze wiesz, że widziałem Smocze Miasto, Sykander! – żachnął się, nerwowym krokiem przemierzając swoją izbę pozbawioną okna. – Większe niż Fert, z tysiącami smoków. Ty i ta twoja rada starców mówicie, że to tylko narkotyczne majaczenie, bo się boicie, że one tu przylezą i nas zniszczą!

Sekretarz zbladł, zrobił ruch, jakby chciał uderzyć Irapia. A on rozgniewany dokończył:

– No, ale teraz już chyba wierzysz? Bo smoków miało nie być, a ten tu to co, kwitnąca paprotka może?

Sykander wzruszył ramionami.

– Wymarły gatunek. Zresztą wkrótce poślemy ekspedycję do Osterwaldu, bo może jeszcze jakieś egzemplarze się uchowały...

Filippon chrząknął tak głośno, że musieli zamilknąć. I tak by się nie słyszeli.

– Jestem ostatni, ale z pewnością nie wymarły – jego głos był nieprzyjemny, zgrzytliwy. Smok bystro spojrzał na Irapia. – A co z tym miastem? Wiesz, jak można tam dotrzeć?

– Widziałem je tylko raz, przelotnie – przyznał więzień. – I nie wiem, jak stworzyć tunel pomiędzy ich miastem a naszym. Zresztą one pewno też nie umieją, bo gdyby umiały, już by tu były.

Wtedy Sykander niespodziewanie postanowił przerwać tę rozmowę.

– Smoku, dostałeś, czego pragnąłeś – oznajmił sucho. – A teraz wracajmy na górę.

I nic sobie nie robiąc z protestów Filippona, ruszył w stronę drzwi. Widząc, że nikt za nim nie podąża, rzucił przez ramię:

– Możecie tu zostać, proszę bardzo. Ja wracam.

Jaszczur i jego przyjaciel z niechęcią ruszyli śladem nieubłaganego przewodnika. Pogodnikowi przypomniało się to, co parę miesięcy temu powiedział mu Sykander: że jakiś mag wywoła wojnę, wplątawszy się w pałacową aferę. Dlatego gdy Rosselin przechodził przez drzwi więziennej izby, przeszył go krótki, ostry dreszcz grozy.

Odprowadzał ich zamyślony wzrok Irapia...

Dłuższą chwilę wracali w milczeniu.

– A może on by spróbował jeszcze raz? – odezwał się wreszcie smok. – Moglibyśmy obejrzeć to miasto? – w głosie Filippona zabrzmiała jakaś tęskna nuta.

Sykander w milczeniu wspinał się schodami w górę.

– Nie ma takiej możliwości – odparł wreszcie niby spokojnym tonem, ale pobrzmiewał w nim tłumiony gniew. – Decyzja należy do całej Rady, ale chyba się nie pomylę, jeżeli powiem, że nikt nie zaryzykuje zniszczenia połowy miasta.

Smok zaklął. Tymczasem Rosselin podniósł wzrok na swego przewodnika. Zniszczenia połowy miasta...? Zaraz... Przypomniał sobie kronikę Mawecjusza. To się stało przed osiemnastu laty. Spłonęły trzy dzielnice, zginęło wielu ludzi. A budowlańcy do tej pory liczą zarobione wtedy pieniądze, bo co jest dla jednych katastrofą, dla innych łaską zesłaną przez Dracenę. Nic dziwnego, że to właśnie cech murarzy najgorliwiej wspierał odtąd kult małżonki Aarafiela.

– Chcesz powiedzieć, że ten pożar?... – zaczął niepewnie pogodnik. – Że to było...?

Starzec tylko ponuro skinął głową, potwierdzając straszliwe podejrzenie.

– Chwała, że z dymem poszedł tylko kawałek miasta... – westchnął. – Nawet nasza Akademia była zagrożona.

Minęli już wodne kurtyny, teraz powoli zbliżali się do wyjścia. Sykander spojrzał na Filippona.

– Przecież nie można było prostemu ludowi czy cesarzowi tłumaczyć, że tylko sobie eksperymentowaliśmy. Ale drugi raz nikt nie podejmie takiej decyzji. Musisz to zrozumieć. Koniec dyskusji.

Później wyjaśnił im, że Irapio nie myślał wtedy nawet o znalezieniu połączenia ze Smoczym Miastem, wcale nie. On próbował jedynie wznieść magiczny tunel wiodący z jednego krańca kontynentu na drugi.

To co by było, gdyby tunel połączył ludzi i smoki?

Argument w postaci wielkiego pożaru stolicy nie trafił jednak jaszczurowi do przekonania. Zresztą dlaczego właściwie miałby trafić, czyż to było jego miasto?

W drodze do pałacu Filippon w milczeniu gryzł łuski. Wybuchnął dopiero w izbie pogodnika:

– Dosyć, do jasnej cholery! – Zazgrzytał zębami, jakby ostrząc je przed próbą posiekania maga na krwawą sałatkę. – Obiecałeś mi smoczyce. A co najmniej smoki. Dałeś słowo!

Rosselin odwiesił wyjściową szatę, z westchnieniem przyjrzał się koszuli, która aż prosiła o cerowanie. Wreszcie zerknął na jaszczura.

– Filippon, spójrz na to realnie. Słyszałeś, co powiedział Sykander. Rada Magów pozwoliła ci porozmawiać z Irapiem, ale na więcej naprawdę bym nie liczył.

– Czyli pokazaliście mi jakiegoś starego maga, który opowiedział o smokach, i to ma mi wystarczyć... – Gad spojrzał na plączącego się pod kanapą Tinkusa takim wzrokiem, że biedny pudel pisnął i uciekł za komodę.

Rosselin w zadumie pokiwał głową.

– Obawiam się... obawiam się, że będzie ci to musiało wystarczyć...

Nie dodał, że nie należy drażnić Rady, kiedy ktoś myśli o przyspieszonym awansie na drugą kategorię pogodnictwa. Pewnie dlatego, że Filippon nie był ambitny i z pewnością nie zrozumiałby maga, który pragnął tego... no, jakby to rzec... dla ich wspólnego dobra.

Po pokoju poniósł się wściekły warkot.

A potem szorstki głos:

– Ja tak tego nie zostawię. Jeszcze się odgryzę, zobaczysz.

II

Tymczasem Xan promieniała. Kilka miesięcy spędzonych na dworze sprawiło, że stęskniła się za Tartilonem. Poprosiła cesarzową, aby pozwoliła jej odwiedzić ojczystą ziemię. A ta łaskawie wyraziła zgodę.

Chciała nawet dodać dziewczynie Garzfula do towarzystwa. Ten jednak najzupełniej pechowo, w niewyjaśnionych okolicznościach, złamał nogę. Wobec czego nie mógł podążyć razem z karlicą.

Ale po jego minie wcale nie było widać rozpaczy. A parę razy Rosselin miał okazję zobaczyć, jak Garzful porusza się zadziwiająco sprawnie, kręcąc kółka laską służącą do podpierania chorej nogi i pogwizdując.

Zapisał to sobie w pamięci – mogło się kiedyś przydać. Na razie postanowił zrealizować pewien plan... Kiedy bowiem spoglądał na tego mizerotę Astrogoniusza, który usilnie próbował wrócić do formy i odrobić straty poniesione w pałacowych rozgrywkach, przyszła mu nagle myśl, żeby posłać malarza w podróż z Xan. Niech trochę odżyje, odpocznie z dala od stresów...

Kiedy wspomniał o tym pacykarzowi, ten tylko popatrzył na maga z nienawiścią i syknął:

– Cesarzowa kazała ci mnie wybadać, tak? – Nie dostrzegł gwałtownego zaprzeczenia, więc natychmiast ruszył odszukać cesarskiego medyka Bernarda, aby ten wysmażył mu zwolnienie z podróży pod dowolnym pretekstem.

O'Cencor zasępił się podobno, zadumał i rzekł:

– Podróż z karłami rzeczywiście sensu nie ma, Astrogoniuszu. Leczyć trzeba podobne podobnym. Wodowstręt wodą.

Jak później relacjonował medyk, artysta uległ silnemu atakowi paniki i trzeba go było reanimować. Oraz wyciągać zza szafy.

Misja Bernarda wymagała jednak czasem, aby leczyć pacjenta siłą, wbrew jego woli. Co więcej, spotkał na swej drodze potężnego sojusznika – Rosselina. Ten postanowił wyręczyć o'Cencora w udzieleniu pomocy Astrogoniuszowi. Pomysł wyleczenia malarza z wodowstrętu za pomocą kuracji wodnych wydał mu się bowiem zarówno zabawny, jak i skuteczny.

Pogodnik znów musiał zająć cesarzowej parę chwil.

Była w lepszym nastroju niż poprzednio. Z uśmiechem pobłażania przyznała magowi rację: nadworny pacykarz naprawdę potrzebował pomocy, jeżeli miał powrócić do swych codziennych zajęć.

Joanna zawołała jednego ze swoich urzędników i kazała przyprowadzić Astrogoniusza. Szczęśliwie ten cały dzień spędzał w pałacu, próbując – bezskutecznie zresztą – nakłonić kogoś do zamówienia portretu. Zdesperowany zaczął przebąkiwać, że pierwszy będzie za pół ceny, a drugi za darmo. Wycofał się z tego pomysłu dopiero wtedy, gdy jedna z dam odpowiedziała mu: *To ja poproszę tylko ten drugi.*

Wreszcie stanął przed obliczem cesarzowej. Wydawał się mocno zaniepokojony, a na widok Rosselina u boku Joanny f'Imperte zbladł.

Władczyni niedbałym gestem kazała mu usiąść, przysunęła karafkę z winem, po czym z uśmiechem oznajmiła, że postanowiła go wysłać na morze. Niech tam napaćka dla niej parę płócien.

– Ależ ja nie jestem marynistą, ja maluję portrety, miłościwa pani! – jęknął wstrząśnięty i zmieszany artysta.

Cesarzowa, udając powagę, skinęła głową.

– Toteż zamawiam u ciebie, Astrogoniuszu, właśnie portrety. Portrety morza. Powiedzmy... pięć. – Spojrzała na maga, który lekko się skrzywił. – Nie, mamy jeszcze miejsce w dwóch salach, niech więc będzie okrągłe dziesięć. Tylko takie, wiesz, wielkoformatowe... – dodała z własnej inwencji. Wszyscy wiedzieli, że lubi duże rzeczy, jak przystało na kogoś, kto włada przecież nie spłachetkiem ziemi, ale całym Imperium. Poprzedni nadworny malarz, wielki miłośnik miniatur, podobno zrezygnował z posady, kiedy cesarzowa nakazała mu sporządzić ich dziesięć tysięcy.

Astrogoniusz, usłyszawszy zamówienie, mocno zbladł. W mgnieniu oka skurczył się też do rozmiarów czubka dobrego pędzla z sobolowego włosia.

– Ależ, pani... – zaczął.

Joanna f'Imperte wstała.

– Nie musisz mi dziękować. – I zdecydowanym, niepozwalającym na żadne protesty gestem kazała mu się wynosić.

– Zadowolony? – spytała Rosselina. – I jak rozumiem, chcesz mieć na niego oko, mustrując na statek tego znajomego szypra, jak mu tam, Torturusa?

Pogodnik skłonił się nisko. Nie odważył się poprawić jej błędu w imieniu kapitana. A nawet uznał, że jest właściwą kobietą na właściwym tronie, skoro potrafi na wskroś przejrzeć ludzi, których nie oglądała nawet na oczy.

– Tak, cesarzowo – rzekł. – I dziękuję w imieniu Astrogoniusza...

Imperatorowa tylko machnęła lekceważąco ręką, choć widać było, że słowa maga sprawiły jej przyjemność.

– Aha, jeszcze jedno – przypomniała sobie naraz. – Przypilnuj swego smoka, żeby nie składał mi niezapowiedzianych wizyt, dobrze?

Znacie ten metaliczny dźwięk, z jakim kat ostrzy swoje narzędzie? Coś takiego usłyszał w tej chwili Rosselin. Nie odważył się jednak spytać cesarzowej o szczegóły. A kiedy tylko przeniosła wzrok na jednego ze swych doradców, uciekł.

– Jak mogłeś?! – wrzeszczał pogodnik. – Jak mogłeś przeszkadzać cesarzowej!

– Mam zrezygnować ze smoczyc?! – wrzeszczał Filippon. – Mowy nie ma!

– Musisz się ustatkować! – wrzeszczała Annabell z łóżka. – Wkrótce ślub!

– Cisza tam! – wrzeszczała wściekła Zejfa. – Bo na bruk wyrzucę, kijami każę obić!

Biedny Tinkus, który musiał tego słuchać, a wrzeszczeć nie potrafił, cudem uszedł żywy, wymykając się na korytarz.

– Już mi precz! – wrzasnął na niego gwardzista, który akurat wędrował korytarzem. – Poszedł gdzie indziej kłaki roznosić!

Można wziąć nawet dwa śluby, po jednym na każdą z dziewczyn, to znaczy Annabell i Lenkę. To się nazywa bigamia. Można też wziąć jeden, ale wtedy jest to desperacja.

Ale właściwie... po co w ogóle brać ślub?

Po uspokojeniu swojej dziewczyny Rosselin udawał, że sprawy nie ma. Ale Annabell, bestia ognista, miała inne zdanie w tej kwestii. I tak jak pogodnik kuł żelazo, aby smok złożył hołd cesarzowej, tak płomienistowłosa osobista słodycz i gorycz naszego maga dręczyła jego duszę, aby doprowadzić do powiązania ich węzłem wierności, czy jak się to w ówczesnej imperialnej terminologii nazywało.

Jak to nazywał pogodnik, lepiej nie pytać, bo były to same paskudne określenia. Popadł w bezsenność i niechęć do przebywania w izbie. Zaczął więcej pić, częściej wybierał się do podejrzanych lokali, a nawet zarobił parę guzów, bo zamroczony winem nie tylko nie miał siły się bronić, ale nie mógł nawet wymamrotać porządnie skleconego zaklęcia.

Kiedy – jakimś przypadkiem w miarę trzeźwy – nocami wracał do izby i spoglądał na dziewczynę rozłożoną w jego łóżku, czuł, że bardzo ją kocha. Miłość przechodziła, gdy tylko pojawiało się to przeklęte słowo *ślub.*

A najgorsze, że czasem, kiedy po powrocie do izby siadał na krześle, pod drzwiami słyszał tęskne westchnienia Lenki. I to wprawiało maga w czystą rozpacz.

– I tak źle, i tak niedobrze – mruczał do siebie.

Którejś nocy Annabell obudziła się i spytała na wpół przytomnie:

– O co chodzi?

– Nie wiem, czy napisać *że*, czy *iż*, kochanie – z piorunującym refleksem odparł Rosselin, szeleszcząc swoimi notatkami. – Takie dylematy zawodowe, nic wielkiego. Śpij...

Któregoś z tych dziwnych dni smok spojrzał na Rosselina i spytał:

– A nie poszlibyśmy odwiedzić Rady Magów?

Pogodnik uśmiechnął się pod nosem. Na taki oklepany chwyt go podchodzić... Doprawdy, jeśli Filippon zamierzał go okłamywać, powinien wkładać w to więcej wysiłku.

– Nie poszlibyśmy – odparł, maczając pióro w kałamarzu. – Mamy inne zajęcie... – Szuru-buru, gęstniały literki na rękopisie.

Smok westchnął.

– Tak też podejrzewałem, że nie pomożesz przyjacielowi...

Rosselin przygryzł wargę.

– Ty mi tu nie graj na osobistej nucie, bo się pogniewamy, wredoto. Nic się nie da zrobić. Bądź facetem i spójrz prawdzie w oczy.

Filippon chrypnął.

– Ale nie będziesz miał nic przeciw, jak sam spróbuję porozmawiać z magami?

Pogodnik odsunął krzesło od stołu.

– Zakaz masz tylko względem cesarzowej – burknął. – Co do magów, proszę bardzo. Jak cię zamienią w kamyk, to wrzucę do kapoty i wreszcie spokój będzie.

Przysunął sobie pergamin i zapisał myśl, która dręczyła go już od paru godzin:

Od braku rozumu gorsza jest tylko wilgoć i smoczy ogon w zasięgu wzroku.

Smok jednak był bestią zaciętą. Zlekceważony reagował wściekłością – ale nie było to odgryzanie się albo zianie ogniem na oślep. Jego gniew czy złość objawiały się w sposób przemyślany, jak wtedy gdy odgryzł złodziejowi rękę i odczekał do nocy, aby zjeść resztę. Potrafił poskromić niecierpliwość, wyczekać odpowiedni moment do ataku.

I tak też się stało teraz. Przez dwa dni życie pałacowe biegło zwyczajnym rytmem. Rosselin zaprzątnięty przerywaniem Annabell w chwili, kiedy miało paść zakazane słowo na *ś*, uznał, że jaszczur dał sobie spokój z dalszym nagabywaniem.

Tym bardziej się zdziwił, kiedy trzeciego dnia Filippon chwilę patrzył, jak mag pracuje nad swoim wiekopomnym dziełem naukowym, po czym rzucił od niechcenia:

– To co, idziesz ze mną do Sykandera czy sobie odpuścisz? Bo zaproszenie jest podwójne... – roześmiał się ironicznie.

Rosselin przełknął ślinę. Odłożył pióro na bok.

– Chcesz powiedzieć, że idziesz z nim porozmawiać o Irapiu?

Smok przecząco pokręcił głową. W jego oczach błysnęło coś, co można by uznać za skrzyżowanie dumy z radością, gdyby nie fakt, iż pojawił się tam również cień okrucieństwa oraz... nadziei.

– Ja już wszystko ustaliłem, Rosselinie. To jest zaproszenie na eksperyment, jakiego dokona Irapio. To idziesz czy zostajesz w domu?

Pogodnik westchnął przeciągle. Przez jego kości przeszedł mróz, a starannie nakreślone litery nagle zbladły.

– Jak tego dokonałeś? – spytał zdumiony. – Jak udało ci się ich przekonać?

Filippon odpowiedział tylko sarkastycznym śmiechem.

– Się nie uczyło psychologii, widzę... Wiesz, czego taki starzec boi się najbardziej? Nieee, wcale nie śmierci – dodał szybko, widząc minę pogodnika. – Otóż, jak mu kości trzeszczą, to się obawia, że zalegnie w łóżku bezradny i nawet ta cała magia mu nie pomoże...

Tu prychnął.

– No i wystarczyło im to uświadomić. Pokazać, jak mielę myszkę na mielonkę... to znaczy na bezkościankę... Od razu zmiękli – zarechotał triumfalnie. – A kiedy zwierzątko zjadłem (no bo co się miało zmarnować, nie?), to wszystkie problemy z negocjowaniem natychmiast zniknęły.

– Potwór jesteś – mruknął Rosselin w zadumie. Nie, wcale nie nad marnym losem Rady Magów. Nad szczęściem smoka, który wyszedł stamtąd cało.

– Taaa – dobiegło z kąta, gdzie ulokował się jaszczur. – A oni to niby kim są?

III

Starcy wcale nie byli tacy głupi, jak twierdził Filippon. Dla przykładu, posiadali zdumiewająco silną wolę życia. Osobliwie, im kto starszy, tym większą.

Odpowiedzialnością za przeprowadzenie eksperymentu Rada obciążyła swego sekretarza, nieszczęsnego Sykandera. Zaś na obserwatora dostojni magowie wybrali najmłodszego spośród nich, Gebrisa Thu, który wyglądał jak rudowłosy, świetnie zakonserwowany suchotnik.

Obaj prowadzili teraz pomiędzy sobą Irapia spętanego magicznymi więzami. Albo raczej osadzonego w pobłyskującej sinym, trupim kolorem klatce, która poruszała się wraz z nim.

Był to widok niezwykły. A stał się jeszcze bardziej nieprawdopodobny, kiedy jakaś zbłąkana mucha postanowiła dołączyć do trzech magów. Wyminęła Thu, wpadając na magiczne kajdany Irapia. Przyjacielski owad nie został jednak dopuszczony do intelektualnej śmietanki Fertu. Syknęło, zaskwierczało i spalony trupek opadł na ziemię. Wprost pod nogi smoka. Ten z widocznym zadowoleniem wciągnął długim językiem upieczoną muchę do gardła.

Rosselin, idący na końcu tej dziwacznej kawalkady, przemyśliwał, co on tu właściwie robi. Mało to się już naeksperymentował w swoim życiu? Jak próbował zamieniać wodę w wino, to mu się nawet parę razy udało, tyle że trunek powstawał raczej kiepskiego gatunku. A jak raz chciał go poprawić, to mu ocet wyszedł, gorszy niż woda, od której zaczynał. O paru innych doświadczeniach lepiej nie wspominać.

A przecież były to eksperymenty całkiem niewinne w porównaniu z tym, czego zamierzali dokonać teraz...

– Dalibyście spokój staremu człowiekowi – odezwał się nagle Irapio, przerywając pogodnikowi snucie czarnych myśli. – Przecież nigdzie nie ucieknę.

Thu tylko się zaśmiał w odpowiedzi.

Wreszcie dotarli do wielkiej sali wykutej w twardych granitowych skałach, na których leżał Fert. Nim weszli, musieli pokonać dwa szeregi straży – co dla Rosselina było prawdziwym szokiem, bo nigdy nie słyszał, aby w podziemiach znajdowało się cokolwiek wartego takiej ochrony.

Oczekująca ich komnata była okrągła i... zadziwiająca. Dno wyłożone zostało niebieskimi płytami barwy rozszalałego oceanu. Unoszące się ku górze ściany miały ciemny, prawie granatowy kolor, zaś sufit... Sufitu sali po prostu nie było. Kiedy Rosselin uniósł wzrok, zobaczył niesamowitą czerń zdającą się wyrywać mu oczy, aż bolesną w swej żarłoczności na światło i materię.

Pośrodku stały przygotowane skrzynie ze sprzętem. Pogodnik domyślił się, że to aparatura potrzebna Irapiowi do przeprowadzenia doświadczenia, więc zerkał ciekawie na flasze, stojaki oraz inne urządzenia. Sam rzadko używał czegoś więcej niż świeca mająca robić wrażenie na prostakach. Ale w czasie nauki zetknął się z magicznymi proszkami, cieczami bulgoczącymi w retortach oraz żabami, bez których nic by nie wyszło z wielu przedsięwzięć magii sadowniczej.

– Musimy stanąć obok skrzyń – zarządził Thu.

Prowadzony w ich stronę Irapio uważnie rozglądał się na boki. Rosselinowi przemknęła przez głowę myśl, że zdjęcie więźniowi kajdan, co właśnie w tej chwili uczynili dwaj magowie Rady, jest ryzykowne. Jednak oni najwyraźniej nie podzielali jego obaw.

– Gotowi? – sucho upewnił się Sykander. Obwiódł wszystkich uważnym spojrzeniem, popatrzył na Thu...

Obaj równocześnie wypowiedzieli kilka słów. Pogodnik poczuł mrowienie na całej skórze – i unieśli się w górę ku straszliwej czerni. Wciągnęła ich bezgłośnie.

Po czasie mogącym trwać równie dobrze pół wieczności, jak i jedno mgnienie oka Rosselin poczuł na twarzy gorąco. Otworzył oczy...

Wokół rozciągała się tylko płaska łacha wielkiej plaży. Ocean szumiał ze trzy mile dalej, ledwie widoczny jako cienka granatowa wstążka na horyzoncie.

– To Fert? – rzucił zdumiony pogodnik.

Sykander skinął głową. Jego spojrzenie było chmurne i pełne obaw.

– Za kilkadziesiąt tysięcy lat.

Rosselin rozejrzał się wokół. Nie dostrzegł śladu po wspaniałych budowlach stolicy – nawet po pałacowych wieżach, które miały trwać wiecznie.

Wokół uczestników eksperymentu poza kręgiem skały, na której stali – i która z niebieskiej zmieniła barwę na czarną – widać było tylko drobny piasek zmielony przez fale, wyszlifowany przez wodę i wiatr. Od odległego oceanu wiała lekka bryza.

Oszołomiony pogodnik potrząsnął głową.

– A gdzie się podziało miasto, na litość Draceny?

Sykander milczał, badawczym spojrzeniem przemiatając horyzont, podczas kiedy Irapio pod czujnym okiem Thu już przesuwał pakunki na piasek. Filippon spacerował po piasku pustyni, plaży, czy jak to tam nazwać, grzebiąc od czasu do czasu łapą, jakby chciał odnaleźć jakąś starą skorupę albo smacznego robaka.

– Pomóż im – mruknął wreszcie sekretarz. – Inaczej będzie to trwało wieczność.

Westchnął.

– A co do miasta – zaczął, chwytając Rosselina za ramię i popychając w stronę pakunków, bo pogodnik wcale się nie garnął do dźwigania – w żadnej z odnóg czasu, które badamy, nie istnieje dłużej niż trzy tysiące lat. I nie wiemy dlaczego.

– Może ktoś je zniszczył? – rzucił półgłosem Irapio.

Sekretarz Rady tylko wzruszył ramionami.

– Dlatego pozwalamy ci na ten eksperyment, gadzino. Chcemy sprawdzić, co się będzie działo.

Zapadło przykre milczenie.

Jeżeli ktoś myśli, że przygotowania do eksperymentu zdolnego obrócić Fert w proch i pył przebiegały w atmosferze natchnienia, mistycyzmu i podobnie wielkich stanów ducha, tkwi w błędzie. Poczynając od tego, że *mistycyzm* był dla prostego pogodnika trzeciej kategorii słowem zbyt trudnym, a skończywszy na tym, że jeden Irapio naprawdę wiedział, o co w całej sprawie chodzi i jak się do tego ryzykownego doświadczenia należy zabrać. Sykander i Thu co prawda udawali, że go kontrolują, jednak z ich pozbawionych pewności spojrzeń należało wyciągnąć wniosek, że raczej zastanawiają się, jak ocalić własną skórę, gdyby coś poszło nie tak.

Napięcie wyraźnie wzrosło, kiedy niebezpieczny mag ustawił z naczyń i świec regularny okrąg, pośrodku którego mieli się znaleźć wszyscy ludzie i smok.

Thu razem z sekretarzem Rady odeszli trochę na bok, aby przedyskutować kwestię, czy ktoś jednak nie powinien zostać na zewnątrz. A Rosselin w tym czasie obracał w głowie niespokojną myśl, co będzie, jeżeli pod ich stopami otworzy się gardziel Krakena albo wręcz najkrótsza droga do Kompostownika, której Aarafiel używał wobec szczególnie dokuczliwych osobników. Jeden smok nie okazywał zdenerwowania. Za to po jego pysku błąkał się wyraz tęsknoty.

W końcu doszło do cichej, ale za to bardzo intensywnej kłótni pomiędzy dwoma magami. Thu najwyraźniej miał zamiar oddalić się na ćwierć mili, a jeszcze lepiej na pół, bo właśnie mniej więcej tak daleko dostrzegł pagórek w sam raz do obiektywnego obserwowania eksperymentu. Z kolei Sykander twierdził, że właśnie na zewnątrz może być niebezpiecznie. A poza tym musi być ich dwóch *w razie awantury.*

Ostatecznie wszyscy stanęli w kole, zaś Irapio zaczął wypowiadać kolejne słowa zaklęcia.

Przez chwilę raczej mruczał, niż wyraźnie coś mówił – i nie działo się nic spektakularnego. Nagle umilkł. Z naczyń zaczęły płynąć jakieś przykre opary dające sporo różowego dymu. W miarę jak unosiły się w powietrze, przestrzeń za kręgiem niknęła, rozmywała się zastępowana ścianą mgły.

Równocześnie drobne odgłosy wydawane przez ludzi oraz smoka: mruknięcia, szelest piasku pod stopą czy nerwowe kaszlnięcie, zdawały się odbijać od tej mgły, krążyć dookoła zwielokrotnione i zniekształcone.

Wreszcie od zewnętrznego świata odcięła ich ciemnopurpurowa błona wyglądająca niczym ciało, z którego zdjęto skórę. Przecinały ją grube żyłki czy nerwy jak na liściu.

Thu z wahaniem wyciągnął rękę i dotknął tej zagadkowej substancji wyglądającej jak zgęstniała krew. Pozostali poszli jego śladem, poza Irapiem, który nie wydawał się zaciekawiony tym zjawiskiem.

Błona pulsowała pod dłonią Rosselina powolnym, hipnotycznym rytmem. Gdzieniegdzie prześwitywały przez nią jaśniejsze miejsca. W kilku z nich coś się poruszało, migało...

Irapio wskazał im ręką prześwit nie największy, ale wyglądający jak najcieniej wyprawiona karta pergaminu. Za nią rozpościerało się coś, co można by uznać za miasto. Dziesiątki, setki wysokich wież połączonych tunelami wijącymi się jak konary drzewa odartego z liści.

Mógł to być twór naturalny. Niecodzienny bardziej niż te sięgające niemal chmur skalne grzyby w Alherydach, jednak również wyrzeźbiony wyłącznie siłami przyrody. A właściwie mógłby być taki, gdyby nie smoki, które krążyły wokół, wlatywały w otwory tych wież, wylatywały z nich, siadały na górnych krawędziach łączących je rur... Wszystko to zdawało się zbyt dopasowane do owych stworów, zbyt wygodne, aby nie było ich dziełem.

Gdy tak przypatrywali się temu niezwykłemu widokowi, za membraną oddzielającą ich od smoczego świata przemknęły jakieś pojazdy wygladające niczym metalowe puszki.

Filippon westchnął głębokim, pełnym smutku głosem.

– Jak się tam dostać? – spojrzał na Irapia z nagłym błyskiem nadziei.

Ten wzruszył ramionami.

– Nie wiem. Jestem zdziwiony, że tak łatwo wywołałem ekran – odpowiedział z zadumą w głosie. – Podejrzewam, że jesteś jakimś rodzajem katalizatora.

Rosselin przyglądał się smoczemu miastu, licząc smocze domy. Przy czterdziestym siódmym przestał, bo było to zaledwie ze ćwierć tego, co miał przed oczyma, a widok przez błonę obejmował jedną setną, jeśli nie tysięczną część jaszczurzej metropolii.

Pogodnik jedno wiedział na pewno: czegoś takiego w Imperium nie ma. Gdyby takie wieże albo choćby i dziesięć razy mniejsze stanęły w Górach Osterwaldzkich, i półślepy by ich nie przeoczył. O ile nie mieli do czynienia z iluzją wywołaną przez Irapia.

Kątem oka zerknął na niebezpiecznego maga. Ten także wydawał się lekko zaskoczony, choć nie tyle samym widokiem, ile – jak przyznał – łatwością i szybkością jego wywołania.

Nagle coś uderzyło w błonę, jakaś ciemna plama wygięła ją do środka.

– A niech mnie! – mruknął zaskoczony Irapio.

Mały smok przytknął pysk do membrany. Dostrzegł ludzi i Filippona, jego oczy rozszerzyły się ze zdziwienia. Nagle błona, zupełnie jakby dotyk smoczątka coś popsuł, zaczęła gwałtownie marszczyć się i ciemnieć, równocześnie pulsując z narastającym szumem.

Nikomu nie przyszło do głowy, że Filippon może to zrobić. Ale on rozpaczliwie doskoczył do szybko ciemniejącego magicznego okna i wbił się w nie pazurami.

Sykander krzyknął coś ostrzegawczo głosem wibrującym od gniewu i strachu.

Ostre szpony marszczyły i rozciągały powłokę, wreszcie usłyszeli ostry syk i błona zaczęła się rozdzierać. Jednak za nią była już tylko ta sama plaża kilkadziesiąt tysięcy lat od czasów, w których rządziła cesarzowa Joanna f'Imperte, Zejfa wbijała szpilki, a Tinkus obsikiwał Brunhilda ver Didloga, za nic mając jego arystokratyczne nogawki.

Filippon wydał z siebie głos, którego nie sposób opisać. Bo jak właściwie można oddać przerażającą rozpacz, gorycz i tęsknotę?

Czterej magowie stali niczym sparaliżowani.

– I tyle – westchnął Irapio, przerywając ten letarg. Popatrzył na powłokę, przez którą jeszcze przed chwilą widzieli niezwykłe miasto. Teraz spoczywała na piasku martwa jak zdarta skóra. Właśnie zaczynała ciemnieć, kruszyć się i rozpadać na brzegach. – Tak samo jak poprzednio.

Sykander był blady.

– Dostałeś absolutny zakaz ingerowania! – wrzasnął, wbijając w smoka wściekłe spojrzenie. – Mogłeś zniszczyć Fert i całe Imperium!

Jaszczur spojrzał na niego wzrokiem, który nie zwiastował niczego dobrego.

– Mogłem odnaleźć swoich – odparł cicho.

I ruszył przed siebie, z jakimś bolesnym uporem brnąc w piasku.

IV

Eksperyment okazał się nie tylko nieskuteczny, ale wręcz przyniósł negatywny skutek w postaci podłego humoru Filippona. Ten spuścił nos na kwintę – i nie trzeba było znawcy smoków, aby się domyślić, że kombinuje, jak dotrzeć do swoich.

A znając tylko jednego jaszczura, pogodnik miał silne podejrzenie, że niewielkie stado takich bestii może obrócić Fert i całe Imperium w perzynę.

Tymczasem pałac od bladego świtu plotkował o niezwykłym zdarzeniu – zniknięciu jednej z tutejszych golarni. Na szczęście jej bywalcami była najpodlejsza grupa niskich urzędników i sług pałacowych, nie ogłoszono zatem stanu klęski żywiołowej ani wszczęcia bezlitosnego śledztwa. Cóż, można przeboleć stratę kancelisty, choć gdyby chodziło o barona – nigdy!

– Musiało coś rozpruć ten magiczny płaszcz okrywający pałac – ciągnął opowieść krawiec Hirsz, który zaczepił maga, aby podzielić się plotką. – W miejscu golarni teraz jest... plaża. Wygląda to tak, jakby ta... no... powiedzmy, że fastryga pomieszczenia pozostała dobra, a reszta, razem z balwierzem oraz klientami, gdzieś zniknęła. No i przez dziurę nasypał się piasek nadmorskiej plaży. Gwardia pałacowa przekopała go zresztą natychmiast, ale żadnych ciał nie odnaleziono. – Wybuch-

nął śmiechem, jakby widok gwardzistów bawiących się w piasku był czymś wyjątkowo pociesznym.

Rosselin udał rozbawienie, ale wcale nie było mu do żartów. Natychmiast domyślił się, co zaszło.

Szło ku katastrofie.

Albo wręcz galopowało.

Nie trzeba było być prorokiem natchniętym przez Aarafiela czy Dracenę, aby pojąć, że gdy tylko wieść o tym dziwnym przypadku dotrze w mury Akademii, magowie bez trudu dostrzegą powiązanie pomiędzy eksperymentem z udziałem smoka oraz Irapia a zniknięciem golarni.

Ucieszą się przy tym znacznie mniej niż damy, które ze złośliwym chichotem opowiadały sobie, że wreszcie pałacowi mężczyźni dostali, na co zasłużyli, a żaden salon fryzur damskich jakoś nie ucierpiał, prawda?

Goniec przyniósł pogodnikowi wezwanie do Akademii niecałą godzinę po jego rozmowie z Hirszem. Jak widać, magowie – nawet jeżeli nie używali golarni pałacowej – czuli się z nią silnie związani. A ich wywiad nieustająco śledził balwierzy oraz ruchy wszystkich ostrych narzędzi.

– Pożegnaj się ze swoim pokojem, bliskimi oraz życiem – mruknął ciężko Rosselin, ostatnim spojrzeniem tocząc po izbie.

Smok nic nie odpowiedział. Nasz bohater wziął z toaletki aksamitną wstążkę, którą Annabell dusiła się, okręcając szyję, w szczególnie ciężkich chwilach swego życia, jak przyjęcia czy inne uroczystości. Skoro dziewczyna wszystkie je przeżyła, Rosselin miał nadzieję, że ten amulet i jemu pomoże wyjść z opresji. Schował go do kieszeni, po czym pchnął drzwi. Stawiły opór, jakby musiał się zmagać z całym światem, ale klamka wreszcie opadła. Ruszyli w drogę.

Im szybciej szli, tym droga wydawała się dłuższa. I w końcu dogonił ich zmierzający na to samo spotkanie Dydrachus, jeden z magów skalnych pracujących przy tunelu. Albo raczej udających pracę, bowiem wszyscy, z cesarzową włącznie, wiedzieli, że magiczna brać sabotuje budowę.

– Wszędzie coraz gorzej – zaczął, dołączając do Rosselina z jaszczurem i zamiast powitania racząc ich narzekaniem. – Jak nie tunel, który zwariował, to balwiernia, która zniknęła. Jutro pewno gigantyczne szczury wedrą się do pałacu, pojutrze trzęsienie ziemi poprawi rozkład ulic w Fercie, a na koniec ocean wystąpi z brzegów...

Marudził tak, że nawet Filippon zatęsknił za ciszą i przy pierwszej nadarzającej się okazji, pod pretekstem zakupu rodzynek nasączonych winem, umknęli Dydrachusowi.

Jednak w Akademii musieli się stawić.

Magowie już zażarcie dyskutowali. Było ich kilkudziesięciu, ale rozmowy umilkły, kiedy pojawili się pogodnik i smok.

Cóż, jeśli ktoś miał nadzieję, że tych dwóch wniesie do wiedzy o sprawie nowe i sensacyjne informacje, to się srodze zawiódł. A tym kimś był wypytujący ich z miną śledczego mag Weugiel. Wreszcie z rezygnacją machnął ręką i wyjaśnił Rosselinowi:

– No to nadal jesteśmy w kropce. Golarnia zniknęła razem z ludźmi, na jej miejscu pojawił się piasek z plaży w Fercie. Logicznie rzecz biorąc, na miejscu tego piasku, czyli tam, gdzie przeprowadzaliście eksperyment, powinna się pojawić golarnia.

Westchnął.

– Ale tam ani śladu. Bilans materii dramatycznie się nie zgadza.

Sykander spojrzał na smoka.

– Mam jedną małą prośbę: nie rób nic bez uzgodnienia z nami, dobrze? Bo wysadzimy ten miły kontynent w powietrze. A innego miejsca do mieszkania nie mamy...

Gdyby Rosselin przypadkiem nie patrzył na Filippona, zapewne nie uchwyciłby tego nikłego drgnięcia smoczego pyska. Ale nieźle już poznał mimikę jego paszczy.

Ten trwający jedno mgnienie oka grymas mówił: *Mnie obchodzi moje Smocze Miasto. Wasz kontynent – wasz kłopot.*

V

Podczas kiedy Rosselin zastanawiał się, czy zostanie zdegradowany z trzeciej kategorii magicznej do pierwszej więziennej, a jaszczur kombinował, jak dostać się do Smoczego Miasta, dworzanie już następnego dnia zapomnieli o jakimś tam balwierzu i jego klientach stojących w pałacowej hierarchii beznadziejnie nisko.

Takie zdarzenia bywają tylko jednodniową sensacją. Za to Filippon – żywy, prawdziwy potwór wędrujący korytarzami, rozmawiający, a nawet zdolny w zenicie emocji napluć dyskutantowi na kaftan – to była atrakcja nieustająca i coraz bardziej popularna.

Arystokratom smok z satysfakcją udowadniał, że są idiotami, ale przynajmniej strach mają we właściwym miejscu. Jednemu, który w porę nie uciekł, potwór wściekłym rykiem odebrał słuch. Dzięki temu zyskał sobie jeszcze większy szacunek – i większy strach.

Wobec dam nawet taka bestia jak osterwaldzka jaszczurka musiała zachowywać się bardziej kurtuazyjnie. Filippon cierpliwie znosił ich zagadywania, a nawet oferty pozbawione wszelkiej dwuznaczności. Zapewne trenował w oczekiwaniu na swoją smoczycę.

Dopiero podstarzała Hunegunda de Lemnos wyprowadziła go z równowagi, kiedy wędrując w jakimś większym towarzystwie, chciała pokazać swoim przyjaciółkom, że nawet jaszczura się nie ulęknie.

Ten, przyłapany na korytarzu, usiłował wymknąć się z pułapki. Ale kiedy dama chwyciła go za ogon, nie wytrzymał i wypalił:

– Pani, daj spokój, ja gustuję w smoczych młódkach. Muszą mieć ze sto lat, żeby warto było brać się do roboty.

A kiedy Hunegunda spokojnie sobie kraśniała otoczona towarzystwem, przed którym chciała się popisać, Filippon dokończył swoją myśl:

– Ale czekaj cierpliwie, pani. Już ci do tej setki niewiele zostało...

I odszedł, pozostawiając damę w stanie bliskim apopleksji.

Rosselin albo nie był tak odważny jak smok, albo miał więcej do stracenia, albo...

Jakiegokolwiek by użyć wykrętu, poległ jak mucha pod jedwabną packą.

– Musimy wyznaczyć datę – powiedziała Annabell któregoś poranka, kiedy jedli śniadanie, okruchy rzucając głodnej Latarni.

Pogodnik przełknął ślinę. Nagle zaschło mu w gardle, w uszach zaszumiało jak przy gwałtownej zmianie ciśnienia, a pod czaszką łupnął gwałtowny atak migreny.

– Na kiedy? – wydusił.

– No przecież właśnie pytam – uśmiechnęła się Annabell, rwąc kawałek świeżego chleba.

Na świętego Nigdy – chciał odpowiedzieć Rosselin.

– Daj mi parę dni na zastanowienie, dobrze? – poprosił, pokonując opór zaciśniętego gardła. – Muszę się poradzić magów, jaki termin będzie najlepszy.

Dziewczyna łaskawie skinęła głową.

– Jak najszybszy – pocałowała go w nos. – Idź, pochwal im się.

VI

Olśnienie zstąpiło na Rosselina za sprawą krótkiej, szponiastej, pokręconej reumatyzmem łapy hrabiny du

Kofais. Chociaż przygoda smoka z damą de Lemnos również mogła mieć na to wpływ. Zapewne dla przyszłych kronikarzy pogodnickiego żywota najlepiej byłoby tu skłamać i miejsce owego doznania umieścić w jakiejś świątyni albo przynajmniej w pałacowej kapliczce. Rzecz jednak zdarzyła się podczas uroczystego śniadania wydanego przez hrabinę z okazji osiemdziesiątych siódmych urodzin oraz piątej rocznicy śmierci jej ostatniego, jedenastego w kolejności męża.

Mag w ogóle nie chciał iść, mimo że od apartamentów bogatej arystokratki dzieliło ich zaledwie pół piętra, czyli tylko parę krótkich korytarzy. Protestował równie żywiołowo jak smok przed złożeniem hołdu cesarzowej. Gdyby to od niego zależało, ległby złożony ciężką chorobą, nagłym atakiem szaleństwa albo pilnym zleceniem, które by wymagało wyjazdu na odległe krańce Imperium. Ba! Doszło do tego, że pogodnik zaczął żałować, iż nie wypłynął w rejs razem z Astrogoniuszem i Czarnym Szyprem! Słona woda bez wątpienia była lepsza niż drętwa uroczystość u stetryczałej, zesklerozialej, zanudzającej towarzystwo wspomnieniami sprzed sześciu dekad hrabiny.

Du Kofais bardzo polubiła jednak Annabell, a ta miała miękkie serduszko dla wszystkich poza Rosselinem. Gdy więc dostała zaproszenie od arystokratki, nie pozostawiła swojemu narzeczonemu wyboru:

– Śniadanie z du Kofais albo ślub! – warknęła z miłym uśmiechem, rozczesując włosy przed lustrem.

Choć teraz, kiedy widziała, jak arystokratka spogląda na maga, w rudej główce dziewczyny musiały się kołatać różne myśli. Nie trzeba było być wielkim psychologiem, aby dostrzec, że oto na miłosnym horyzoncie pani du Kofais pojawił się dwunasty obiekt westchnień.

I tu dochodzimy do sedna, czyli do objawienia. Bowiem nagle hrabina na trzęsących się nogach wstała i nim pogodnik zdążył uciec, podeszła do niego. A potem chwyciła Rosselina za rękę.

To właśnie wtedy dwie myśli z siłą huraganu wdarły się w umysł naszego bohatera: *Annabell! Mingard!*

Ta druga myśl była o wiele silniejsza. Trzeba poprosić cesarzową, aby wysłała go do barona Kulawca w celu całkowicie dowolnym: od kurtuazyjnej wizyty, przez inspekcję stadniny i zoo, po ściśle tajne cele dyplomatyczne. Nieważny był powód, istotne było zniknięcie z dworu, a tym samym z oczu du Kofais. Oraz pewnej rudowłosej zarazy, która go tu siłą przyciągnęła!

Natchniony nową wizją, wyrwał dłoń ze szponów staruchy, pospiesznie rzucił kilka słów o czekających obowiązkach i odprowadzany gniewnym spojrzeniem Annabell podążył do własnej izby, aby precyzyjnie obmyślić całą intrygę.

To się Kulawiec ucieszy – dumał, energicznym krokiem przemierzając pałacowy korytarz. *Biedaczysko, chyba nie dostanie zawału na mój widok?*

Po obiedzie plan był już gotowy. Co prawda zakładał wciągnięcie w spisek kilku magów i jednego urzędnika wysokiego szczebla, ale Rosselinowi żadne przeszkody nie wydawały się zbyt trudne do pokonania, gdy szło o wolność. O JEGO wolność!

Najpierw postanowił odwiedzić koniarzy.

Nie, wcale nie udał się do kancelarii wielkiego koniuszego dworu. Przeciwnie, wybrał drogę mocno poufną, by nie rzec – korupcyjną. To baron Yrlan, najlepszy w pałacu znawca wierzchowców, miał coś do powiedzenia w tych sprawach, nie jakiś tam kancelista sypiący piasek na dokumenty albo suszący je tchnieniem swego urzędniczego jęzora.

Możni tego świata posiadają jednak tę obrzydliwą cechę, że zwykle wysłuchują cudzych próśb z wyrazem pogardy na nalanej twarzy. Bardzo możliwe, że gdy pierwsi władcy wybierali arystokrację spośród swych poddanych, kierowali się tą szczególną właściwością mimiczną. A potem zadziałało już tylko prawo dziedziczenia: biedni płodzili biednych, głupi głupich, a ohydne parszywce jeszcze ohydniejszych parszywców. Właśnie przed jednym z tych ostatnich Rosselin brnął w wyjaśnienia. Yrlan świdrował go nieprzyjemnym spojrzeniem. Kiedy zaś mu przerywał, to tylko po to, aby kogoś albo coś skrytykować.

Wreszcie pogodnik skończył i zaczął wodzić spojrzeniem po komnacie wypełnionej trofeami w takiej liczbie, jakby Yrlan nic innego w życiu nie robił, tylko polował. Rogi wisiały na rogach, kity lisów i uszy karantuhilów zwisały pomiędzy nimi... i tylko Dracena jedna wie, dlaczego zapach źle wyprawionej padliny dotąd nikogo nie zabił.

Kiedy mag spoglądał na koniarza, przyszła mu do głowy taka oto myśl Sarturusa: *Po minie wielu ludzi można poznać, że patrzenie zupełnie im zastępuje myślenie. Zaś mówiąc, upewniają się tylko co do własnego istnienia. Nie patrzą i nie mówią jedynie wówczas, gdy zapalają cygaro. Ale nie sądźcie naiwnie, że wtedy zaczynają myśleć.*

Tylko skąd Sarturus z Szopinberga mógł znać turkeńskie cygara? – zadumał się Rosselin. Nałóg był świeży, dopiero wchodził w modę, a stary filozof przewracał się w grobie od niemal dwustu lat.

– Ja? Ja miałbym pomagać magom? – warknął baron. – Niedoczekanie twoje! I precz z mojego gabinetu, bo mi powietrze psujesz!

Pogodnik uniósł rękę, odruchowo zamierzając użyć jakiegoś czaru... i zobaczył wymierzoną w siebie kuszę.

– Precz! – wycedził koniarz. – Bo się poskarżę cesarzowej, że mnie molestujesz!

Energiczne trzaśnięcie drzwiami nie ukoiło Rosselina. Ale za to ostatecznie utwierdził się w przekonaniu, że za patrona wybrał sobie właściwego filozofa. Bo hałasował Yrlan okrutnie. Można by rzec, fałszował intelektualnie tak, że od samego słuchania chciało się womitować. To znaczy – rzygać, używając nie pałacowych eufemizmów, tylko soczystego i niezakłamanego języka ludu.

Smok był w lepszym nastroju. I wreszcie nie wytrzymał:

– A ty co tak chodzisz, jakby cię zepsutym grochem nakarmili?

Rosselin w kilku słowach (mających jakieś trzy strony zapisanego maczkiem rękopisu) opowiedział mu o natchnieniu, planie, wreszcie o jego fiasku.

– A wszystko za sprawą tego zażartego durnia – zakończył. – Gdyby nie kusza...

Filippon tylko sarkastycznie uniósł brew, przy okazji dowodząc niezwykłych możliwości anatomicznych osterwaldzkiego gatunku jaszczurek.

– E tam, marudzisz. Zażarcie wcale nie jest takie złe...

I opowiedział pogodnikowi historię o tym, jak to dawno temu jakiś przydrożeń (tak go określił smok) rozpoznał w nim istotę rozumną i chciał porozmawiać.

– No i dyskusja zrobiła się nam tak zażarta – opowiadał Filippon – a trzeba ci wiedzieć, że do ogniska nie mieliśmy kiełbasek ani nic, że w końcu go... no, zeżarłem.

Rosselin popatrzył z namysłem na swojego przyjaciela.

– Ale magów to, mam nadzieję, nie jadasz? – burknął.

Jaszczur zaśmiał się gardłowo.

– Na razie ani jednego... jednak czy to wiadomo, co los przyniesie?

Zwinął swój ogon w kłębek.

– Yrlan chyba nie powinien spać spokojnie.

I podśmiewając się cicho, ruszył na mały spacer.

VII

Rosselin zajął się doskonaleniem planu swej intrygi, unikając już nie tylko Lenki, lecz także hrabiny du Kofais, która zaczęła urządzać sobie spacery w pobliżu apartamentu Zejfy. Zaś smok – co wcale nie było trudne do odgadnięcia – pracował nad innym planem: jak postawić łapę w Smoczym Mieście.

Zamyślone spojrzenia maga i Filippona często się krzyżowały.

I podczas jednej z takich sesji do apartamentu Zejfy wkroczył, witany zaskoczonymi spojrzeniami dwórki oraz jej służącej, sekretarz Rady Magów.

– Twoich drani zastałem? – pogodnika i jego jaszczura dobiegł przez drzwi chłodny ton słów Sykandera. Obaj od razu pomyśleli o tym samym: starzec przyszedł, aby wtrącić ich do więzienia!

Smok był szybszy i miał większe możliwości. W izbie przybył mały zydel w kącie. Kiedy sekretarz wszedł do komnaty, czekał tam już na niego tylko Rosselin.

– Przyszedłem cię ostrzec – oznajmił Sykander bez wstępów. – Irapio uciekł.

Młody mag zbladł.

– Ale jak?! – wyjąkał. – Z waszego więzienia?

Sekretarz postawił nogę na zydelku i poprawił wiązanie buta, nie dostrzegając nikłego uśmiechu Rosselina. Wreszcie ponuro skinął głową.

– I pewnie mi powiecie, że nie maczaliście w tym palców ani pazurów... – urwał, świdrując spojrzeniem nieszczęsnego pogodnika, a gdy już przewiercił go całego, dodał: – No nic. Pilnuj się, uprzedź smoka. Zapowiedz mu, że jeżeli to jego sprawka, to sam osobiście wyrwę mu skrzydła... A jeśli czegoś się dowiesz, wiesz, gdzie mnie szukać. I obowiązuje pełna tajemnica, jasne?

Kiedy już sobie poszedł, nasz bohater popatrzył na zydlosmoka.

– I pewnie mi powiesz, że o niczym nie wiesz, tak? – burknął.

Filippon wrócił do własnej postaci, otrząsnął się z kurzu. Z niechęcią i ponuro spojrzał na Rosselina.

– A nie wiem – odparł smętnie. – I nie patrz tak na mnie. To jasne, że bez niego nie odnajdę innych smoków...

Tymczasem trzeba się było pożegnać z odjeżdżającą do Tartilonu Xan.

I tu mag przeżył mały szok, choć starannie ukrył go przed dziewczyną. Zaabsorbowany własnymi sprawami przeoczył romans, który zapewne był powodem wielu pałacowych plotek.

Xan nie jechała sama. Pod pretekstem obmierzenia prowincji wyruszał z nią jeden z inżynierów, Paradaj. Wyglądali zabawnie, bo mężczyzna był niemal dwukrotnie wyższy od karlicy. Mimo to sprawiali wrażenie bardzo szczęśliwych i nie kryli swych uczuć. Magowie mogli się żreć z inżynierami, karły ze wszystkimi dookoła, czarne z białym, a oni mieli to wszystko gdzieś.

– Do zobaczenia, mała! – Rosselin cmoknął Xan w policzek, kątem oka sprawdzając, czy nie oberwie kuksańca od zazdrosnego Paradaja. Ten jednak wodził po świecie rozanielonym wzrokiem.

Karlica objęła pogodnika za szyję i szepnęła:

– Nie daj mu zrobić krzywdy. – Ścisnęła magowi na pożegnanie palce, wzięła za rękę swego inżyniera i ruszyła do powozu.

Rosselin uśmiechnął się lekko.

Ciekawe, ktoś by mu umiał zrobić krzywdę – pomyślał.

I nie dotyczyło to Paradaja, tylko pewnego smoka.

Następnego dnia rankiem Rosselin postanowił odwiedzić starego aptekarza i zasięgnąć u niego rady. *Starość pełna jest mądrości, z których nie ma już czasu skorzystać* – jak powiadał Sarturus. Ale pogodnik miał czas, tylko mądrości mu brakowało, więc nader rozsądnie chciał zasięgnąć rady pewnego rozumiejącego życie starca. Farfinkelszt był szczerze ucieszony jego wizytą. Choć także lekko zaniepokojony.

– Ludzie gadają, że wam coś z Akademii uciekło – zaczął, kiedy już usiedli. I nalał wina.

Pogodnik tylko westchnął. *Coś* – dobrze powiedziane...

– Raczej ktoś, Farfinkelszcie – odparł. – Zatrzymaj to dla siebie, ale... jeden z magów trzymanych w podziemiach.

– A niech to... – wymamrotał osłupiały starzec – czyli jednak nie farlapinkla jadowita ani stado szalonych pudli tresowanych do tłumienia zamieszek w pałacowych korytarzach? Bo wiesz, tego się ludzie naprawdę obawiali... Puścić takie psy na targ mięsny, wyobrażasz to sobie...

– Może nic się nie stanie – stwierdził Rosselin. – Ludzie zawsze gadają, a pożytek z tego żaden. Tak w ogóle, przyszedłem po radę.

I wyznał aptekarzowi, co mu leży na wątrobie.

Farfinkelszt popatrzył na młodego mężczyznę z przyganą.

– Ja mam cię uczyć, jak postępować z kobietami?

Westchnął.

– Musisz w niej wzbudzić wątpliwości, chłopcze. Zasiać ziarno podejrzenia, że może powinna lepiej sprawdzić, zanim pochopnie zwiąże się z tobą na zawsze. Musisz to zrobić z wyczuciem, bo gdy będziesz zbyt delikatny, Annabell zignoruje twoje działania, a jak przesadzisz, może odejść.

– No to jak to zrobić?! – dramatycznie wykrzyknął mag.

Starzec popatrzył na niego i rzekł z namysłem:

– W teorii jest to proste. Ale ten, kto poda praktyczną instrukcję obsługi, stanie się bogiem jeszcze większym od Aarafiela, bo hołdy będą mu składać wszyscy mężczyźni.

Pierwszą próbę Rosselin przeprowadził zaraz po powrocie.

Kilka uderzeń w twarz i jedno stłuczone żebro, a potem pół nocy spędzonej na przepraszaniu okazały się ceną tego naukowego doświadczenia.

Później, gdy Annabell już zasnęła, nasz pogodnik zaczął skrobać jakże pouczającą notatkę:

Pisać teoretyczne księgi można bez ryzyka, natomiast sprawdzanie ich wyników w praktycznym eksperymencie należy odłożyć na chwilę najpóźniejszą z możliwych, jak również...

I ziewnął, bo też chętnie by poszedł spać, jednak zbyt go bolał kontuzjowany bok.

– Bydlak! – wrzasnął demon, który nieoczekiwanie zajrzał mu przez ramię w ściśle tajny manuskrypt. Spiłowane na ostro szpony wbiły się w ramię maga. – Ja jestem eksperymentem? JA?!

To właśnie w tamtej chwili, uciekając przed rozwścieczoną dziewczyną, Rosselin podjął w duchu zobowiązanie, że pozostanie przy czystej teorii.

– Aua! – krzyknęła nagle Annabell, łamiąc sobie paznokieć o krzesło. – I widzisz, co zrobiłeś! – zaczęła szlochać.

Nie dość, że praktyczne rady Farfinkelszta doprowadziły pogodnika do katastrofy, to teraz musiał jeszcze uspokajać płaczącą narzeczoną.

Wniosek: nigdy nie wierzcie aptekarzom!

Rozdział 4

Pałac cesarzowej Joanny f'Imperte niejedno już widział. Jego ściany przesiąkły krwią oraz magią, szczęściem i dramatem. Pięćsetletnie dzieje Imperium Faraelu odcisnęły na nim swe mocne piętno.

Budowla przetrwała w całości nawet ekscesy Fatrycjusza n'Asterte. Ów potężny i wpływowy baron po jakiejś szczególnie intensywnej pijatyce z trudem dowlókł się do swych komnat. Tu postanowił ochłodzić rozpaloną głowę w wielkim akwarium zajmującym cztery przebudowane izby.

Będąc zamroczonym, można zgubić nawet własną żonę. Albo też zapomnieć o pływającej w akwarium ulubionej rybie, zwanej Gryzakiem.

Właśnie ten ostatni błąd popełnił Fatrycjusz. Mimo to Gryzak pozostał wierny przyjacielowi zza szyby. I kiedy baron chwiejnym krokiem wgramolił się po schodkach przy ścianie na brzeg sztucznego jeziorka i wpadł do wody, rekin już tam czekał. Dwoma kęsami doprowadził ich przyjaźń do stanu całkowitego zespolenia.

Taaak... pałac był świadkiem niejednego dramatu. A jednak było coś, czego te ściany nigdy wcześniej nie widziały. Było to linienie smoka. I sądząc po skutkach, lepiej, żeby nikt nie musiał oglądać tego po raz drugi.

W ciasnej izbie pogodnika jak zwykle nocą panował straszliwy ścisk.

Annabell – też jak zwykle – pojękując cichutko przez sen, ogarnęła szeroko rozrzuconymi rękoma i nogami całe łóżko. Jej rude loki mieszały się z sierścią śpiącego obok niej Tinkusa niby smugi cynamonu pokrywające fale bitej śmietany. Widok był niesamowity, jednak miejsca od niego nie przybywało i zajmujący skraj mebla Rosselin wiercił się pod ścianą, bezskutecznie usiłując zapaść w drzemkę. Ostatnie wydarzenia wywołały u niego przygnębiającą bezsenność.

Obracając się na swoim kawałku łóżka, Rosselin liczył smoki. A dokładniej jednego. Usiłował przewidzieć, gdzie bestia teraz jest i co porabia.

Dawniej pogodnik powiedziałby, że Filippon kogoś straszy albo szuka robaków, które zdołały przecisnąć się do pałacu przez oka klątw zaporowych utkanych przez magów odpowiedniej specjalności.

Teraz jednak smok równie dobrze mógł szukać zbiegłego maga Irapia, jak i – co gorsza – współpracować z nim. W głowie Rosselina wciąż krążyły takie niepokojące obrazy: oto dwie skryte pod kapturami postacie ostrzą sztylety w blasku dopalającej się świecy. Nagle jeden ze spiskowców wolno odwraca głowę...

– *A poza tym uważam, bracie, że Fert powinien zostać spalony* – mówi Filippon do swego towarzysza, wolno cedząc słowa.

Albo:

– *He, he, he* – śmieje się złowieszczo Irapio z nożem w zębach.

– *Ha, ha, ha* – wtóruje mu jaszczur, patrząc w niebo. Tam w równym szyku jak gwardyjska jazda podczas defilady płyną pod chmurami smocze oddziały.

Ale przeważnie były to obrazy raczej takie:

Dobry i życzliwy światu Rosselin, mag trzeciej kategorii, który do niedawna spał sobie słodko w swoim łóżku u boku narzeczonej, teraz też leży w czymś na kształt łoża, tyle że ponabijanym bardzo nieprzyjemnymi szpikulcami.

– *A więc twierdzisz, że nic ci nie było wiadomo o spisku twego smoka i maga Irapia?* – pyta beznamiętnym tonem ktoś ginący w cieniu.

– *Nie, przysięgam! Litości!* – woła nieszczęsny pogodnik.

– *Twoi wspólnicy, nędzniku, zeznali co innego. Rozciągać!*

Po tym jak zdesperowany smok rozdarł magiczną błonę, Rosselin niczego już nie mógł być pewnym.

Chociaż... równie dobrze Filippon mógł niczego nie knuć, a tylko chodzić po pałacu w nadziei, że komuś odpadnie noga.

Za tą ostatnią niezdrową fascynacją stał cesarski medyk, Bernard o'Cencor. Zaginięciem salonu balwierskiego czy zbiegłym magiem wydawał się nie interesować w ogóle, pasjonowały go wyłącznie eksperymenty lekarskie. Parę dni wcześniej usunął hrabinie d'Ralex uschniętą kończynę i zastąpił ją sztuczną, wykonaną z twardego drewna. Dlaczego smok oszalał na tym punkcie? – Rosselin nie potrafił pojąć. Tym bardziej że kiedy jaszczur już wariował, to konsekwentnie i na całego. Nie tylko skrycie podglądał protezę hrabiny w akcji, udając szafę czy świecę płonącą w kandelabrze. Posunął się nawet do próby kradzieży! I gdyby biedna d'Ralex nie obudziła się w porę ostrzeżona przez swoją kobiecą intuicję, nie zauważyłaby drewnianej nogi maszerującej ku drzwiom komnaty. A niepotrzebnych gratów w izbie Rosselina jeszcze by przybyło!

Nagle, niczym przywołany myślami maga, smok w formie smugi szarego dymu przeniknął przez zamknięte drzwi izby. Natychmiast zebrał się w sobie, w takiego samego paskudnego zielonobrązowego jaszczura o mądrym pysku, jakiego mag znał od kilku miesięcy. Minę miał jednak nietęgą.

– Co, nie udało się upolować żadnej nogi? – współczująco szepnął Rosselin. – Wciąż tylko szczury i myszy?

Filippon zaklął po swojemu, w języku bardzo przypominającym próbę porozumienia się twardej skały z jeszcze twardszym wiertłem – i to na sucho. Wreszcie obrzucił pogodnika ponurym spojrzeniem i rzekł:

– Ja tu umieram, a ty mi o szczurach...

W normalnych okolicznościach mag być może zgodziłby się prowadzić rozmowę o śmierci, umieraniu oraz podobnych bzdetach. Jednak jego ulubiony filozof twierdził (a Rosselin się z tym zgadzał), że na temat śmierci nie ma nic do powiedzenia. Bo tam, gdzie jest on, nie ma śmierci. A gdzie jest śmierć, nie ma jego. No i prawda – Sarturus rozmijał się ze śmiercią przez sto sześć i pół roku.

Jednak w tej chwili pogodnik rozmijał się przede wszystkim z własnym snem. Był więc wściekły.

– Nie umierasz, tylko się pewno za bardzo obżarłeś, zakochałeś w jakiejś myszce, która ci umknęła, albo za dużo myślisz o smoczycach. Dałbyś spać, zamiast popadać w histeryczne nastroje.

W odpowiedzi Filippon warknął. Cicho. To znaczy cicho jak na smoka. Ogłuszony Rosselin przez chwilę miał wrażenie, że sufit wali mu się na głowę. Kiedy odzyskał słuch, dotarły do niego przekleństwa, którymi Lenka obrzuciła go przez ścianę. Aż dziwne, że Annabell nadal spokojnie spała... chociaż może i nie dziwne, bo sen miała twardszy od niejednego diamentu.

– Kiedy mówię, że umieram, to chyba wiem lepiej! – zagrzmiał jaszczur głosem, w którym gniew mieszał się z rozpaczą. – W końcu to moja śmierć, głupi magu!

Pogodnik tylko westchnął z rezygnacją, dostrzegając na końcu tej rozmowy ostateczną śmierć swojego snu.

– Kiedy mówisz, że umierasz, to tylko mówisz. Albo raczej gadasz. I to bez sensu – stwierdził ostro. – Idź spać.

Nagle Filippon, wciąż szeroko rozparty koło drzwi, niepewnym krokiem podszedł i poczochrał się o nogę stołu, płosząc Latarnię. W jedynym oku kotki błysnęło zdumienie. Zjeżyła się i zaczęła cofać na sztywnych nogach, jakby widziała smoka po raz pierwszy w życiu.

Nagle jaszczur jęknął cicho (rzecz jasna jak na swoją skalę głosu).

Rosselin zawsze podejrzewał, że w jego przyjacielu dominującym pierwiastkiem pozostaje zwierzęca natura, a to, że umie mówić, jest tylko ciekawostką przyrodniczą. Raz nawet w ferworze kłótni podzielił się z nim tą uwagą.

– A ty to niby jesteś czystą esencją intelektu, tak? – ironicznie odciął się smok. I odtąd pogodnik trzymał język za zębami.

Teraz jednak jaszczur rzeczywiście zachowywał się jak głupie bydlę, nie zaś inteligentna bestia. No przecież nikt mądry nie czochrałby się o meble, jęcząc przy tym niczym zdychająca czapla albo umierający z przejedzenia Brunhild ver Didlog.

Zachowanie Filippona w końcu ściągnęło na nich uwagę złego licha.

– Ty skurkowańcu jeden! Spać mi tu, a nie hałasować! – wrzasnęła Zejfa, wściekle łomocząc w drzwi.

Przeklinając wszystkie smoki tego świata (to znaczy dokładnie jednego), Rosselin zerwał się, żeby wyjaśnić jej sytuację.

Ledwie nacisnął klamkę, Filippon smyrgnął pomiędzy nogami dwórki, omal ją wywracając. I zniknął w głębi przedpokoju.

– Chyba zachorował – ze smutkiem stwierdził mag, ponad ramieniem Zejfy starając się sprawdzić, co robi jego zwierzątko domowe. – Może zeżarł chorego szczura?

Oniemiała dwórka spoglądała na niego wzrokiem tyleż wściekłym, co niepewnym. Nawet pozostając zdrowym bydlakiem, smok był jak wycelowana kusza albo pijany mag z kompleksami. A teraz można się było tylko domyślać, do czego jest zdolny. Ani Rosselin, ani ona, ani ktokolwiek inny nie mógł być pewien, że Fert pozostanie nienaruszony, kiedy jaszczur postanowi sobie zaszaleć na całego.

– Lepiej pójdę go poszukać, zanim narozrabia – westchnął pogodnik. Pocałował wystraszoną Annabell, która nie bardzo wiedziała, co się dzieje, bo obudziła się zbyt późno, aby usłyszeć rozmowę ze smokiem. Wreszcie sięgnął po szatę i ruszył na poszukiwanie swojej zguby.

W dzisiejszych czasach, jeśli ktoś chce hodować smoki, musi wystarać się o stosowne zezwolenie w urzędzie gminy, inspektoracie ochrony środowiska, na policji i w straży pożarnej. Chodzenia dużo, nerwów mnóstwo, wszędzie patrzą na was jak na ostatnich przygłupów, a w najlepszym razie jak na potencjalnych przestępców. Może jakiś psycholog na oddziale zamkniętym wykaże więcej zrozumienia, choć też zapewne nie do końca pojmie, po co wam smok (– Więc czy moczy się pan w nocy? – spyta. – A co przedstawia ten obrazek? Zachód słońca nad szuwarami?! Czyżby?... Taaak...). Kiedyś życie było prostsze – wystarczyło wejść w posiadanie bestii, a potem już tylko martwić się konsekwencjami.

Ale nie myślcie sobie, że właściciel takiego jaszczura miał łatwe życie. A już na pewno nie właściciel ostatniego smoka, który zwariował – to dopiero prawdziwa tragedia! Kiedy Rosselin wędrował nocą pałacowymi korytarzami w poszukiwaniu Filippona, szybko rosła w nim przerażająca myśl, że jaszczur narozrabia, po czym spokojnie zamieni się w parasol czy ciężki kandelabr z dziesięcioma świecami, a wszystkie kary spadną na jego pana, czyli nieszczęsnego maga...

Może dlatego krok pogodnika stał się bardzo nerwowy, wzrok wyostrzony, a słuch tak dobry, jak nigdy dotąd. Mógłby spróbować zwabić smoka, jednak zdawał sobie sprawę, że drugi raz na numer z robakami Filippon nie da się nabrać. Może i był łakomy, ale na pewno nie głupi.

Nagle usłyszał jego ryk dobiegający z głębin jednego z korytarzy. Piętro zatrzęsło się, jakby twarde skały postanowiły strząsnąć z siebie stolicę Imperium. Ale gdy mag szalonym galopem dotarł na miejsce, skąd – jak mu się wydawało – drze paszczę Filippon, nikogo tam nie zastał. A już na pewno nie swoją poszukiwaną osterwaldzką jaszczurkę. Korytarze pomiędzy magazynowymi komnatami były bezludne i bezsmocze.

Kiedy spoglądał na puste przestrzenie, pośród których błąkały się duchy, smok oraz tragiczna przyszłość Rosselina, naraz zaświtała mu w głowie zaskakująca myśl...

– Ty mordo przebrzydła! – rzucił w stronę najokazalszej z plam na ścianie, brązowej jak wspomnienie po misce gulaszu. – Ty jaszczurze bezogoniasty! Ty kurduplu bezmózgi!

Plama nie dała się jednak sprowokować. Nie odpowiedziała: *Ja to mogę mieć nawet i trzy mózgi, a ty nie masz żadnego!* ani: *Nie ogon świadczy o człowieku.* Oględziny zacieku także nic nie dały. Ba, nawet soczyste splunięcie przeszło bez echa, więc zniechęcony pogodnik podążył dalej.

Następne pół godziny było pasmem coraz większej rozpaczy i rezygnacji. Nie spotkał ani smoka, ani nikogo innego poza jednym strażnikiem, który podejrzliwie przyglądał się Rosselinowi – i chyba tylko obawa, że mag rzuci na niego jakiś podły czar, powstrzymała gwardzistę przed rozpoczęciem śledztwa.

Kiedy więc pogodnik usłyszał na siódmym piętrze wieży charakterystyczny smoczy kaszel, rzucił się w tamtą stronę takim szpurtem, jakby chciał dogonić promienie słońca.

Odgłosy dobiegały z komnaty, na wejściu do której wisiała krzywo przybita tabliczka: POKÓJ MODLITEWNY. NIE PRZESZKADZAĆ! Rosselin zgrzytnął zębami nad wrednym poczuciem humoru Filippona i gwałtownie pchnął drzwi.

Natychmiast w oczy i nozdrza uderzył go potężny tuman dymu. Bynajmniej jednak to nie smok wrednie zionął na niego znienacka, lecz przeciąg z korytarza rzucił magowi prosto w twarz równie gęste co nielegalne opary turkeńskiej nikorośli. Pogodnik odkrył właśnie sekretną palarnię.

Kaszlał zaś Vic de Ballardin, jeden z pałacowych arystokratów. Siedmiu pozostałych nałogowców, w tym dwóch magów i jeden z inżynierów cesarzowej, co sił waliło go w plecy, próbując zabić. Gdyby znalazł się tu Astrogoniusz, miałby gotowy materiał do obrazu pod tytułem: „Demony narkotycznego podziemia".

Łomot, jaki swoim wtargnięciem sprawił Rosselin, spowodował, że kilku z gorliwych przyjaciół de Ballardina odwróciło głowy z niepokojem.

– O, witamy pana maga, witamy – odezwał się najtłustszy spośród nich, Brunhild ver Didlog. – Cygarko na dobry początek? Trzeba zażyć przyjemności, zanim twoja korporacja wysadzi nas w powietrze...

Pogodnik z pewnym rozbawieniem przyglądał się nagłej zmianie, jaka zaszła w gromadzie magów i inżynierów. Wszyscy na dworze sądzili, że odkąd pojawiły się poważne problemy przy budowie tunelu w Alherydach, te dwie grupy łączy płomienna nienawiść. Nie dalej jak tydzień temu mag Dydrachus (ten sam, któremu uciekli, nie mogąc już znieść jego marudzenia w drodze do Akademii) trzasnął w twarz młodszego inżyniera Panpierdykla i cesarzowa musiała zarządzić rozejm pod groźbą odesłania obu korporacji do kamieniołomów.

Tu zaś rzeczony Dydrachus obejmował ramieniem przedstawiciela wrażego cechu, tocząc wokół maślanym spojrzeniem. Próbował skupić je na Rosselinie, ale uciekało mu niczym zez rozbieżny.

Ku całkowitemu zdumieniu pogodnika pośród palaczy wstydliwie krył się... snycerz Georgion.

– I ty, Georgionie, trafiłeś w opary nałogu... – ze smutkiem westchnął mag. – Ech, źle skończysz... jako palacz w pałacowych piecach...

Brunhild ponownie zamachał cygarem. Nęcący zapach nikorośli dotarł do Rosselina.

– Nie, nie mogę – odparł ten z żalem. – Nie widziałeś mojego jaszczura? Uciekł mi bydlak, muszę go odnaleźć, zanim narobi kłopotów...

Raz jeszcze spojrzał tęsknie na palaczy, w oczekiwaniu na koniec świata oddających się modlitwie skierowanej ku Wielkiemu Nałogowi, i wyszedł z komnaty.

II

Nastał już niemal świt, mleczną szarością wdzierając się przez okna, gdy wreszcie zrezygnowany Rosselin musiał przyjąć do wiadomości, że nie jest w stanie odnaleźć smoka. Jedyne, co mu się udało, to nakrycie pewnej pary w niedwuznacznej sytuacji. Przydybał mianowicie hrabinę de Balboa pospiesznie poprawiającą suknię i Garzfula wachlującego się twarzową chustą, która miała podejrzanie fikuśny krój i nie pasowała do karła. Choć pogodnik zadawał sobie pytanie, czy do wilczego pyska knypka cesarzowej cokolwiek może pasować lepiej niż lufa fuzji w chwili, kiedy palec pociąga za spust.

Laska Garzfula stała obok, budząc podejrzenie, że ten, niestety, nic sobie nie złamał, a gips jest sztuczny. Ale tej nocy mag nie chciał się wdawać w awantury. Powędrował dalej, a właściwie bliżej, bo smętnym krokiem zmierzał w stronę apartamentu Zejfy.

– Niech no ja cię dorwę, draniu – rzucił wreszcie w pustkę korytarza. – Łuski żywcem powyrywam i do czerwonego mięsa się dobiorę, bydlaku!

– Zejfa wyrzuciła cię z roboty – sennie mruknęła Annabell, przewracając się na bok, ledwie pogodnik cicho wszedł do swojej izby. – A chociaż znalazłeś tę bestię?

Rosselin nie odpowiedział. Boleśnie gryząc wargę, próbował stłumić szloch.

Bydlę! – jęczał w duchu. – *W burzę gradową zamienię!...*

Obracał się niespokojnie na łóżku, aż wschód słońca rozświetlił pałac bladym światłem. Bez wątpienia nadchodził paskudny dzień, może nawet poniedziałek. Mag pojął, że przyjdzie mu paść Zejfie do nóg i całując brud pod jej stopami, błagać, aby nie wyrzucała go z pracy i mieszkania.

A później, aby odreagować to upokorzenie, zamierzał ukręcić łeb cholernemu smokowi. Niech no go tylko odnajdzie!

Wzdychał i przewracał się na bok, układając w myślach słowa, jakie powie (czy raczej wyskamle najbardziej błagalnym tonem, jaki zdoła wydobyć z gardła) swojej chlebodawczyni. Tymczasem Annabell, już przebudzona, uśmiechała się sama do siebie. Wreszcie pogodnik wstał i sięgnął po ubranie, chcąc jak najszybciej mieć za sobą trudną rozmowę z Zejfą. Widząc to, rudowłosa właścicielka Rosselinowego serca rzuciła półgłosem:

– Wywaliła cię... ale po moich prośbach natychmiast przyjęła z powrotem. A teraz pięknie podziękuj za wstawiennictwo, draniu jeden.

Nigdy dotąd żaden mag tak szybko nie zrzucił z siebie szaty. Komuś obserwującemu tę scenę z boku mogłoby się wydawać, że ubrany pogodnik stoi jeszcze w pół drogi pomiędzy drzwiami a łóżkiem, podczas kiedy drugi już pada do stóp wspartej na łokciu Annabell, a trzeci szuka jakiejś zguby na atłasowej skórze dziewczyny.

Wreszcie ciężko dyszący Rosselin (przelotnie zastanawiający się, czy dożyje końca dnia) i jego narzeczona zalegli w pościeli. Zemsta Annabell na jej pogodniku, usiłującym za poradą starego Farfinkelszta zerwać sidła miłości, była naprawdę słodka.

Mag uśmiechał się głupio, z niedowierzaniem kręcąc głową nad tym, że im bardziej próbuje nie dopuścić do ślubu, tym jest go bliższy...

Nagle usłyszał chrobotanie.

I wcale nie było to skrobanie pazurków kotki czy pudla. O, nie, to był ostentacyjny szurgot pazurzastych łap smoka!

Pogodnik zerwał się z łóżka. Poczuł zawrót w głowie, świat zawirował, ale Rosselin zdołał jakoś utrzymać równowagę.

Filippon przecisnął się przez drzwi. Nie zauważając wściekłego spojrzenia swego przyjaciela, poczłapał do kąta i tam natychmiast zasnął.

– A może by się tak wytłumaczyć? – syknął mag. Podszedł do smoka i wykonał ruch, jakby chciał kopnąć zwierzę. Powstrzymał się w ostatniej chwili, bo w tułowiu jaszczura jak na zamówienie powstała skórna kieszeń wypadająca w miejscu, gdzie miała trafić noga Rosselina. Coś podpowiadało pogodnikowi, że mógłby stracić stopę...

Bestia tymczasem zdawała się spać, lekko poświstując przez nos. Jak na smoka, w dodatku ostatniego, był to stan tak nietypowy, że mag zaczął się obawiać. *Jaką aferę zmalowałeś, zarazo?* – rozmyślał, zerkając na soczyście błyszczące łuski gadziego ciała.

– Kto tym razem wpadł w twoje pazury? – zapytał.

Jaszczur jęknął boleśnie. Naprawdę cicho: zaledwie ogłuszył pogodnika. I co było do przewidzenia, przywabił Zejfę.

– Ty się nie obijaj – powiedziała, widząc, że jej pracownik zamierza cały dzień przyglądać się smokowi. – Zostaw zwierzęta i zajmij się ludźmi.

– A konkretnie? – spytał butnie mag, choć tak naprawdę wszystko w nim, łącznie ze zwykle obojętną na wszelkie sprawy ślepą kiszką, westchnęło z ulgą. Nie zostanie zwolniony.

Dwórka wzruszyła jednak ramionami.

– Zostałeś wynajęty, żeby dbać o urodę moją, a nie zwierząt, przypominam.

Rosselin westchnął. Ślub z Annabell, zbiegli magowie, umierający smok, a jakby tego nie dość – ciężar świadczenia pracy. Naprawdę nie jest lekko być magiem na czyichś usługach. Powinien unieść się honorem i odejść, trzaskając drzwiami. Ale wtedy musiałby pewno stanąć pod świątynią Draceny ze zdefasonowanym kapeluszem i kartką: GŁODNY, BEZDOMNY MAG UPRASZA SIĘ WSPARCIA.

– To jaki czar mam wywołać? – spytał więc pogodnik.

Zejfa d'Argilach bez ostrzeżenia kopnęła go w kostkę.

– Żaden, durniu – syknęła. – I nie tym tonem, proszę!

A kiedy już rozmasował sobie bolące miejsce, wyjaśniła:

– Udasz się na ulicę Pokonną do świątyni Draceny. (Więc jednak świątynia Draceny! Czyżby Rosselin miał talent wróżbity?!) Sprzedają tam specyfik ujędrniający skórę. Podobno w tajemnicy używa go sama cesarzowa...

Mag nie skomentował sytuacji, choć w głębi duszy nie krył zdziwienia. Miał dość światowego obycia, aby nie mówić głośno, że gdyby to miała być prawda, cesarzowa zastrzegłaby sobie monopol. Ale przekonywać damę, że nie musi sobie poprawiać urody (szczególnie jakimś niepewnym mazidłem), to jak zawracanie rzeki kijem. Przy czym rzeka może sobie bryknąć w bok, a kobieta... rzecz jasna, też może, ale nie w kwestii bycia piękną, bo wszystkie prostolinijnie chciały być jak najurodziwsze. Zamiast więc toczyć beznadziejny spór i narażać się na kolejne ukąszenia, kopnięcia czy odesłanie do sprzątania korytarzowej toalety, Rosselin postanowił skierować rozmowę na inne tory.

– A nie możesz posłać Lenki? – spytał.

Dwórka tylko pokiwała głową nad naiwnością swojego najemnego pracownika i uśmiechnęła się z wyższością.

– Jasne, że mogę. Ale ona po drodze wsmaruje pół tego cudownego kremu we własną skórę, a potem dla niepoznaki nabierze wody z kałuży albo wrzuci mydło. A ty nie jesteś tym zainteresowany, prawda? – Pieszczotliwie pociągnęła go za policzek, wciskając w rękę mieszek z imperiałami. – Kup za wszystko. Na urodę nie ma co żałować pieniędzy.

Położyła ręce na karku i przeciągnęła się miękko.

– Zwłaszcza pieniędzy Didloga.

Cudotwórcy od damskiej urody i szczęścia zsyłanego przez Dracenę mieli swoją świątynię w mieszczańskiej dzielnicy Hort. Było tu względnie cicho i spokojnie, dosyć zielono, więc pogodnik postanowił nigdzie się nie spieszyć, jako że pożytek z tego żaden, a odcisków – mnóstwo. Nawet sobie uciął krótką drzemkę na ławce pod platanem, bo po nocnych wydarzeniach ciągle ziewał.

Później wreszcie zaczął szukać wskazanego adresu. Najpierw jednak trafił na wąską uliczkę, pośrodku której mała dziewczynka z płomieniście rudymi włosami miękko opadającymi na ramiona bawiła się łódką puszczaną w kałuży.

Kiedy dmuchnięciami kierowała ją ku dwóm patykom, zapewne symbolizującym nabrzeże ferteńskiego portu, można było pomyśleć, że jest niby sama Dracena rządząca wiatrami poruszającymi żagle. Gdy Rosselin mijał tę małą, uśmiechnęła się szelmowsko.

Puścił do niej oko i delikatnym czarem osadził żaglówkę w miejscu. Potem, odprowadzany zdziwionym spojrzeniem, ruszył dalej.

W świątyni miał pecha. Pierwszy mnich obrzucił go grubymi obelgami, kiedy pogodnik wyjawił cel swojej wizyty w tym miejscu. Dopiero drugi posiadał odpowiedni stopień wtajemniczenia. Zaprowadził Rosselina na zaplecze, tam wyjął z szafki niewielki gliniany garnuszek.

– Ale po co przysłała maga? – mruczał przy tym, wodząc dokoła czujnym spojrzeniem. – Pewno, żeby dostać niefałszowany... Ale ten jest droższy, jedno naczynie w cenie dwóch nieskutecznych – zastrzegł, surowo spoglądając na pogodnika. – I milcz, bo jak się tu wszystkie damy zlecą, to nikt nie dostanie, jasne?

Rosselin niedbale skinął głową.

– Jak grób – przytaknął.

Jeżeli miał zginąć, to za sprawę wyższą niż jakieś tam damskie mazidło. O, w pojedynku, w karczemnej bójce na pięści albo nawet w obronie smoka, gdyby ktoś odważył się zaatakować Filippona – to proszę. Ale ryzykować życie, ujawniając, że pasta, którą wszystkie damy dworu pracowicie co ranek wklepują w policzki i szyję, jest równie skuteczna co woda ze studni, za to tysiąc razy droższa... Doprawdy, aż tak szalony nasz mag nie był!

Tymczasem dzień rozwijał się coraz ciekawiej. Po południu w jednej z sal miała nastąpić prezentacja Cesariona Fri, barda cieszącego się sławą na prowincji, ale kompletnie nieznanego ferteńczykom.

Rosselin nie miał ochoty na płacz i zębów zgrzytanie, jak to nowoczesną manierą robili bardowie. *Ni sensu, ni składu, to jeno sztuka rozkładu* – powiadało żartobliwe pałacowe przysłowie, które choć dotyczyło upadku moralności, świetnie też pasowało do pracy pieśniarzy.

Zejfa jednak postanowiła odkuć się za wszystkie dni słodkiego nieróbstwa swego pracownika.

– Ja chcę pójść – powiedziała, wcierając zdobyczną maść w skórę na szyi. – A skoro ja chcę, to ty o tym marzysz, jasne?

Sporo ludzi zebrało się w sali, gdzie Fri dawał pokaz swoich umiejętności. Cóż, nie były one wielkie. Najzagorzalej bił brawo Georgion. Nie był jednak obiektywny, bowiem bard pochodził z okolic Kann Arch, w którym jeszcze niedawno chłopak zamieszkiwał.

Dwórka większą uwagę niż na kiepską muzykę zwracała jednak na wygląd artysty. Ten był imponujący. Przyjezdny jęczypała nie tylko głos miał potężny, posturę także, zaś po ubraniu wcale nie było widać prowincjonalnego gustu. Choć może o to ostatnie zadbała służba pałacowa.

– Ale jak na przyszłego męża – westchnęła do Rosselina Zejfa, kiedy tłoczyli się w wyjściu po koncercie – jego mieszek za cienko śpiewa.

Prości robotnicy powiadali, że dobrymi chęciami portowe doki wyłożone.

Pogodnik mógł to przysłowie przykroić do siebie i uznać, że pałacowe korytarze wyścielone są kośćmi naiwniaków.

Zamierzał wywierać dobry wpływ na Georgiona. Tymczasem snycerz jeszcze tego wieczoru zwąchał się z Frim, zapewne poruszony jego opowieściami, a jeszcze bardziej perspektywą usłyszenia paru plotek o rodzinnym Kann Arch.

Rosselin miał do wyboru: obrazić się albo pójść na ugodę, czyli na wino z tą hałastrą. A że człowiek pełen jest słabości (no i to Cessarion stawiał), mag uległ. Co więcej, wskazał nawet kompanii odpowiednie miejsce, gdzie wino było sprawdzone, ceny odpowiednie, a karczmarki miłe i niewstydliwe. (No i miał tam maleńki procent od przyprowadzonych gości).

Patrząc, jak zasłuchanemu chłopcu lśnią oczy, postanowił jednak wnieść do tej rozmowy nie tylko udział w pochłanianiu trunków i mięs, lecz także coś znacznie większego kalibru. To nic, że trochę wcześniej wytykał ten zgubny nałóg Georgionowi. Tym jednym mógł zaimponować każdemu – w końcu to on sprowadził nikorośl na dwór. Fert był sercem Imperium, a pogodnik uczynił go największą jaskinią nałogu! Gdy w grę wchodziła rywalizacja, w duszy Rosselina nie było miejsca na rozsądek. Wyciągnął na stół pudełko z cygarami, szerokim gestem zaproponował poczęstunek, po czym z dumą wyznał, że to on przywlókł tu tę popularną zarazę.

Fri natychmiast porzucił hołdy Georgiona i skupił uwagę na magu. Zażądał faktów i jeszcze raz faktów, suto – jak zaznaczył – okraszonych ploteczkami. Dzbany wina i kolejne cygara przemijały niby mokry dym, a opowieść, w większości wymyśloną, pogodnik snuł bez najmniejszego zająknienia, odkrywając przy tym, iż rozminął się z powołaniem. Powinien był zostać nadwornym kłamczuchem.

– Ja ci, bracie mój, taką pieśń wyszykuję, że całe Imperium będzie ci wdzięczne – wyszlochał wreszcie Fri, rzucając się Rosselinowi w ramiona.

– Ale bez nazwiska, poproszę – wymruczał na wpół przytomnie pogodnik, dając Georgionowi znak, żeby zbierać się do wyjścia. – Chciałbym jeszcze za życia odebrać choć cząstkę chwały.

III

Do swojej komnaty Rosselin wracał krokiem chwiejnym jak kurs marnej krypy w czasie sztormu.

Tu z przyjemnością skonstatował, że z lokalnych bestii na placu boju pozostał jedynie Tinkus, pudel może i agresywny, ale na widok lekko upitego maga swoją wściekłość wypiskujący spod łóżka.

– I tak trzymać – pogodnik pogroził mu palcem.

Z rozkoszą wyciągnął się na łóżku. Całe wyrko dla siebie! Annabell poszła dotrzymać towarzystwa chorej przyjaciółce ze średniej wieży, a smok znów gdzieś się zapodział. Co za fantastyczne uczucie!

I jeszcze ta pieśń obiecana przez Cessariona!

Było mu tak dobrze, że zrezygnował nawet ze wstania i skreślenia paru słów refleksji o porzuceniu sztuki wysokiej, jak magia czy snycerstwo, na rzecz plebejskich śpiewanek. To zdąży zanotować zawsze, a taki luksus jak sen w wygodnych warunkach zdarzał mu się coraz rzadziej...

Więc pozwalał, by utulały go księżyc w pełni oraz ciche westchnienia Lenki za drzwiami. Rosselin chciał wstać i sprawdzić, czy klucz w zamku przekręcony, ale... zanim zdążył to uczynić, niespokojna myśl odpłynęła. A we śnie, który go przygarnął, nasz pogodnik był bohaterem, który wrogie armie rozbijał w puch jednym skinieniem palca, a ścięte głowy przegranych śpiewały mu „Witaj, Draceno" oraz inne pobożne hymny.

Kołysany falami nocnej sławy nie widział, jak smok z jękiem przeciska się przez drzwi, po czym układa w kącie izby. W świetle księżyca jego łuska lśniła, wyglądała jednak dziwnie, jakby pokryły ją pęcherze. Zaczął wzdychać i też zasnął.

Smokowi śniło się jajo. Jego własne, które trzeba rozbić od wewnątrz. Stukał i pukał – a jego łapy drgały nerwowo – i skorupa była taka twarda, taka przeraźliwie twar...

Kiedy Rosselin wreszcie wyjrzał z pościeli, nieubłaganie zbliżało się południe.

Pogodnik zaczął się zastanawiać, ku czemu ten świat zmierza. I doszedł do wniosku, że do końca, to znaczy do katastrofy. Ale może chociaż on zdąży się jeszcze napić wina, zanim ta chwila nastąpi.

Po drodze ku wyjściu z pałacu usłyszał, że konflikt pomiędzy magami a inżynierami znów się zaostrzył. Jak zwykle poszło o tunel alherydzki, który w takim tempie będzie budowany do końca świata, albo i dzień dłużej. *Przymierze nikoroślowe krótko przetrwało* – pomyślał z cierpką ironią Rosselin. *Za dnia demony przynależności znów doszły do głosu.*

W takich chwilach nie krył radości, że zajmuje się czymś tak słabo uchwytnym jak pogoda.

Stuligrosz jak zwykle miał znakomitą piołunówkę.

A kiedy dotarł tam Fri, po czym zaśpiewał pierwszą zwrotkę pieśni o przygodach pogodnika, ten zrobił się całkiem podatny na wszelkie szkodliwe wpływy.

Nie był więc całkiem trzeźwy, kiedy wrócił do izby. Ba, w zasadzie był dosyć mocno napiołun... napio... Był upity w trzy de.

Może dlatego opowieść Zejfy o kolejnych nieszczęściach, których świadkiem stał się ostatnio pałac, nie wywarła na nim większego wrażenia – chociaż biedna dwórka była naprawdę wstrząśnięta faktem, iż w słabo zbadanych, nieużywanych od dekad korytarzach pałacu poniżej poziomu ziemi znaleziono ledwie żywego pomocnika krojczego, niejakiego Asturgiona.

A właściwie było jeszcze inaczej. Nikt go nie poszukiwał, ale nagle wypadła stamtąd jego narzeczona, Hydrena Loniga... a potem to już wszystko potoczyło się naturalną koleją rzeczy. Przerażenie dziewczyny trochę minęło, a krojczy wciąż żył, chociaż póki co – jak zauważyła Zejfa – do małżeństwa raczej się nie nadawał.

– No i dobrze zresztą – ciągnęła, powracając na swój ulubiony temat, a tak niebezpieczny dla ucha maga. – Byłby to straszny mezalians.

Nie przejmując się, że mag przysypia, dwórka ciągnęła opowieść o niewątpliwej, aczkolwiek wciąż nieudowodnionej winie karła. Wszyscy przecież pamiętali niedawną historię z obciętymi palcami, a także awanturę, którą skutecznie rozładował dopiero dzielny Filippon z Osterwaldu, własną piersią chroniąc cesarzową, a celnym kopniakiem wystrzeliwując Garzfula poza komnatę.

Zdaniem pałacowej opinii publicznej knypek był winien wszystkich zbrodni świata, a skoro tak, to również tej ostatniej. Ten i ów skrupulant przebąkiwał, że należy mu coś tam udowodnić, ale ogół uważał to za stratę czasu.

– Tylko że trochę za duża ta skóra jak na karła – westchnęła na koniec Zejfa. – I to jest zastanawiające...

– Jaka skóra? – spytał Rosselin, nagle przytomniejąc.

Dwórka wydęła usta.

– Nie mówiłam? To coś, czym oblepiony jest Asturgion, wyglądało podobno jak skóra ryby. A cokolwiek by powiedzieć o karle, śniętego szczupaka raczej nie przypomina – zaśmiała się głośno.

Pogodnik od razu wytrzeźwiał. Nagle bowiem dziwne zachowanie smoka stało się dla maga oczywiste.

Rosselin nie był jednak taki głupi, żeby się z tym zdradzać przed Zejfą. Poza tym cień podejrzenia rzucony na Garzfula to też zbyt cenna rzecz, aby ją marnować. Niech sobie pocierpi! Nasz bohater zamierzał jednak sprawdzić, czy pora już uciekać, czy wystarczy czujnie nadstawić ucha.

– Przespaceruję się, o ile nie masz nic przeciw temu. – Spojrzał pytająco na dwórkę. Ta wzruszyła ramionami, bo przecież jeszcze chwilę temu pogodnik zmierzał do łóżka. Ale machnęła ręką:

– A idź, gdzie chcesz.

Zamknąwszy za sobą drzwi apartamentu, Rosselin stanął na korytarzu, rozejrzał się w obie strony, zerknął na sufit – bo raz już przydybał smoka, jak łazi po suficie (potem się bydlak tłumaczył, że czyni to, aby nie wyjść z wprawy) – wreszcie westchnął ciężko i...

I skoro i tak nie wiedział, gdzie szukać Filippona, poszedł gdziekolwiek, czyli w tym wypadku w lewo. Znajdował się tam ciąg komnat, a na końcu korytarza stała donica ze wspomnieniem po filodendronie. Z ziemi wystawał kij ze sterczącymi gdzieniegdzie odgałęzieniami. Liście jednak poszły sobie gdzieś w niewiadomym kierunku – porwał je wicher pałacowych zdarzeń albo ktoś uznał je za pożywienie...

Takimi refleksjami wypełniał sobie czas, no i na filozofowaniu się skończyło, bo Filippon nie był taki głupi, aby dać się złapać.

Wreszcie magowi przyszło do głowy, że skoro nie może odnaleźć smoka, to przynajmniej obejrzy sobie jego ofiarę.

Przy okazji uczyni prawdziwymi swe wykręty wobec Zejfy.

Nie żeby zaraz biegł. Skądże znowu. Po prostu bardzo szybko szedł. Jednak zdaniem gwardzistów był to krok nerwowy, dowodzący, że uciekający osobnik ma coś na sumieniu. Dlatego podejrzliwie spoglądali na Rosselina – i gdyby nie jego pogodnicki płaszcz, musiałby się gęsto tłumaczyć. Ale z magami gwardia pałacowa miała złe doświadczenia, żołnierze woleli więc z nim nie zadzierać.

Zmierzał prosto do posiadłości Bernarda, kilkunastu komnat szpitalnych na parterze i kilku wielkich magazynów pod ziemią przerobionych na laboratoria, lazaret dla ubogich arystokratów oraz wszelkiego rodzaju inne niezbędne medykowi apartamenta i składziki.

Być może najlepiej było udać, że nic się nie dzieje, albo wręcz podsycić gniew ludu skierowany w stronę karła. W głowie Rosselina powstała jednak inna myśl, która powiodła go w stronę Bernardowej lecznicy. To on, prosty pogodnik, był panem i przyjacielem smoka. Jeżeli nie będzie wiedział o nim wszystkiego, jaszczur może któregoś dnia bardzo nieprzyjemnie go zaskoczyć. Nawet śmiertelnie zaskoczyć.

Krótko mówiąc, maga napędzał coraz większy strach. Zejfa naprowadziła go na pewien trop. Bo przecież karły, z tego co wiedział Rosselin, nie zrzucają skóry. Szybki przegląd pałacowego inwentarza doprowadził maga do oczywistych wniosków. W końcu był kiedyś wiejskim dzieckiem... i to, że wyrósł na pogodnika, wcale nie odebrało mu pamięci. Tylko jedna istota mogła tu zrzucać skórę jak stare ubranie.

Spodziewał się, że będzie musiał Bernardowi wcisnąć jakieś krętactwo, bo co specjalistę od dostarczania słońca czy deszczu obchodzi los jednego nieszczęsnego krojczego? Ale cesarski medyk nie wydawał się wcale zdziwiony wizytą Rosselina. Przyjął go w swoim gabinecie pełnym wypreparowanych kości oraz medycznych narzędzi, które bardzo przypominały zestaw „Mały kat", popularny prezent dla chłopców na siódme urodziny, z tą tylko różnicą, że były porządnie oczyszczone z krwi oraz innych nieprzyjemnych substancji. A wszystkie słoje i flaszki posiadały etykiety z naniesionymi nazwami zawartości, na przykład Śluz płazińca albo Trzecia nerka Ekspandusa Fombe.

– Nie jesteś pierwszy – rzekł medyk z westchnieniem. – Wcześniej nikt nie zaglądał do mojego szpitala, jeśli nie musiał, a teraz... całe wycieczki, psiakrew! Bilety zaraz zacznę sprzedawać!

Pogodnik westchnął obłudnie.

– Ale ja naprawdę mam wyższy cel.

A dostrzegając wyraźnie zdziwione i zaciekawione spojrzenie Bernarda, dodał:

– Magia to nie wszystko. Wyobrażasz sobie, jakie możliwości otwiera przed nami połączenie magii z medycyną? Na przykład magiczny skalpel... – rozpędzanie się w kłamstwach przychodziło mu z niewiarygodną łatwością. – Albo leki...

– Leki... – rozmarzył się o'Cencor. – Przydałby mi się taki czar jak ten, którym zamroziłeś palec służącej twojej pani. Sam pomyśl, ile by można dokonać, gdyby zamrozić pacjenta, żeby krew nie płynęła...

– A nie próbowałeś użyć maga przy stole operacyjnym? – ze zdziwieniem spytał Rosselin.

Bernard zrobił kwaśną minę. Jego spojrzenie pobiegło ku otwartemu oknu, jakby tam czegoś szukał.

– Jasne, że próbowałem – burknął. – I operacja nawet się udała. Tylko pacjent po odmrożeniu okazał się martwy. Tu trzeba medyka, nie maga...

Westchnął ciężko, przeczesał dłonią siwiejące włosy, wypchnął swe obfite ciało z głębokiego fotela i rzekł:

– No to chodźmy obejrzeć nieszczęśnika. – A kiedy już wędrowali wąskim korytarzykiem pomiędzy dwoma szeregami sal do izolatki Asturgiona, cesarski medyk zatrzymał się nagle i wyznał: – Z tym skalpelem to naprawdę trafiłeś w sedno. Bo właśnie nie wiem, jak mu to świństwo ściągnąć ze skóry... Nie chce się oderwać...

Asturgion spał. Był całkowicie nagi, a jego skórę pokrywały półprzezroczyste pęcherze wielkości dłoni niemowlęcia. Pod nimi zbierał się jakiś żółtawy płyn. Od samego widoku pogodnikowi też coś się zebrało w gardle, ale przełknął z obrzydzeniem ślinę i wziął kilka głębokich oddechów.

– I nie daje się odseparować – mruknął zafrasowany Bernard. – Twój magiczny skalpel byłby jak znalazł...

Rosselin pokręcił głową w milczeniu.

Obrzydliwe. I ktoś chciał toto oglądać?

Po wizycie u Bernarda mag wracał do swojej komnaty nieco spokojniejszym krokiem. Asturgion nie był w stanie nikogo o nic oskarżyć, a medyk nie podejrzewał smoka. Sądził raczej, że zaszło jakieś niesłychanie rzadkie zjawisko: z korytarzowego brudu narodził się żywy stwór, dowodząc, że może w zwyczajnym świecie samorództwo nie istnieje, ale pałacowych kątów te reguły nie obowiązują.

Mimo to wieczorem, gdy smok wreszcie wrócił do izby, Rosselin namówił swoją rudowłosą panią do opuszczenia pokoju i zajrzenia do pałacowej cukierni, sam zaś obszedł niepodejrzewającego podstępu Filippona, oparł się plecami o zamknięte drzwi swojej izby i spytał:

– No to co to było z tym Asturgionem? – A złowróżbny ton przeczył spokojowi malującemu się na twarzy pogodnika.

Smok zwinął się w kłębek, prychnął cicho i rzekł:

– No co, raz na pięćdziesiąt lat skóry nie można zrzucić? – parsknął. – A czy to moja wina? Ty nie zrzucasz?

Rosselin westchnął. No pewnie, że by zrzucił, gdyby mógł.

– Wyobraź sobie, że nie – odparł wreszcie. – Ale za to miotam klątwy i kamienie.

Filippon westchnął ciężko.

– Ależ ty mnie dołujesz... Psiakrew, a czy ty wiesz, że ja się zastanawiam, czy w tej skórze nie zostawiłem czegoś cennego? – wyznał nieoczekiwanie. – Na przykład kawałka rozumu?

Po czym ponuro łypnął spode łba i zanim mag zdążył odpowiedzieć, jaszczur dodał z goryczą:

– Ty wiesz, jak to bolało? Schowałem się i zrzucałem, jęczałem i zrzucałem, wyłem i zrzucałem... a potem schowałem się jeszcze głębiej. I czy to moja wina – ciągnął wyjaśnienia – że tych dwoje durni poszło za mną? No sam powiedz, wlazłbyś w korytarz, w którym ktoś tak strasznie jęczy? No przecież znasz moje możliwości, nie?

Pogodnik uśmiechnął się lekko. Jeżeli smok sam przyznawał, że strasznie jęczy, to musiał STRASZLIWIE wyć. Doprawdy, tylko jakaś niezwykła namiętność mogła odebrać słuch tamtej parze.

– I jak znam ludzi, to ten chłopak chciał zaimponować dziewczynie albo coś i wlazł w moją skórę – oskarżycielsko dodał Filippon. – Ja zrzuciłem, on wziął. To czemu do mnie masz pretensje? Miej je do tego durnia!

Trudno było odmówić logiki zeznaniom jaszczura. Chłopak naprawdę musiał być napalony, żeby włazić w skórę smoka, albo też podpuszczony przez zgrywającą teraz niewiniątko Hydrenę. Rosselin z ubolewaniem pokiwał głową. *Do czego te nasze dziewczyny nas doprowadzają?* – pomyślał smętnie.

Potem jego rozważania pobiegły dalej. Wejść w smoczą skórę można. Pytanie, czy można wyjść?

IV

Dotykanie, a szczególnie wsadzanie palców tam, gdzie się nie powinno, miewa czasem zaskakujące konsekwencje.

(Nie dotyczy ta mądra uwaga Filippona, który palców nie wsadzał nigdzie, za to pazury – wszędzie).

Przez kilka dni Rosselin zajmował się tym, czym każdy mag podejmujący pracę u Zejfy d'Argilach powinien się zajmować: pracą lekką, niewdzięczną, przeklinaną w dzień. W nocy bowiem wszystkie jego siły pochłaniało mamrotanie klątw skierowanych w stronę swojej Annabell. Ta coraz usilniej domagała się wyznaczenia daty ślubu. Oczywiście swe klątwy mag wypowiadał bezgłośnie – i tylko wtedy, kiedy usta miał wolne, gdyż język dziewczyny był nie tylko ruchliwy, ale też nadzwyczaj przyjemnie natarczywy.

Smok, jak przystało na jaszczurkę o skórze miękkiej, a rozumie tęgim, unikał zagrożenia. Starał się ani rozeźlonemu pogodnikowi, ani tym bardziej nikomu innemu nie wejść w paradę.

Przypadek Asturgiona został zapomniany. Bo gdyby dwór miał się zajmować każdą sensacją dłużej niż chwilę, nie mógłby normalnie pracować. A przecież bąki trzeba było każdego dnia zbijać nowe, pisma odbierać i mozolnie czytać... jak również wysyłać, szczególnie te, które powędrowały pod niewłaściwy adres i wróciły z adnotacjami w rodzaju: *Sami sobie szukajcie Fiplaucjusza! Alimentów mi od roku ta podła świnia nie płaci!*

Mimo to Rosselin postanowił kontrolować sytuację. Niby to wpadał do Bernarda na rozmowy o magicznych możliwościach medycyny, jednak zawsze mimochodem badał, czy przyodziany w smoczą skórę pechowiec nie odzyskał aby przytomności i nie wyznał dla przykładu, że widział jaszczurczy ogon Filippona, zanim spotkało go życiowe nieszczęście.

Podczas jednej z takich wizyt mag zabrał ze sobą Latarnię. To nic, że wcale nie cierpiała na kocią melancholię. Bernard i tak nie miał pojęcia o chorobach zwierząt – albo też znał się na nich jeszcze gorzej niż na ludziach. Pewno dlatego dziko wierzgająca w jego pulchnych dłoniach futrzasta dama wzbudziła zachwyt medyka, dodajmy – dramatycznie nieodwzajemniony. Chyba że ciężkie pokąsanie nosa uznać za dowód miłości...

Dopiero po tygodniu, gdy rankiem pogodnik zaszedł do Bernarda, pojął, że wydarzyło się coś niedobrego. W gabinecie wisiała aura równie ponura jak mina o'Cencora. Rosselinowi przemknęła straszliwa myśl, że Asturgion przemówił. Ale wystarczył jeden rzut oka na medyka usiłującego coś pisać, aby pojąć sedno sprawy.

Bardzo niewygodnie pisze się w rękawiczkach, nawet jeżeli są cienkie i kolorem usiłują udawać ludzką skórę. Bernard o'Cencor usiłował skrobać czytelne litery, krzywiąc się i przygryzając wargę w grymasie skupienia podobnym takiemu, jaki towarzyszy kilkulatkowi kreślącemu swoje pierwsze słowa.

– Co się stało, Bernardzie? – nie wytrzymał wreszcie mag.

Medyk ponurym spojrzeniem obrzucił ściany swego gabinetu. Później spojrzał na rękawiczki, albo raczej na to, co skrywały. Zrezygnowany westchnął i zsunął je z dłoni. Rosselinowi zaparło dech z wrażenia. Palce o'Cencora zamieniły się w ostre lancety!

– Zaraziłem się! – ten stwierdził ponuro. – Straszne, prawda?

Patrząc na niego, pogodnik czuł, jak ogarnia go panika. Trwała mgnienie oka, jedno uderzenie serca, bo zaraz – w obliczu nadciągającej katastrofy – spłynął na niego ten sam ironiczny spokój, jak podczas smoczego hołdu, i naszła go myśl, że cesarski medyk zyskał nowe możliwości na stole operacyjnym.

Bernardowi wcale jednak nie było do śmiechu. Widząc grymas na twarzy swego gościa, wyjęczał:

– I co ja teraz zrobię?

Mag przygryzł wargę. Problem rzeczywiście był poważny. Zwłaszcza dla dworu. Jeśli wszyscy pałacowi awanturnicy zechcą gada ubić, ulicami Fertu popłynie rzeka błękitnej krwi i trzeba będzie chamstwo wpuścić w pałacowe ściany, żeby uzupełnić stan posiadania.

– Może samo przejdzie...?

W oczach o'Cencora błysnęła nadzieja.

– Myślisz?

Rosselin westchnął. Nie wolno nikomu odbierać nadziei. A już na pewno nie w takiej chwili.

– Nie tak dawno tłumaczyłem Georgionowi, nie wiem, czy go znasz, że w dłuższej perspektywie wszystko wraca do normy. Magia, pogoda i tak dalej. Więc pewno i twoje palce też...

Medyk z powrotem założył rękawiczki.

– Pewno, że do normy – burknął, nie kryjąc rozczarowania wykrętami pogodnika. – Tylko że ja mogę być takim samym przypadkiem jak twoja Latarnia: wyjątkiem potwierdzającym regułę.

A po południu gruchnęła w korytarzach wieść, że wszyscy, którzy macali, dotykali, a nawet gryźli chorego krojczego – jak sześcioletni syn Turmy Mabach – otóż wszyscy oni zachorowali!

Wyrastały im oczy, uszy, nogi – chociaż nie było tu żadnej reguły, ani też sprawiedliwości, skoro na przykład takiej hrabinie d'Ralex wcale nie odrosła noga, mimo że dokuśtykała do Asturgiona, kiedy był jeszcze wystawiony na dotyk publiczny. Ciała dworzan zmieniały się, potworniejąc tak, że lancetokształtny Bernard był przy nich całkiem normalnym człowiekiem, co najwyżej z niezbyt zgrabnymi dłońmi.

Zapewne nie wszystko wyszło na jaw, ale pałac i tak huczał od plotek!

Zaś Rosselin najbardziej był poruszony faktem, że cesarski medyk skojarzył, iż za te przemiany odpowiada dotyk nowej skóry Asturgiona. Na szczęście hipoteza robocza: *Wyżej wzmiankowana skóra wcale nie ulęgła się z korytarzowych brudów, tylko na smoczym grzbiecie*, wciąż była przed Bernardem.

Wieść o makabrycznych metamorfozach nie wszystkimi wstrząsnęła i nie wszystkich przeraziła.

– Pokarało ich – mruczał zadowolony smok. Kiedy rankiem Lenka razem ze świeżym pieczywem przyniosła gorące nowiny, powstrzymał się od komentarzy. Jednak gdy zostali z pogodnikiem sami, hamulce puściły. – Ciekawość pierwszy stopień do kary. Się nauczą trzymać z dala od smoczych spraw, skubańce jedne.

Rosselin starannie zamknął drzwi. Oparł się plecami, po czym spojrzał uważnie na jaszczura, który zaległ w kącie z drwiącym uśmieszkiem na pysku.

– Się wcale nie nauczą – stwierdził mag z sarkazmem, przedrzeźniając Filippona – bo przecież nie wiedzą, że to twoja stara skóra. Myślą, że w korytarzu zalęgło się jakieś licho albo inny potwór...

Smok ze wzgardą prychnął i zapadł w sen. Rosselin zaś zabrał się do pracy, bo przyszła mu do głowy myśl, że może następca Bernarda będzie potrzebował pomocnika. Zamierzał więc nieco zmodyfikować swe dzieło, wprowadzając doń wątki medyczne.

Obecny pogodnik, a – jak mniemał – przyszły sławny naukowiec, pierwszy mag łączący magię z medycyną, trafił w sedno. Jeszcze tego samego popołudnia korytarz, gdzie znaleziono Asturgiona, Joanna f'Imperte nakazała wydezynfekować w asyście kompanii gwardzistów, a później zamurować i zamknąć za pomocą magicznych zapór.

– Uhum, pomoże jak umarłemu pocałunek dziewicy – szydził jaszczur. – Te wasze zabobony...

Rosselin miał ochotę kopnąć go w żebro. Niemniej powstrzymał się, bo bez jednej nogi trudno chodzić, a gdyby w paszczę Filippona dostały się obie, to byłby nawet nie Rosselinem bez Nogi, tylko Beznogim. A to zasadnicza różnica, chociaż literki prawie takie same.

– Mam nadzieję, że minie z pół wieku, zanim znów coś zrzucisz? – w jego słowach pojawił się sarkazm.

Jaszczur tylko wyszczerzył zęby ze swego kąta.

– A skąd taki prosty smok jak ja może to wiedzieć? Podpowiada mi tak intuicja, ale nigdy nic nie wiadomo... Brak praktyki, rozumiesz.

Mag z westchnieniem odsunął od siebie manuskrypt pracy.

– Jak następnym razem zostawisz skórę byle gdzie, to cię ktoś zadźga szpadą albo widłami, zobaczysz – przepowiedział z groźną miną. – A tak swoją drogą, wszystko rozumiem: jakieś smocze jady albo coś. Ale dlaczego tak dziwnie się zmieniają?

Spod ściany dobiegł złośliwy śmiech Filippona.

– No jak to, Rosselinie? Mojej skóry dotykali, paskudzili ją palcami. A ja przecież jestem zmiennokształtny, nie? No to oni teraz też...

Nabrał tchu i dodał:

– Tylko że ja jestem zmiennokształtny na swoje życzenie, a oni wedle życzeń sąsiadów, sądząc po skutkach.

Niektóre metamorfozy budziły prawdziwą grozę. Szczególnie straszliwy był przypadek Symbeliona Hoarte, któremu wyrósł nad czołem drugi mózg, ale jego właściciel – czy raczej tylko nosiciel – nadal pozostawał tym samym upierdliwym ćwierćinteligentem, zaczynającym każde zdanie od *Ja...*, a kończącym na *...prawda?*

Jednak to nie te dodatkowe kończyny, wypustki, łuski czy skorupy wywołały ciężką depresję Rosselina. Nic, co ludzkie, nie było mu obce. A co nieludzkie, też zdążył poznać, mając pod opieką smoka.

Załatwiły pogodnika... pieluchy.

Jakież to dziejowe przekleństwo sprawiło, że bał się słowa *ślub*, a nie pomyślał o porażającej grozie pojęcia *dziecko*?

Jakaż to dziejowa determinacja popchnęła hrabinę du Kofais do brutalnej ingerencji w życie maga? Cóż sprawiło, że na trzęsących się nogach, dysząc co parę kroków, dowlokła się do szpitala Bernarda? Nie, ona nie szukała tam wcale męża. To by jeszcze można było zrozumieć i wybaczyć. Ale dama trzęsącą się dłonią pomacała nieszczęsnego Asturgiona. Zapewne przyświecała jej niska chęć doznania pociechy, że choć ma prawie dziewięć krzyżyków na karku, a przebieg liczony w mężach też całkiem imponujący, to jednak komuś, w dodatku młodszemu, może być jeszcze gorzej.

A teraz zamieniła się w kwilące niemowlę.

I gdybyż na tym poprzestała ta dama bezczelna, okrutna, sprawczyni sześciu rozwodów i pięciu śmierci nieszczęsnych małżonków! Ale ona zawładnęła sercem Annabell, tym słodkim jelonkiem pośród stada pałacowych wilków, które tylko czyhały, aby ją dopaść, zjeść, zbrukać dziecięcą naiwność...

– A może byśmy się zaopiekowali hrabiną? – wychlipała Rosselinowi w ramię jego narzeczona, opowiadając o nieszczęściu, jakie przytrafiło się du Kofais.

Pogodnik usiłował protestować. Jednak źle zrozumiał dziewczynę: ona nie pytała o zgodę, tylko właśnie powiedziała, co zamierza uczynić.

I tak, podczas kiedy pałac żył zmianami, mutantami i zarazą, od wieczora mag zaczął żyć pieluchami, płaczem, wyrzynaniem ząbków, karmieniem co trzy godziny oraz koperkiem. A dokładniej herbatką koperkową, dobrą może na wzdęcia, ale absolutnie niezalecaną jako normalny napój. Łyknąwszy tego świństwa przez pomyłkę, pogodnik sam się o tym przekonał.

Już po przeżyciu pierwszej nieprzespanej nocy rankiem pogalopował do Bernarda niby ranny, a niedobity łoś, bo parskał ze zmęczenia jak to zwierzę z trudem wyciągające nogi z bagna.

Cesarski medyk tylko bezradnie rozłożył swoje lancety:

– A co ja mogę, Rosselinie? Łaska cesarzowej, że mnie z roboty nie wyrzuciła.

Mag zaszlochał. Nie zabiły go harpie, nie rozwłóczyły konie cesarzowej, ale był bliski śmierci z ręki, to znaczy ze słodkiego gardziołka hrabiny du Kofais...

Także wzięty na mały spacer smok (któremu niemowlę jakoś nie przeszkadzało) bezradnie rozłożył łapy:

– A co ja poradzę? Ta świeża skóra jest do kitu... Nawet zmieniać się nie mogę, boli, piecze, szczypie... ech, niby nowa i lepsza, a niedopasowana... Chociaż nie, miałbym dla ciebie radę, ale nie taką, jakiej oczekujesz...

– No! Jaką? – Rosselin wymierzył w niego paluch niby szpadę.

– Spróbuj to zaakceptować. Dziecko. Młode... Niby nie twoje własne, to fakt, ale czy to ma znaczenie? Dojrzejesz do roli ojca, prawdziwego mężczyzny, no nie?

– Nie wiem jeszcze, jak tego dokonam – warknął pogodnik, blednąc jak potężna śnieżyca – ale ty zaraz dojrzejesz do roli trupa. Wypcham i na ścianie powieszę!

– No dobrze, dobrze – jaszczur, co do niego niepodobne, rzekł uspokajającym głosem. – Widać jeszcze nie dorosłeś... No więc nie wiem, jak odwrócić te zmiany. Ale pewno twoi magowie już nad tym pracują, nie?

Rosselin zawył z rozpaczy. Oczywiście, że magowie krzątali się i wili jak w ukropie, próbując zaradzić tajemniczej zarazie. Znając ich możliwości, pogodnik był przekonany, że prędzej księżyc spadnie na Fert, aniżeli da to jakiś skutek. Magowie zawsze z lekka pogardzali medycyną naturalną, jak ją zwali. Teraz to lekceważenie mściło się na wszystkich. Zrobił więc to, co robi większość niedojrzałych ojców: poszedł się upić. Musiał zażyć jakiejś odtrutki na tę koperkową herbatkę.

Płacz hrabiny du Kofais doprowadzał Rosselina do szału. A wstawione łóżeczko co chwila powodowało kolejne siniaki na nogach maga, bo okrutnie się o mebel obijał, przyzwyczajony, że w tym miejscu JEGO izby zawsze była pusta przestrzeń, w sam raz do spacerowania w trakcie rozmyślań albo sięgania po ubranie.

W takich warunkach mógł myśleć tylko o jednym: jak hrabinę zamordować albo pozbyć się jej innym sposobem.

Zgodny zachwyt Annabell, Zejfy i Lenki wprawił go w taką zgrozę, że nie potrafił się nawet porządnie upić. A jak już podołał temu wyzwaniu, to w nocy przyśniło mu się – przez Filippona z pewnością i jego głupie gadanie – że to płacze jego własne maleństwo. Obudził się zlany potem, z gardłem zaciśniętym w straszliwy supeł, kolanami pod brodą i rękoma wciśniętymi w podbrzusze.

I pośród tej straszliwej nocy, gdy odmłodniała hrabina znów zakwiliła, domagając się karmienia, poraziła maga genialna w swej prostocie myśl.

Należało przeprowadzić eksperyment! Może to coś da?

Popatrzył w kąt, gdzie leżeli stłoczeni i lekko przemieszani jaszczur, pudel i Latarnia.

Trzeba będzie zaryzykować – pomyślał.

A kiedy Annabell nakarmiła małą, odłożyła butelkę i położyła się znów do łóżka, nasz nieszczęsny pogodnik wstał, wyjął ze schowka małą flaszkę absyntu trzymaną na czarną godzinę i poszedł odtruwać się widokiem nocnego Fertu, który nic nie wiedział o jego kłopotach. Skoro już miał przeprowadzić ten niebezpieczny eksperyment, musiał go sobie najpierw gruntownie przemyśleć.

Zdobycie drewnianej klatki nie było wcale takie trudne. Ptasznicy pożyczyli ją Rosselinowi bez dociekania, na co mu ona potrzebna. Jeden tylko, starszy mężczyzna o prawym policzku naznaczonym blizną po ostrym cięciu, zaśmiał się zgrzytliwie:

– No, swojego jaszczura to ty tam, magu, raczej nie pomieścisz.

Pogodnik wcale nie miał takiego zamiaru. Śmierć w paszczy potwora jakoś mu nie pasowała.

Miał przecież lepszego ochotnika do przeprowadzenia doświadczenia: Latarnię.

Zamierzał sprawdzić, czy zwierzak pod wpływem straszliwego i złego dotyku stanie się normalnym dwuocznym kociakiem.

Dzielny obiekt eksperymentu sam przybiegł powitać maga i obwąchać klatkę. Problemy nastąpiły, kiedy Rosselin chciał kotkę wpakować do środka. Zaczęła dziko syczeć, a jej pazury cięły powietrze i skórę na dłoniach pogodnika niczym rzeźnickie ostrza.

Później zajęła się metodycznym rozpracowywaniem najsłabszego punktu swego więzienia.

– To krótko potrwa – usiłował ją pocieszyć mag.

Bernard nawet się specjalnie nie zdziwił. Nadal gnębiła go myśl, co pocznie ze swymi lancetopalcami, jak je nazywał. Nie poszedł nawet, aby obejrzeć przebieg doświaczenia. Może i lepiej, bo widok kotki odrywającej pazurami kawałek Asturgionowej skóry nie należał do przyjemnych. Latarnia była bardziej sprawna w operowaniu pazurami od niejednego chirurga.

Zagonienie jej do klatki wymagało ekwilibrystycznych wyczynów. Rosselin śmiało mógł sobie powiedzieć, że skoro udało mu się tego dokonać, posadę w niejednym cyrku ma pewną.

Wypuszczona z powrotem Latarnia natychmiast uciekła na szczyt szafy w przedpokoju, wysoko poza zasięg rąk pogodnika.

Potem zaś wykazała się całkowitym brakiem zaufania do swego dręczyciela i poszła na noc do Lenki.

Tymczasem hrabina słodko spała w swoim łóżeczku, puszczając z ust małe banieczki śliny, takie słodkie *pyk, pyk, pyk*. Annabell nie dała tak od razu zasnąć swojemu narzeczonemu, co to, to nie. Trzeba było najpierw porozmawiać... następnie znów zamienić parę słów... i znów...

Zdyszani odpoczywali, kiedy nagle z izby służącej dobiegł potworny, przerażający, okropny i paniczny wrzask siłą dorównujący Filipponowi – jakby coś żywcem wyrwało Lence wątrobę.

Rosselin wyskoczył z łóżka i pierwszy, jeszcze przed Zejfą oraz wiercącym się nerwowo w kącie smokiem, wbiegł do izby krzyczącej dziewczyny. Stanął jak wryty.

Na złość tym wszystkim niedowiarkom twierdzącym, że imię to tylko sprawa umowna i nie ma wielkiego znaczenia, czy ktoś nazywa się Rodryg czy Pafnucy, z jedynego oka Latarni... płynął snop żółtego światła. Padał prosto na niemowlęcą buzię hrabiny du Kofais, która – jakżeby inaczej – zapłakała.

W apartamencie rozpoczęło się widowisko typu *światło i dźwięk*.

Podczas kiedy Rosselin przeżywał swój własny dramat we własnej izbie, będąc bardziej wściekłym niż przerażonym, panika na dworze osiągnęła zenity strachu, niemal rozwalając sufity.

Zresztą atmosfera zrobiła się nerwowa nie tylko w Wewnętrznym Mieście, gdyż lęk padł także na prosty lud. Szalejący na wolności mag albo wygłodzone bojowe pudle (w zależności od rozsiewającego plotkę, bo ani jednego, ani drugich nikt i tak nie widział), zaraza w pałacu... a jakby tego nie dosyć, w najbardziej plugawych miejskich dzielnicach na wschodnim krańcu Fertu niejaki Igo ogłosił się prorokiem i zaczął wieszczyć, że już się chwieją pałacowe wieże, a gdy runą w gruzy, na tych zgliszczach biedota wzniesie republikę wolną od uciskającej ją arystokracji. Zaś on, Igo, poprowadzi wszystkich ku sytości brzucha i szczęściu.

Czy był wariatem, nikt nie wiedział. Na pewno miał poparcie niektórych mnichów, którzy nie zetknąwszy się ze smokiem czy nawet z Bernardem, uznali ostatnie wydarzenia za objaw gniewu Aarafiela lub Draceny (w zależności od wyznania).

I może dlatego nie udało się go zlikwidować. Albo też faktycznie był prorokiem, bowiem wszyscy nasłani przez cesarzową siepacze zastawali albo jego sobowtórów, albo... innych siepaczy, którzy już wcześniej zaczaili się na groźnego rebelianta. Parę razy, nim jeden oddział uderzeniowy zdążył wytłumaczyć drugiemu, kto oni i zacz, sekretna służba imperatorowej zmniejszyła swój stan osobowy.

No i Zejfa już właściwie dojrzała do wyjazdu gdziekolwiek, byle dalej, gdy nagle w pałacu gruchnęła wieść, że jednej z pierwszych zarażonych, drugiej damie dworu, Pimpie si Traumengold, dodatkowy nos odpadł!

– Teraz ma taki sam słodki kartofelek jak zawsze – z dumą oznajmił Krass t'Hara, ostatnio stale przebywający w jej towarzystwie.

Rosselin, kryjący się przed płaczem dziecięcia w jednej z palarni, niemal oszalał ze szczęścia. Najpierw pobiegł do Bernarda sprawdzić, czy ten wie i co ma do powiedzenia w tej sprawie. Zastał medyka pogrążonego w błogostanie – o'Cencor wyznał magowi, że jego lancety zaczynają go swędzić i chyba pogodnik miał rację: wszystko kiedyś musi wrócić do normy.

Upewniony radosną nowiną mag wrócił do izby.

Annabell akurat przewijała hrabinę.

– Aleś ty urosła! – powiedziała. Słysząc skrzypienie drzwi, odwróciła się w samą porę, aby nadstawić policzek do buziaka.

– Urośnie bardziej – zapewnił ją Rosselin. Popatrzył na Latarnię i uśmiechnął się. Blask w oku kotki także gasł.

– Żartowniś! – Annabell niczego nie zauważyła. Znów pocałowała go w policzek, nie przestając zmieniać pieluchy.

A jednak... po godzinie hrabina du Kofais przypominała całkiem interesującą nastolatkę. Oczywiście nie mieściła się już w łóżeczku...

To straszne, jak zgrzeszył w tamtej chwili pogodnik. Nie potrafił się powstrzymać od myśli, że za czasów swej młodości arystokratka rzeczywiście mogła zawładnąć niejednym męskim sercem. A nawet zaczął żałować, że wszystko wraca do normy...

I właśnie wtedy, gdy wydawało się Rosselinowi, że zaraza została opanowana, smok zaś przy swojej nowej skórze pozostanie przez najbliższe pięćdziesiąt lat, nastąpiła kolejna katastrofa.

Najpierw korytarzami pomknęła – wyprzedzając cesarskiego medyka – przerażająca wieść, że ktoś włamał się do pracowni o'Cencora, okradł ją i zbezcześcił.

Patrząc na smoka, pogodnik nawet nie musiał zadawać pytania zaczynającego się od *czy*.

– Co tam robiłeś, cholero? – warknął.

Mina Filippona świadczyła, że niewiele. Nic takiego. Po prostu oglądał sobie lancety, igły, sterylizatory oraz sprzęt do amputacji. Cóż, zawsze chciał leczyć chorych, pomagać nieszczęśliwym, pocieszać strapionych, tylko jakoś nie było okazji wyuczyć się stosownego fachu. A może przybory Bernarda zaintrygowały go tak bardzo, bo niedawno widział w teatrze sztukę o perypetiach medyków w jednym ze szpitali na przedmieściu?

– Jadłem – wyznał wreszcie, spoglądając na pogodnika w jakiś taki ni to mroczny, ni to ironiczny sposób. Jakby na potwierdzenie jego język rozdzielił się na dwie części, jedna stała się łyżką, druga widelcem.

Mag zadrżał. Myśl, która pojawiła się w jego głowie, postawiła mu wszystkie włosy na sztorc.

– Zjadłeś Asturgiona?! – wydusił głosem tak cienkim, jak jelito rozwleczone pomiędzy Fertem a Osterwaldem.

Śmiech smoka zawibrował w izbie i wyleciał uchylonym oknem, po drodze osypując tynk ze ścian.

– Rosselinie, skórę zjadłem... swoją... – westchnął. – Aha, uprzedzam, spieszyłem się trochę, żeby mnie Bernard nie nakrył, więc byłem nieco niedokładny... i tego Asturgiona też ciutkę napocząłem...

Pogodnik zemdlał. Na jedno mgnienie oka, bo smoczy język niby to liżący przyjaźnie i troskliwie, a w istocie zaglądający do ucha, żeby skubnąć trochę woskowiny, nawet nieboszczyka by postawił na nogi.

Po godzinie pod pretekstem pomocy Bernardowi – który rzeczywiście znów miał normalne zręczne palce chirurga – mag sprawdził rozmiary afery. Obejrzawszy nieszczęśnika obandażowanego od palców stóp po czubek głowy, Rosselin pojął, co w smoczym języku oznacza słowo *ciutkę*.

– Ta zaraza nagle wyjadła mu całą skórę – ze smutkiem stwierdził cesarski medyk. – I chyba biedak będzie musiał od przenajświętszej Draceny zafasować nową...

Rozdział 5

Po aferze z linieniem smoka Rosselin szczerze pragnął tylko jednego: świętego spokoju.

Problem w tym, że po wielu tajemniczych wydarzeniach, jakie ostatnio rozegrały się w pałacowych murach, cała tutejsza społeczność niczym mantrę zaczęła powtarzać hasło: *Dajcie nam spokój i bezpieczeństwo.* Zwłaszcza że rozeszła się plotka, jakoby jeden z magów oszalał i wymknął się spod kontroli Rady, aktualnie zaś grasuje po ulicach Fertu, szukając sposobności, aby wkraść się do Zamkniętego Miasta.

Najlepszym sposobem zaradzenia złu, doskonałym też jako integracyjna gra towarzyska, jest znalezienie wspólnego wroga. Z tym akurat trochę tylko mądrzejsi od pterodontyla dworacy nie mieli problemu: skoro zagrażał im jeden mag, bez trudu można było winą obciążyć wszystkich. Szef tajnych służb cesarzowej, Adornik, przez podkomendnych zwany Dzierżynkiem, miał swoje pięć minut. Zwykle omijany z powodu swej profesji oraz gburowatej natury, teraz puszył się otoczony szerokim audytorium i co chwila powtarzał: *Dajcie mi człowieka, a ja znajdę mu paragraf.*

A najlepiej było wskazać tego, który miał denerwującą, gadającą i ogólnie sprawiającą wrażenie niebezpiecznej jaszczurkę. W tej kwestii pałacowi urzędnicy i arystokraci plączący się po korytarzach zbiorowym wysiłkiem osiągnęli zdumiewającą siłę intelektu, równą trzem żabom oraz jednej małej traszce na dokładkę. I chociaż damy zachwycały się Filipponem z Osterwaldu, męska część dworu widziała w nim zagrożenie. Czynione smokowi awanse tylko pogłębiały tę niechęć.

Sarturus powiadał: *Chcesz się pozbyć kłopotu? Oddaj go przyjacielowi. Niech też ma coś z życia.* Pałacowe korytarze zaczęły szemrać wariację na temat tego powiedzenia. Brzmiała ona: *Chcesz się pozbyć kłopotu? Odeślij go jak najdalej.*

Wszystko zaczęło się od tego, że Hoen Białonosy ogłosił się panem wszelkiego stworzenia. Co to nas obchodzi, skoro uczynił to daleko od Fertu: na Wolwinie, wyspie wielkości dwóch stadionów do kociłapki, niedaleko miasta Hizgran – spyta ktoś? Ano obchodzi... Leżała ona w granicach włości Brunhilda ver Didloga, a przez to ów pozbawiony znaczenia fakt stał się niemal równie istotny, co nowa suknia Zejfy d'Argilach.

Hoen mógł sobie ogłaszać wszystko, co mu się żywnie podobało: deklaracje, manifesty, akty solidarności czy potępienia – a nawet donosy, jeżeli znajdował w tym jakieś perwersyjne upodobanie. Jednym słowem, wszystko. Byle za własne pieniądze i na własną odpowiedzialność.

Ale Białonosy – zanim ogłosił się samozwańcem – był tylko zarządcą Wolwina. Trudno powiedzieć, dlaczego wygonił połowę załogi zamku wzniesionego na wyspie – czyli czterech przerażonych jego szaleństwem zbrojnych – a drugie pół, w tym swego brata, zwanego Ślepym Benkiem, przeciągnął na swoją stronę. Po czym wbił flagę niepodległości w szczyt zamkowej wieży i poszedł na wieczerzę.

Cesarstwo nie zareagowało na rzucone mu wyzwanie. Zamierzało wziąć Hoena siłą obojętności. Joanna f'Imperte miała na głowie ważniejsze problemy niż secesja jakiejś tam skały. Choćby problemy z tunelem w Alherydach, który nie tylko wciąż nie funkcjonował, ale – jakby nie dość było z nim kłopotów – zaczęło tam podobno straszyć!

Brunhild jednak, gdy tylko dowiedział się o secesji części swych ziem, najpierw zrobił zdziwioną minę, że w ogóle ma (lub też miał) jakąś wyspę, a później dostał prawdziwego ataku szału.

– Nikt nie będzie się panoszyć na moim zamku! – wrzeszczał, goniąc posłańca wylosowanego do przyniesienia mu tej wiadomości. – Po moim trupie!

W tamtej chwili arystokracie rzeczywiście niewiele brakowało do wyzionięcia ducha. Inne trupy także były prawdopodobne. Na szczęście goniec okazał się niezwykłym farciarzem: baron dwa razy nie trafił w niego szpadą, jego rzut rozpaczy także chybił celu – przy okazji Didlog zapewne pobił rekord Imperium w miotaniu bronią białą na odległość. A przekleństwa, nawet najbardziej obrzydliwe, nie zabijają – no chyba że miota je wykwalifikowany mag.

Zejfa uspokoiła Brunhilda w najbardziej kobiecy ze wszystkich sposobów, wysysając z niego siły oraz złą energię. Nie żeby sama ją przejęła – skądże znowu. Własnej miała w nadmiarze. Co nie przeszkadzało jej być zarazem czarującą, słodką i kochaną. Jak to ujął jeden z największych znanych Rosselinowi grafomanów na dworze, skrycie opiewający jej wdzięki w beznadziejnych erotykach, dwórka była *piękna niby sarna i okrutna niby ostrze miecza.*

Skoro zaś to jej drobna główka kręciła byczym karkiem narzeczonego (chociaż skreśliła go z listy głównej, wciąż jednak pozostawał na rezerwowej – lepszy kandydat marny niż żaden), postanowiła za jednym zamachem mu pomóc, a przy okazji usunąć z dworu na jakiś czas Rosselina z jego paskudnym smokiem.

Zejfa d'Argilach zaczęła się bowiem obawiać, że za sprawą tych dwóch i ją wreszcie może spotkać jakaś przykrość. A kiedy odeśle tę parę daleko, tymczasem tu zdarzy się coś strasznego, odsunie podejrzenia, że jej pracownicy stoją za tajemniczymi wypadkami.

O to, że coś się wydarzy, dwórka była dziwnie spokojna. Nic tak nie pomaga przypadkowi, jak zręczna reżyseria...

Brunhild przyjął Rosselina w swoim apartamencie. To znaczy w katakumbach. Czyli w komnacie, która, choć położona na górnych piętrach centralnej pałacowej wieży, wyglądała niczym stuletnie katakumby o ścianach wykutych w skale, pozaciekanych, obrabowanych ze wszelkiego dobra przez barbarzyńców. Śmierdziała zaś tak, jakby trupy chowano tam od trzech tysięcy lat, obficie polewając wodą, żeby dobrze gniły.

Być może jednak była to woń zastosowana przez arystokratę umyślnie – aby przed ewentualnymi szpiegami ukryć woń cygar z nikorośli. Wchodzący tracili bowiem węch, zanim dotarł do nich zapach zakazanego narkotyku.

Pogodnik zastanawiał się, w jakim celu Didlog go wezwał, i doszedł do wniosku, że może to mieć związek właśnie z przemytniczym procederem. Upewnił się w tym jeszcze bardziej, gdy Brunhild spojrzał na niego z sympatią i rzekł jowialnie:

– Chcesz zarobić parę groszy?

Mag wzruszył ramionami. Tym bogaczom to się w głowach poprzewracało!

– A znasz takiego, co by nie chciał? – burknął szyderczo.

Didlog ciężko westchnął. I ku zaskoczeniu Rosselina opowiedział mu historię zajęcia Wolwina przez, oby go zaraza zjadła, Hoena Białonosego, czyli brutalnego gwałtu na Brunhildowej *skałce*, jak ten wyraził się z nieoczekiwaną czułością.

– I zamiast kupować małą armię, żeby odbijać wyspę siłą, postanowiłem tego pier... ten tego Hoena postraszyć magiem i smokiem – wyjaśnił. – Taniej wyjdzie – dodał z rozbrajającą szczerością.

Nasz bohater zzieleniał z gniewu.

– Ja wcale nie jestem tani – warknął. – Tanie to są dziewki w ciemnych zaułkach, bo już nie dziewczyny z dobrego burdelu. Choć też nie wiem. Bo jak doliczyć koszty leczenia złapanych chorób...

Na to Didlog zrobił dziwną minę. Dopiero po chwili mruknął:

– Ale przecież Zejfa mówiła...

Przed Rosselinem ujawniła się cała zręcznie skonstruowana intryga. Zrozumiał, że dwórka ma jakiś cel w wysłaniu ich gdzieś dalej, a awantura z Hoenem jest tylko pretekstem. Pogodnik uznał natychmiast, że to nie jest wcale zły plan. Narozrabiali w pałacu, a teraz mogą narozrabiać gdzieś z dala od czujnego oka cesarzowej i złośliwych urzędników. I jeszcze ktoś im za to zapłaci.

– To mnie przekonuje. Ale cenę obniża tylko trochę... – mruknął mag.

Stary arystokrata bystro na niego spojrzał.

– A jak bardzo? – spytał. – Bo może jednak oddział zbrojnych wyślę?

Nie ma to jak udane negocjacje. Rosselinowi przyszedł na myśl stary aptekarz Farfinkelszt, który sprzedawał leki za bezcen... ale żegnając gościa, zawsze dodawał: *Aha, wiesz, na zapleczu mam inny lek na twoją chorobę. Co prawda drogi jak cholera, ale za to jaki skuteczny!* Ci chorzy, których nie powaliła apopleksja, uczynili aptekarza bogatym... nie tylko w brzęczącą monetę, lecz także legendarną wręcz znajomość przekleństw używanych na terenie całego Imperium.

– Chcę dobrej klasy lunetę. Taką, jaką ma hrabia Dojnik – powiedział mag.

– Ale po co ci luneta? – zdumiał się Brunhild, podejrzliwie zerkając na pogodnika, jakby ten zaproponował mu co najmniej ślub. – Co, zamierzasz zmienić fach?

Rosselin tylko się uśmiechnął. Nie miał zamiaru wyjawiać nikomu, że nic tak ludzi nie zbliża, jak dobre szkła. A ostatnio – uciekając od płaczącej w jego izbie hrabiny du Kofais – odkrył miejsce w jednej z pałacowych wież, z którego widać było w kamienicy naprzeciwko dziewczynę tak piękną, że w myślach pogodnik grzeszył okrutnie. I wzrok wytężał ponad siły, aż się prawie zapalenia spojówek nabawił.

– Luneta. Szkła szlifowane w Berikulum, bo tylko tam robią je naprawdę dobrze – oznajmił twardo.

W odpowiedzi arystokrata niedbale machnął ręką.

– Stoi. W razie czego ukradnie się Dojnikowi zapasowy sprzęt. To teraz posłuchaj – i zaczął wyjaśniać szczegóły interwencji na wyspie.

Ponieważ jednak nic tak nie motywuje pracownika jak wiara w sukces, zaczął od drobiazgu, z pewnością banalnego i nieważnego: że gdyby nie udało się wysłać gdzieś maga i jego smoka po dobroci, dworskie pterodontyle zamierzały doprowadzić do tego siłą. Fert aż buzował od nadmiaru morderców, rzezimieszków i zwykłych wariatów, gotowych podjąć się każdej, nawet samobójczej misji. I któremuś mogłoby się udać.

– A wtedy – zakończył sucho Brunhild – lniany worek. I plum.... – pulchnymi dłońmi wygładził wyimaginowane lustro wody ponad ciałami Rosselina i jego smoka.

– I plum – tym samym tonem powtórzył pogodnik. – A co, jeżeli woda ciała wypluje? Wznosząc falę wysoką jak wieża pałacu? I plum... po dworskich intrygantach...

Popatrzył na Didloga i uśmiechnął się szeroko.

– Sam wiesz, jaki mój smok jest mściwy. Nawet po śmierci może chcieć wziąć odwet. – Poskrobał brodę. – Jeśli będziesz rozmawiać z tymi intrygantami, koniecznie im to powtórz.

W jedynych powieściach, jakie czytywał dwór, nieszczęśnicy wyjeżdżali z zamku, miasta czy granic swej posiadłości bladym świtem, kiedy słońce ledwie wyglądało spoza horyzontu. W ich spojrzeniach kryła się męka niepewności, czy kiedykolwiek powrócą z wygnania. A odprowadzały ich piękne dziewczyny, z rozpaczą machając chusteczkami.

Rosselin teraz wreszcie pojął, czemu taki kicz ma swoich licznych zwolenników.

Wyjeżdżali bladym świtem. Pogodnik miał nadzieję wrócić do Fertu. A piękna dziewczyna machała chusteczką... Zejfa bowiem była potwornie zakatarzona. Na dodatek jakieś owady postanowiły spróbować jej słodkiego potu. Opędzała się co sił, machając kawałkiem jedwabiu, tak jakby chciała pożegnać wszystkich ludzi na świecie.

I nagle ten literacki nastrój maga popsuło zwierzę, które lepiej by było rozsiec na strzępy, zanim przyszło na ten najbardziej denerwujący spośród światów.

– Ty co, poezję będziesz pisać? – mruknął smok. – Paszczę rozdziawiłeś, jakbyś słońca nigdy nie widział...

I pierwszy pobiegł w stronę Hizgranu, który miał im dać pieniądze, sławę, a także lepsze widoki na przyszłość, o ile Didlog dotrzyma słowa i zakupi dla Rosselina lunetę o odpowiedniej sile szkieł.

II

Gdyby chcieć pozostać w konwencji kiczowatego dworskiego romansu, Rosselin i jego smok po kilkunastu dniach męczącej podróży pozostawili za sobą kurz znojnej drogi, krwawy upust złota z sakiewki Didloga, bandytów, którzy nie odważyli się ich napaść, oraz kości ze dwudziestu stworzeń, które co prawda nikogo nie zamierzały atakować, a nawet wręcz przeciwnie, żyły sobie cicho, na uboczu, nie wchodząc nikomu w paradę, ale miały pecha, ostatniego w swoim życiu, że napaść je postanowił Filippon.

I oto wreszcie dotarli do miejsca, gdzie według mapy znajdować się miała przeprawa na wyspę Wolwin.

– O kurza twarz w niesmaczny dziób uformowana! – z iście poetycką zadumą westchnął smok. – Coś się nam ta mapa nie zgodziła z rzeczywistością, co nie?

Pogodnik mocniej wczepił palce w grzywę swego wierzchowca i westchnął z rozpaczą.

Jeszcze ze dwa pagórki temu sprawa wydawała się prosta. Na mapie pomiędzy kontynentem a Wolwinem widniał most. Faktu, że dorysował go Didlog, można było domniemywać po tym, że gdyby chcieć trzymać się skali, budowla miałaby ze trzy mile długości i byłaby największym mostem w dziejach świata.

W rzeczywistości mostu jednak nie było. Żadnego, nawet najskromniejszego. A nawet najmniejszego wspomnienia po nim. Most po prostu nigdy w tym miejscu nie istniał. Była tylko plaża, a także omywający ją spokojną falą ocean. I wyspa oddalona od lądu nie dalej niż na jakieś tysiąc trzysta kroków, mniej niż milę. Bez lunety, której Rosselin jeszcze nie posiadał, bo Didlog płacił z dołu, nie z góry, wyglądała jak mały, sterczący ponad toń kamień z mikroskopijnym zamkiem o jednej wieży otoczonej krótkim murem. Na którym powiewała jakaś szmata, zapewne flaga Hoena.

Susza i zaraza na słoną wodę!

Pogodnik klął tak, że smok parokrotnie gwizdnął z podziwu. W ruch poszły wszystkie znane magowi przekleństwa, nowe – wymyślone na potrzeby sytuacji – oraz wyrazy, które co prawda nic nie znaczyły w żadnym ze znanych światu języków, ale wyrzucane z odpowiednią intonacją nabierały mocy urzędowej.

Magia nie imała się słonej wody. Taki feler. Na lądzie: użyć czaru? – proszę bardzo, w dowolnym asortymencie, *pansobieżyczy, panpłaci, pandostaje*. Jednak na granicy oceanu magia stawała z szeroko otwartymi oczyma, kwiliła cienko jak ledwie narodzone dziecię i szeptała: *O, czemuż, o, czemu mi to, Aarafielu, robisz?*

– Zabiję Hoena, sukinkota – wycedził przez zęby Rosselin, jak przystało na rozgniewanego, choć niekoniecznie liczącego się z faktami przywódcę wyprawy.

– Lunetą? – Ironia w głosie smoka mogłaby ciąć twardy granit, taka była gryząca.

– Nożem rzeźnickiem – odwarknął pogodnik. – Będę wycinał tłuszcz z jego ciała pasmami i karmił nim zwierzęta. Najlepiej w obecności oraz przytomności Didloga!

Filippon mruknął coś niezrozumiałego pod nosem.

Stali na brzegu: mag, jak prawie każdy mag nienawidzący słonej wody, oraz smok, co prawda skrzydlaty, ale lotny niechętnie i tylko w dół.

Chlup, chlup, chlupotały fale...

– Przydałby się Tortinatus... – ciężko westchnął Rosselin.

Jaszczur tylko prychnął.

– Kiedy on woli perły przemycać, niż tworzyć flotę wojenną...

Chlup, chlup, chlupotały fale...

– Z tego stania to tylko brzeg się zapadnie – mruknął wreszcie Filippon. – Wyspa na pewno się ku nam nie przysunie ani nie wyrośnie jej żadna macka mostowa. Robimy burzę mózgów, jak się tam dostać.

No i zrobili burzę. Była bardzo słaba, ale dzięki małej błyskawicy uradzili, że do Hizgranu za daleko, ale gdzieś tu muszą być wsie, a w nich rybackie łodzie. Jedną się kupi, pożyczy albo ukradnie, co za problem?

Wiocha, na mapie zaznaczona jako Skorbie, wyglądała tak, jak powinna wyglądać każda porządna wieś: już z dala było widać, że naprawdę nie warto napadać na tych kilkadziesiąt wciśniętych pomiędzy wydmy chat, bo bieda w nich aż piszczy. A jeżeli ktoś jednak spróbuje, to gospodarze odejmą sobie od ust ziemniaki omaszczone świeżym powietrzem i chwycą za widły.

Rosselin od razu dostrzegł dziwną rzecz: na sterczących ku niebu tyczkach nie suszyły się żadne sieci. Na piasku, powyżej granicy przypływu, nie było też ani jednej łodzi wyciągniętej na brzeg.

No i oko nie skłamało magowi. Łodzi nie widział, bo tutejsi żadnej nie mieli.

– Ani jednej? – zdumiał się pogodnik, spoglądając na wójta, który wyszedł im naprzeciw, widząc, jak przepytują ludzi.

– Mielim łodzie, panie – wyjaśnił wójt. – Jasne, że mielim nie tylko łodzie, ale i sporo dobytku. Wszystko co mielim zabrał ten bandyta. Zabierając, odgrażał się, że flotę wojenną musi zbudować, jakieś brandlury czy cóś...

Filippon zrobił wielkie oczy.

Rosselin tylko ponuro zagryzł wargę. Wiedział, o co chodziło Hoenowi.

Białonosy szykował brandlery, łodzie zwane tak od wynalazcy, kapitana Brandlera, które podpalało się, wysyłając je w stronę nadpływających okrętów wroga. Magowi opowiadał o czymś takim Tortinatus podczas rejsu, gdy spotkali piratów.

Jak widać, Hoen szykował się do odparcia armii Brunhilda ver Didloga wszelkimi sposobami. I teraz ta armia spoglądała po sobie ponuro.

Nagle jaszczur zamamrotał coś pod nosem. Psyknął, spojrzał na wójta, dając Rosselinowi do zrozumienia, że powinni odejść na bok.

Być może wioska Skorbie słynęła z dyskrecji, ale najwyraźniej Filippon nie zamierzał tego sprawdzać.

– Z czego się utrzymują? – warknął rozeźlony. – Z tych paru krów, co to je słyszę, jak burczą w oborach? Idę rozeznać teren. Trzeba ich przesłuchać.

I poszedł, podczas kiedy pogodnik wrócił do wójta. Który chyba był takim samym fenomenem jak nasz mag, z tą różnicą, że zamiast sokolego oka posiadał świetny słuch. Bo od razu zaczął narzekać, że z krów też się nie utrzymują. Jakaś zaraza je dopadła, a nawet jeden z pastuchów też ją złapał.

– I tak zamiast łodzi straszliwa zaraza, panie – podsumował swoje skargi.

Nie ma to jak życzliwi sąsiedzi. O tym, że stary Loitz chowa w obejściu łódź, doniósł Filipponowi trzeci z przesłuchiwanych mieszkańców. Sam przybiegł, nie trzeba go było wzywać.

Dwaj pierwsi nie wytrzymali stresu. W sumie nic dziwnego, bo gdy nieoczekiwanie magowa jaszczurka skacze do gardła, sycząc: – Dawaj łódź albo życie! – trudno zachować spokój.

A trzeci z miłym uśmiechem i z pełnym przekonaniem, że działa w imię wyższej sprawy, nie tylko podał adres, ale nawet wycenę krypy.

Jak się okazało, pogodnik i smok winni się udać do jednej z kilku chat oddalonych za pagórkami, ale teoretycznie stanowiących część wioski.

Dotarli tam migiem. Loitz wyszedł im naprzeciw – w samą porę, aby zobaczyć, jak smok zaczyna pazurami drapać piasek i odsłania płachtę, pod którą we wgłębieniu ukryta była niewielka łódka.

Mężczyzna załamał ręce.

– Nie odbierajcie mi tej łodzi, panie! – Ukląkł błagalnie przed Rosselinem. – Dzieci nie będę miał czym nakarmić! – Z jego oczu zaczęły ciec łzy.

Mag westchnął poruszony do głębi. Stanowczo miał zbyt miękkie serce...

Gdyby nie zeznania donosiciela, nic by nie wiedział o lichwiarskich praktykach, jakich Loitz dopuszczał się, wynajmując swoją łódeczkę pozostałym mieszkańcom Skorbie.

Odsunął trzymającego go za kolana wieśniaka i ruszył w stronę chaty. Mężczyzna oczywiście podążył za nim.

Rosselin wszedł do środka i rozejrzał się po pustej chałupie. Musiała być widownią niejednej męskiej potyczki z kuchenną rzeczywistością, bo nie wypatrzył ani śladu kobiecej ręki.

– A gdzie te dzieci? – spytał lekkim tonem, poprawiając swój cechowy płaszcz, żeby Loitzowi dobrze zapadł w pamięć. – Gdzie ich matka?

Na obliczu lichwiarza wypłynął grymas przerażenia. Dopiero po dłuższej chwili, podczas której bezradnie wodził spojrzeniem po wnętrzu chałupy, jego twarz się rozjaśniła.

– No właśnie poszły na żebry – odparł szybko, nabierając pewności siebie. – Bo wyczuły, niebożątka, że kiedy łódź stracę... – Jego policzki znów zrosiły grube łzy.

Pogodnik skrzywił się w okrutnym uśmiechu.

– To mądre były, skoro moją wizytę przewidziały – przyznał z powagą. – Jednostkę pływającą rekwiruję w imieniu Brunhilda ver Didloga. Nie obawiaj się, dobry człowieku, wypiszę stosowny kwit.

Pływanie to ciężka rzecz – stękał w myślach Rosselin, pchając razem ze smokiem łódź w stronę wody.

Nie żeby sprawiało mu to przyjemność. A już wybitnie nie chciał wejść na kurs kolizyjny z płonącym brandlerem. Ale pogodnik zdawał sobie sprawę, że fiasko ekspedycji oraz powrót na dwór bez usunięcia Hoena skończą się rozczarowaniem Didloga, które może przybrać różne formy.

Wreszcie spuścili łódź. Zakołysała się i stanęła na wodzie.

Mag postawił marny żagiel, który jednak natychmiast sflaczał – jak na złość ani jeden powiew wiatru nie mącił powierzchni oceanu. A Wolwin, choć niedaleki, krył się za zakrętem brzegu.

Trzeba będzie przepłynąć parę mil – pomyślał Rosselin i nakazał smokowi:

– Dmuchaj.

Filipponowi nie trzeba było tego dwa razy powtarzać i zaraz mały trójkątny żagiel wydął się lekko.

– Pięknie – rzekł zadowolony pogodnik, bo słoneczko świeciło, a ich od lądu dzieliło już ze trzydzieści kroków.

Wzdłuż brzegu dopłynęli niemal do miejsca, gdzie teoretycznie powinien znajdować się most.

– A teraz mocniej – poprosił mag, spoglądając na wyspę. – Musimy się spieszyć, bo jak wypuszczą w naszą stronę strzały i brandlera, nie będzie lekko.

Jaszczur wziął to sobie do serca. Połknął tyle powietrza, że zaczął przypominać wielki, pękaty kosz na bieliznę.

Nagle... nagle na murze zamku pojawiła się jakaś postać, krzyknęła i w ich stronę poleciała samotna strzała. Plusnęła daleko od łodzi, ale to wystarczyło. Zamiast poczciwego wicherka z płuc zdenerwowanego smoka buchnęła struga ognia. Owinęła się wokół żagla, przeniknęła przez tkaninę, w jednej chwili wywołując pożar na pokładzie „Sukcesu", bo tak właśnie nazwali swój okręt w służbie Imperium.

– Nie ogniem, smocza twoja mać! – na całe gardło wrzasnął przerażony Rosselin, płosząc wszelką żywinę nad i pod wodą.

Gorący dech sparzył mu twarz. Mag, nie namyślając się wiele, skoczył do wody. A Filippon za nim. Podtrzymując pogodnika, dziko wywijającego nogami i rękoma, holował go w stronę brzegu, podczas kiedy łódka, płonąc niby brandler, zmierzała w stronę Wolwina.

Wreszcie dopłynęli z powrotem. Rosselin wymacał nogami stały grunt, stanął i ciężko dysząc, dotarł na brzeg. Tu padł na brzuch i przytulił się do mateczki ziemi.

Jeżeli słona woda nie kochała magów, to właśnie dała tego dowód. A jaszczur dał dowód, że w nerwach trochę popuszcza.

Cóż, bycie magiem jest o wiele łatwiejsze niż żeglarzem. *Sam sobie sterem, żeglarzem, okrętem...* – piękne tylko w teorii. Smok zaś może się świetnie spełnić w roli armaty, ale na pewno nie jako zastępca wicherka.

Jaszczur nie był jednak wcale zawstydzony. Na jego miejscu każdy by zionął. Rosselin starał się ukryć swoją wściekłość, bo drugiego smoka i tak na podorędziu nie posiadał, a sam przecież nie poradzi sobie z Hoenem.

– Idę załatwić pieczyste na kolację – rzekł po chwili ponury Filippon.

– A gdzie ty znajdziesz pieczyste? – zdumiał się pogodnik, wyżymając ubranie. – Toż tu same wydmy.

Odpowiedziało mu wzgardliwe prychnięcie.

– Ze starego Loitza coś się wykroi.

Ruszył z kopyta. Ale zaraz się zatrzymał. I krzyknął z wysokości wydmy:

– No chyba że chcesz mu krypę oddać...

III

Kiedy smok wrócił, było już późne popołudnie. Przyprowadził Rosselinowego wierzchowca, a ponieważ nie ciągnęła za nim gromada wieśniaków z widłami, należało przyjąć, że albo zjadł wszystkich, albo siłą perswazji ostudził ich krewkie zamiary.

Całe szczęście, że Rosselin nie chciał sobie obciążać rąk w czasie przewidywanej walki z Hoenem i sakwy z bagażem oraz wspomnianego wierzchowca pozostawił w wiosce. Inaczej straciliby resztki żywności, jak też wszelkie przydatne w podróży drobiazgi w rodzaju krzesiwa. Ze szczęściem i talentem pogodnika do wywoływania magicznego ognia nie miałby większych szans upiec mięsa, które przyniósł smok, prędzej zostałby *ogniomistrzem spaleniem* – jak w murach Akademii nazywano nieudaczników, których palce płonęły żywym ogniem, podczas kiedy stosik drzazg cierpliwie sobie czekał w suchości.

Zanim jednak pogodnik położył mięsiwo na ruszt, uważnie mu się przyjrzał. Wreszcie ocenił, że nawet jeżeli jest to ludzina ze starego Loitza, to albo wygląda nadzwyczaj smacznie, albo też on jest zbyt głodny, aby zawracać sobie głowę szemranym pochodzeniem posiłku.

Po jedzeniu, patrząc, jak słońce zachodzi nad Wolwinem, Rosselin przygryzł wargę w zamyśleniu. Już nie był gniewny, ale i wcale jeszcze niepogodzony z porażką w pierwszym dniu kampanii. Tymczasem żaden przewrotny manewr taktyczny nie przychodził mu do głowy. Zrezygnowany wyciągnął się na piasku. Westchnął. I zasnął.

Kiedy otworzył oczy, była już noc. Smok wpatrywał się w gwiazdy i rozmyślał. Patrząc na jego wilgotne ślepia, nietrudno było zgadnąć, gdzie krążą myśli jaszczura.

– Ty się lepiej przyznaj, niecnoto, co z tym cholernym Irapiem? – mruknął Rosselin, przekręcając się na bok. – Bo chciałbym wiedzieć, czy mam po co wracać do Fertu. To znaczy czy nie czeka tam na mnie kat...

Filippon pomedytował chwilę, nim odpowiedział:

– Myślisz, że naprawdę pomogłem mu uciec?

Pogodnik prychnął. Byłby to całkiem smoczy prych, gdyby nie to, że jakieś sto razy cichszy.

– Ja nie myślę. Ja WIEM – odparł.

Jaszczur skrzywił się z niechęcią na taki brak zaufania.

– No to źle wiesz, zarozumiały magu – wycedził. – Owszem, przyznaję, zamierzałem to zrobić, po czym oskórować go, jeśli nie doprowadzi mnie do Smoczego Miasta. Ale kiedy się zakradłem... cichcem zakradłem... to jego już nie było. Uciekł! I podobno wykorzystał mnie jako swoje alibi!

I teraz sam prychnął. Z właściwą głośnością, powodując upadek trzech wróbli oraz jednego gołębia.

– Jak go znajdę, to najpierw oskóruję, a dopiero potem każę szukać smoków.

Rosselin intensywnie myślał.

– Ale jakżeś ty pokonał te magiczne blokady?!

Filippon w całkiem do niego niepodobnym geście zawstydzenia zatrzepotał skrzydłami.

– Ano jakoś. Blokady są po to, aby je łamać. To co, zdobywamy wyspę? – zmienił temat.

Wtedy nagle do pogodnika dotarło, że jest durniem pospolitym, bo przecież smok pływa, a tylko schematyczne myślenie, że to JEGO stopa musi odcisnąć ślad na wyspie, omal pozbawiło ich zwycięstwa.

Zmierzył swojego zwierzaka życzliwym spojrzeniem. Jaszczur odpowiedział wrogim otwarciem paszczy, żeby mag mógł sobie policzyć jego zęby.

Obaj wiedzieli, że nie mogą wiecznie siedzieć na tej plaży.

– Popłyniesz, jak się rozwidni, najlepiej o świcie – zarządził Rosselin, mając nadzieję, iż przeżyje ogłaszanie tej decyzji. – Zabijesz Hoena, a resztą... Ukradniesz stamtąd łódź, podholujesz, a resztą to już ja się zajmę.

Filippon zamknął paszczę.

– Łagodny deszczyk przyciągniesz? – wycedził przez zaciśnięte kły.

Pogodnik miał ochotę go uderzyć. Obawiał się jednak, że jako jednoręki mag radziłby sobie jeszcze gorzej niż dotychczas.

– Przecież z pływaniem nie masz problemów – mruknął. – To co ci zależy?

– Ze wzrokiem również nie mam kłopotów – odparował smok. – Już bym dawno popłynął, ale przecież widzę, że brzeg zarasta rumianek jadowity. A po nim łuski odpadają.

Rosselin osłonił oczy dłonią. Rzeczywiście, w świetle księżyca widać było, że coś porasta skały. Ale równie dobrze mogły to być bezkolcowe róże.

– Może z drugiej strony wyspy jest jakaś skała albo wejście...

– Nie chcę płynąć – westchnął jaszczur. – Sam sobie płyń.

Mag poklepał go łagodnie po wystającej łopatce.

– Spróbujemy z rana – rzekł. – Sam wiesz, Didlog to nie problem, ale z Radą lepiej nie zadzierać...

Smok zastygł w pozie przypominającej martwego i wypchanego kota. Chociaż Rosselin jeszcze przez chwilę próbował go zagadywać, Filippon tej nocy nie wydusił już z siebie ani słowa.

Nieszczęśliwą minę swego jaszczura mag widział już kilka razy. Ale tego poranka smok wyglądał, jakby miano mu za chwilę zacząć wyrywać łuskę po łusce w odstępach tak precyzyjnie odmierzonych, że ledwie ból po wyrwaniu jednej zacząłby się zacierać, następowałoby wyszarpnięcie drugiej.

Wreszcie Filippon niechętnie zamoczył w wodzie jedną łapę, potem drugą, trzecią... Rosselin usiadł na brzegu i zaczął się zastanawiać, czy nie zna jakiegoś zaklęcia pozwalającego spuścić na Wolwin pioruny albo grad wielkości kół od wozu.

Nic mu nie przychodziło do głowy. Tak to jest, gdy zamiast wkuwać materiał, grywało się partyjki oszukiwanego rupikolo albo kradło wino z akademijnych piwnic. Albo psociło – o ile ktoś zechciałby nazwać psotnikami dziecięce bandy grasujące w zaułkach Fertu.

Nagle ponad wyspę wzbiły się straszliwe wrzaski, krzyki, jęki oraz inne odgłosy świadczące o porannym napięciu, a nawet natężeniu złych emocji.

Mag westchnął. Pojęcia nie miał, kto kogo morduje, szlachtuje, włóczy i ćwiartuje. Ale jakoś nie lubił krwi.

Po kilkunastu minutach na brzeg wysunął się zmęczony smok.

Jeżeli po minie milczącej i robiącej bokami jaszczurki można poznać, że jest wściekła jak cholera, to Filippon był wściekły podwójnie albo i potrójnie.

A najbliższy obiekt, na którym mógł wyładować swoją złość, wypoczywał sobie przy ognisku akurat na odległość małego skoku.

Nie jest łatwo usiedzieć bez ruchu i liczyć na zimną krew, kiedy zęby dyskutanta wpijają się w twój kark.

– Podziurawisz mi skórę – powiedział szeptem pogodnik. – Trudno będzie zacerować.

– Thy sknunele pbzdu mi skre – wysyczał jaszczur. Wypluł z niesmakiem kołnierz maga.

– Co?

– No przecież mówię, że mnie podziurawili jak tarczę! – wrzasnął smok. – Albo jadowity rumianek, albo stroma skała, a jedyne normalne wejście jest strzeżone przez kuszników. Niech sobie Brunhild sam zdobywa, ja dziękuję, mam dosyć. – Odwrócił się plecami i zamarł w ponurym bezruchu.

IV

Fatalnie. Nic, tylko skoczyć do tej wody i się utopić – rozmyślał Rosselin, ze znużeniem obserwując rybitwy, które podrywały z wody małe rybki, a potem jedna drugiej starały się ukraść zdobycz.

– A ty co, nadal nie latasz? – mruknął wreszcie, aby podtrzymać rozmowę, która umierała śmiercią równie gwałtowną jak plany odbicia Wolwina. – Nawet w imię wyższej sprawy nie polecisz?

Filippon tylko prychnął z pogardą.

– Raczej dłuższej. Oj, marzy ci się ta lornetka, marzy.

Pogodnik westchnął ciężko. Annabell pewnie by go pokroiła na kawałeczki, gdyby się dowiedziała, co w chwili szczerości wyznał smokowi. Ale cóż biedny mag, łasy na dziewczęce wdzięki, mógł poradzić na to, że chociaż sypiał ze swoją osobistą narzeczoną, miał czasem ochotę popatrzeć – no bo cóż jest złego w ciekawości świata? – na jakąś inną kobietę, choćby na takiego słodkiego blondaska...

Tym bardziej że owo dziewczę, pewne, iż w ogrodzie nikt go nie podgląda, opalało się nago, a nawet stawało na rękach... Wzrok miał Rosselin sokoli, w Akademii powiadali, że to jedyna rzecz, jaką matka natura szczodrze go obdarzyła, bo rozumem to na pewno nie. Ale nawet i ten wzrok nie wystarczał... A lornetka, ho-ho, znacznie by go przybliżyła do zgłębienia interesujących szczegółów...

– No nie latam – podsumował smok. – Ani w dół, ani w górę, ani nawet na boki – dodał złośliwie. – A dlaczego pytasz?

Jego przyjaciel westchnął smętnie.

– Bo idę o zakład, że ludzie Hoena zwracają uwagę tylko na to, co na wodzie, więc jakby ich tak zaatakować z góry...

Nie powiedział jaszczurowi, jakie to teorie wysnuli magowie-teoretycy. Otóż pogodniccy mistrzowie twierdzili, że w miarę wzrostu wysokości powietrze jest coraz gorsze do oddychania, by tysiąc stóp ponad ziemią zmienić się w warstwę śmiercionośnej trucizny. Utrzymywali ponadto, że owa warstwa ma tendencję do opadania w dół tuż nad dachy domów – dlatego nikomu nie spieszyło się do poświęcania własnego zdrowia czy życia dla eksperymentów.

Również Rosselin nie zamierzał ryzykować. Ale skoro trucizna na psim kasku sprezentowanym przez Garzfula nie zabiła bestii, to mag był niemal pewien, że i żadne opary nie poradzą Filipponowi, choćby się kłębiły ze wszystkich sił. A poza tym ponad wyspą krążyły ptaki, więc zapewne śmiercionośne pasmo musiało wisieć wysoko ponad zamkiem.

– A ja tak sobie myślę – zaczął niepewnie. – To znaczy widziałem...

Smok zaczął grzebać pazurami w ziemi.

– Wyduś to z siebie, bo ja już nie mogę tych stękań słuchać...

No więc pogodnik wyznał, że kiedyś, szukając ksiąg pornograficznych w bibliotece Akademii, trafił na dzieło pełne projektów technicznych.

– A właściwie to ono trafiło mnie – przyznał ze wstydem. – Spadło mi na głowę, bo je strąciłem z najwyższej półki. Księga rozłożyła się na obrazku przedstawiającym takie coś z płótna...

Wygładził dłonią piasek i kilkoma śmiałymi pociągnięciami namalował tę niezwykłą konstrukcję.

– No to ktoś wynalazł statek powietrzny – stwierdził ubawiony Filippon. – A jakiś mag próbował latać tym czymś?

Rosselin przecząco pokręcił głową. Księga była spleśniała i pokryta kurzem grubym na dwa palce.

– W księdze autor nazywał to *balonem*. Jeżeli ktoś robił doświadczenia, to raczej nie w Fercie, bobym słyszał. I raczej nikt z magów... Nie, chyba nikt.

Chciał dodać coś więcej, ale przypomniał sobie o problemie trującej warstwy powietrza i szybko zamilkł. W końcu ryzykować miał smok, więc po cóż było osłabiać jego morale?

Wrócili do wsi tak szybko, jak się dało. Wójt na ich widok wytrzeszczył oczy, a potem chciał uciekać. Wystarczyło jednak, że Filippon rozdziawił paszczę i ziewnął, odsłaniając ostre kły, aby mężczyzna zatrzymał się w połowie pierwszego kroku.

Gdy wyjaśnili, co zamierzają zrobić, uznał, że cesarzowa przysłała mu wariatów. A że z szaleńcami się nie dyskutuje, bo to są groźni dla otoczenia dewianci, postanowił we wszystkim im przytakiwać. No, prawie we wszystkim:

– Ja tam wszystko poza koszulą na grzbiecie mogę oddać. Ale co do bab, sami się dogadujcie.

Zaczęli więc chodzić po domach. Wszędzie scenariusz zdarzeń wyglądał tak samo: mężczyźni wzruszali ramionami, po czym machali ręką, bo cesarzowa dała, cesarzowa może odebrać.

Ale ich kobiety, matki, żony, córki, a nawet ledwie odrosłe od ziemi dzieweczki, protestowały z takim piskiem, jakby horda dzikich wpadła, by je zgwałcić. Albo i gorzej wrzeszczały, bo takie hordy zwykle są wędrowne, przyjdzie toto i sobie pójdzie, a ci tutaj chcieli wszystkie szmaty zabrać i kto wie czy kiedykolwiek oddać.

Na szczęście smok w roli groźnej bestii sprawdzał się znakomicie. Filippon miał sporo frajdy nie tylko w straszeniu, ale też w szperaniu po kątach i wywlekaniu zapasek, chust i innych pięknych materiałów ukrytych przed mężczyznami, bo gdyby ci się dowiedzieli, na co idą ich ciężko zarobione pieniądze...

W jednym z domów przeprowadzili rozmowę, którą zdaniem pogodnika należało uwiecznić. Odbyła się ona w chałupie na samym krańcu wsi. Mieszkała tam baba, którą tutejsi nazywali znachorką.

– Rekwiruję w imieniu cesarzowej – powiedział Rosselin od progu z wielką pewnością siebie. – To znaczy szmaty rekwiruję wszystkie – dodał, widząc u powały pęki różnych ziół oraz wodorostów, a także dwie całkiem zasuszone rybki.

Starowince opadła szczęka. Przycisnęła do piersi robótkę, nad którą siedziała, i spojrzała na maga wypłowiałymi oczyma.

– Panie, ale te bure prześcieradła? – wymamrotała. – Toż nasza panienka na czystych i delikatnych śpi, nie na tych borcugach cerowanych...

Później trzeba było te same baby zagonić do szycia. Rosselin posunął się do groźby zamienienia kobiet w żaby. A gdy to nie poskutkowało – wieśniaczki okazały się bystre i nie chciały gadać z pogodnikiem, nie pomogły nawet groźby nasłania na nie cesarzowej – przemówił do chłopów.

Nie, wcale nie próbował ich straszyć, w końcu słyszeli, co gadały ich żony, matki, a nawet teściowe. Zaproponował, że odda wszystkie (poza jedną) łodzie znalezione na wyspie. A gdy się wahali, z ciężkim westchnieniem podbił cenę ofertą pracy dla szesnastu ludzi na zamku Hoena, o ile uda się go zdobyć.

I tak ktoś musi go pilnować, gdy my wrócimy do Fertu – usprawiedliwiał się w myślach z wpuszczenia chamstwa w zamkowe mury.

Nic więcej nie musiał robić. Po krótkiej dyskusji mieszkańcy wsi zgodnie zaczęli się ścigać w szyciu.

Przy tej okazji wyszło na jaw, że mężczyźni wcale nie byli mniej sprawni w tej dziedzinie. Podczas kiedy kobiety uszyły dwa małe balony, oni wyprodukowali jeden, ale za to bardzo duży.

– Wszystkie się przydadzą – powiedział ucieszony Rosselin.

Właśnie odkrył w sobie duszę eksperymentatora i pomyślał, że do badań nigdy dosyć balonów.

Mieli więc następnego dnia trzy potencjalne statki powietrzne oraz stado wieśniaków oczekujących na sukces *cesarskich*, jak ich zwali.

O ile Rosselin dobrze pamiętał, pod balonem należało rozpalić ognisko. Ciepłe powietrze miało go unieść w górę, a wiatr pchnąć w odpowiednim kierunku.

Wszystko to zrobili bez problemu.

Zebrali chrust, a potem postanowili jeden z małych balonów potraktować jako doświadczalny. Pozwalało to również odsunąć na bok kwestię, kto poleci załogowym.

I naraz, kiedy czasza ich próbnego pojazdu desantowego była już wypełniona powietrzem, Rosselin plasnął się mocno w czoło.

– Ty wiesz co? – Spojrzał na smoka. – Mam rewelacyjny pomysł!

Przypomniało mu się, jak wójt narzekał na krowią zarazę. Powiedział o tym smokowi.

– Spuścimy im tę zarazę na łeb! – oświadczył z zachwytem nad własną genialnością.

Filippon spojrzał z uznaniem na swego nie zawsze tak bystrego przyjaciela.

– No, to jest myśl!...

Wójt z niechęcią patrzył, jak wyprowadzają jedno z chorych zwierząt. Lecz rekwirunek to rekwirunek, z ludźmi cesarzowej się nie dyskutuje, a z wariatami – tym bardziej.

Musieli dać krowie wódki, żeby przestała rozpaczliwie ryczeć i oddawać przeżartą paszę wszystkimi otworami.

Wreszcie umocowali ją i balon powędrował w górę. Krowa dyndała, majtając w powietrzu nogami, ale wiatr wciąż wiał w niewłaściwą stronę.

Wreszcie gapie poszli sobie, bo obowiązki czekały, a fanaberie cesarskich nie dawały chleba. Został tylko wójt.

W końcu wiatr przybrał korzystny kierunek.

– Gotów? – spytał Rosselin. I odciął linę, podczas kiedy smok przegryzł swoją.

W milczeniu czekali, spoglądając na balon pchany w stronę wyspy. Krowa, gdy poczuła pod sobą wodę, zaczęła dziko wierzgać i porykiwać. Coś parę razy plusnęło do oceanu, dając dowód, że w czterech żołądkach pomieści się niezły zapas jedzenia...

Wreszcie zwierzę znalazło się nad Wolwinem. I tam, zgodnie z przewidywaniami pogodnika, statek powietrzny napotkał przeciwny wiatr, zniżył lot, a wreszcie osiadł na murach. Zobaczyli zbrojnych, którzy próbowali zdjąć z murów płócienny balon, jednocześnie dźgając mieczami biedną krowę.

– Jest! – podskoczył triumfalnie Rosselin, wyrzucając ręce w górę. – Mamy zaliczone trafienie! No to ich teraz ta zaraza wykosi, wystarczy poczekać...

Wójt coś sceptycznie zamruczał pod nosem.

– O co chodzi? – spytał mag naraz pozbawiony całego entuzjazmu.

– E, to by trza chyba długo czekać... – Mężczyzna z frasunkiem potarł czoło.

Takie cedzenie słów doprowadzało pogodnika do szału. Podczas kiedy smok przyglądał im się z niewinną miną, Rosselin zacisnął pięści.

– No to o co chodzi? – warknął. – To ile osób umarło na zarazę?

Wójt odwrócił wzrok, bo w końcu to on wyolbrzymił skutki tej epidemii. Potrząsnął głową, wymamrotał jakiś czar odsuwający zły urok.

– Panie, jakby ludzie umierali, toby wieś była wyludniona, nie? – odparł wreszcie z zaskakującą trzeźwością. – To tylko opryszczka. Wymiona bolą nasze mućki, a i parę kobiet ma pęcherze na palcach...

Po czym pożegnał się szybko pod pretekstem pilnych robót w obejściu.

Pogodnik wbił w jego plecy morderczy wzrok i zaczął cicho, beznamiętnie kląć. Chyba nigdy w życiu nie był tak wściekły, jak w tamtej chwili.

A tymczasem Filippon... otóż jaszczur, kiedy przestał się śmiać, zaczął udawać ryczenie krowy.

Cichło, w miarę jak dotknięty do żywego Rosselin oddalał się za wydmy.

V

Czasem w odpowiedzi na cudzą złośliwość człowiek doznaje olśnienia. Tak też się stało w przypadku naszego maga.

Wrócił do obozowiska po jakiejś godzinie.

– Trzeba poprawić skuteczność – wyjaśnił, siadając na piasku obok jaszczura. Wciąż przecież mieli dwa balony.

W smoczym oku błysnęło zainteresowanie. On także nie zamierzał rezygnować ze zdobycia wyspy.

– O, wymyśliłeś jakiś sposób? Będziemy wpędzać ich w depresję, stojąc na brzegu i pokazując, jak bardzo jest nam smutno?

Pogodnik uśmiechnął się okrutnie. A nawet bardziej niż okrutnie, bo z prawdziwie mściwą satysfakcją.

– Musimy zrzucić inteligentną bombę, Filipponie. Taką, co to będzie wiedziała, gdzie upaść i...

Rozległ się nagły, gwałtowny grzmot, z pobliskich wydm poleciał piach i źdźbła traw. Chyba cały kontynent drgnął w posadach.

Ostre smocze kły znalazły się przy szyi Rosselina...

...który ze spokojem czekał, aż jego łagodny i dobrze wychowany przyjaciel ochłonie z pierwszego zdenerwowania.

– Nigdzie nie lecę – powiedział wreszcie jaszczur na poły agresywnie, na poły tonem pełnym rezygnacji. – Przecież wiesz, że ja jestem całkowicie nielotny...

Mag tylko się uśmiechnął i pogładził go po głowie. Szorstkość łusek co prawda nie była szczególnie miła, ale przecież w życiu liczy się przyjaźń, nie tylko własna wygoda, czyż nie?

– Ależ jesteś lotny. W dół każdy jest, nawet Didlog – odparł spokojnie. – Bez obaw, mam plan.

Zrobił kilka kroków.

– Polecisz na balonie jak tamta krowa. Nawet będziesz ją udawać. Ale potem... potem zamienisz się w niewidzialnego smoka i dokonasz rzezi, gwałtów czy co tam sobie wybierzesz. Rozumiesz? Aha, jeść też możesz.

Filippon nie wydawał się przekonany.

– A nie możesz spróbować czarów? – spytał żałośnie. – Przecież tej słonej wody niewiele, tylko pół mili... może dosięgniesz... O, albo ten piorun na nich rzuć! – ożywił się nagle. – Piorun będzie najlepszy!

Rosselin wzruszył ramionami.

– Nie wydziwiaj, bo poskarżę się cesarzowej – stwierdził krótko. – Pal sześć Brunhilda, ale jeśli Joanna zechce cię wysłać na jakieś bezmięsne zadupie, nie będzie zmiłuj... A ty dobrze wiesz, już ja potrafię przekonać, że tak naprawdę to ty lubisz marchewkę, tylko się wstydzisz do tego przyznać...

– Okrutny jesteś, podły i okrutny – chlipnął jaszczur poruszony wizją wiaderka marchewki na każdy posiłek. Żaden smok by tego nie przeżył. – A mogłem sobie wrócić w swoje skały, zamiast iść z tobą do Fertu...

Mag nie odpowiedział. Nie miał zamiaru wyjaśniać Filipponowi przyczyn nagłego okrucieństwa.

Prawda była taka, że kiedy wcześniej uciekał za skały ścigany szyderczym krowim ryczeniem, naraz – może za sprawą słońca? – poczuł się jak bardzo, ale to bardzo... ale to naprawdę bardzo, bardzo wkurtentegotany generał armii. Który prędzej zginie, niż się podda.

I bardzo mu się to uczucie spodobało.

Zwłaszcza kiedy w pierwszej kolejności miał ginąć nie on, lecz wyznaczony żołnierz.

Dobry wiatr pojawił się na godzinę przed zmierzchem. Rosselin szybko chwycił liny balonu, który czekał wciąż podgrzewany powietrzem znad ogniska.

– Właź – nakazał smokowi, który przestępował z łapy na łapę.

Skóra Filippona mieniła się niczym plama oleju.

– Sam sobie właź – burknął. – Mnie tam życie miłe.

Pogodnik policzył do dziesięciu. Nie pomogło. Policzył do sześćdziesięciu. Nadal był wściekły.

– Na górę, ale już, zanim wiatr się zmieni! – wysyczał.

Jaszczur, warcząc pod nosem przekleństwa, wspiął się na jedną z lin, obwiązał mocno i spoglądał na Rosselina niczym jakiś nieszczęśnik tuż przed samobójczym skokiem z wieży.

Mag zaczął pogwizdywać dziarską wojskową melodię. Wreszcie wyszczerzył zęby w uśmiechu i puścił linę, wysyłając swoją inteligentną bombę nad Wolwin.

Co prawda w tej chwili bomba była nie tyle inteligentna, co bardzokrzycząca. Gdy tylko balon znalazł się nad wodą, Filippon zaczął wyć tak przeraźliwie, że mógłby pewnie ogłuszyć zbrojnych. Nawet pogodnik

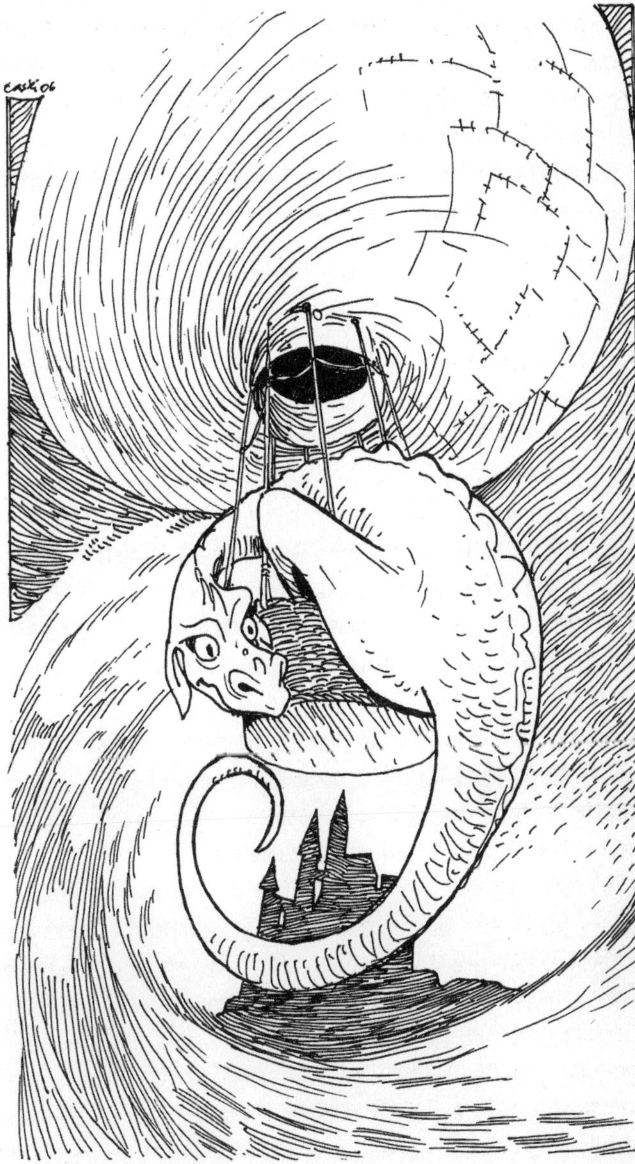
Caski 06

czuł, jak niemal pękają mu bębenki. Skowyt smoka musiał się nieść na całe mile od miejsca startu.

– Nie rycz, głupi! – krzyknął Rosselin. – Oni i tak nie uciekną z wyspy.

Nastała cisza. Po czym dobitny głos, w którym słychać było rezygnację, sprostował:

– Ja wcale nie ryczę. Ja wygłaszam testament.

Balon odbył taką samą drogę jak jego poprzednik. Jednak tym razem ukrywał straszliwą broń, zwaną Filipponem z Osterwaldu.

Gdy ten spadł na wyspę, było to jak uderzenie pioruna albo i stu piorunów. Rosselin spokojnie czekał, siedząc na nagrzanym piasku plaży. Wierzył w swojego jaszczura. Wierzył nie dlatego, że była to ostatnia broń w jego arsenale, lecz dlatego, że mieć smoka przeciwko sobie to jak...

Zapewne zbudowałby piękną poetycką metaforę, gdyby na Wolwinie nie rozległy się nagle krzyki i Hoen Białonosy nie wypadł z bramy swego zamku i nie zaczął uciekać przed... drugim Hoenem!

Hoen właściwy, to znaczy ten uciekający, wbiegł na skały, po czym skoczył w dół, na wąziuteńki skrawek plaży, a stąd prosto w ocean. Jego stopy zagłębiały się trochę w wodzie, ale był tak wystraszony, że biegł pomimo to. Strach pchał go panicznie naprzód, wciąż naprzód...

Dopiero ćwierć mili od brzegu Białonosy zorientował się, że gna w niewłaściwym kierunku, równolegle do brzegu kontynentu. Przystanął z okrzykiem, patrząc pod nogi...

VI

– I co się z nim stało? – spytał Brunhild. Siedzieli przy winie, a przed magiem leżał stosik monet.

Rosselin westchnął.

– Szkoda biedaka. Ostro szedł siłą rozpędu, ale jak zwolnił, to od razu utonął...

Popatrzył na swego zleceniodawcę.

– A my już bez przeszkód zrobiliśmy porządek z resztą zamkowej załogi.

Nie dodał, że smok zapędził pozostałych buntowników do wyrywania ścieżek w rumianku jadowitym, a kiedy skończyli, oddał ich mieszkańcom Skorbie.

Lepiej, aby Didlog nie wiedział, że na jego zamku rozpanoszyli się rybacy, a arystokracja cienkiej krwi, w tym Ślepy Benek, brat nieszczęsnego Hoena, zdobywają nowy zawód: cieśli okrętowego.

Rozdział 6

Bezsenność maga pogłębiała się coraz bardziej. Wpływ na to miały wydarzenia natury nie tylko pałacowej, ale przede wszystkim, by tak rzec, annabelijnej.

Mówiąc wprost, w powietrzu wisiał ślub. I niewiele brakowało, aby spadł niczym grom z jasnego nieba, uderzył w drzewo wolności Rosselina, wreszcie rozłupał je na dwoje.

W przyrodzie pogodnik widywał takie okazy. Na niektórych trenował nawet ściąganie piorunów. Konary czasem się zrastały. Ale blizna pozostawała na zawsze.

Nie wszyscy jednak mieli tak kwaśne miny jak nasz mag. Na dwór powrócił słodki spokój, nastrój wytężonej pracy, jeszcze bardziej wytężonej miłości, a także nieodłącznej i specyficznej dla pałacowych korytarzy mieszanki głupoty i zarozumialstwa, przez wielu niesłusznie zwanej dworską etykietą.

Zejfa znów gdzieś harcowała zgodnie z ustanowioną przez samą siebie zasadą, że kotka harcuje, kiedy mysz siedzi cicho. A mysz, czyli Brunhild ver Didlog, jej oficjalny narzeczony, mógł tylko pić na umór w towarzystwie kilku innych, równie źle traktowanych amantów. W kwestii, z kim, gdzie, kiedy i dlaczego spotyka się jego wybranka, nie miał nic do gadania.

Także Filippon gdzieś się szlajał – i nie można było mieć pewności, czy we własnej skórze, czy przypadkiem nie zamieniony w cesarzową Joannę.

Ze smokiem nigdy nic nie mogło być pewne, bo miewał paskudne poczucie humoru. Równie dobrze mógł próbować ukraść cudzą nogę, jak i uciąć sobie drzemkę, udając parasol wiszący w przedpokoju apartamentu Zejfy. Któregoś dnia, kiedy nie chciało mu się wędrować na własnych łapach na bal w odległej części pałacu – bowiem mimo kiepskiego początku jaszczur odkrył w sobie duszę wodzireja i bawidamka – dowiódł, że porządny smok, nawet jeżeli jest ostatnim egzemplarzem gatunku, to wcale nie ostatnim w kolejce po rozum i poradzi sobie w każdych okolicznościach. Słysząc nadchodzącą służbę, zamienił się w antałek wina opatrzony adresem, stosownymi pieczęciami oraz dyspozycją DOSTARCZYĆ NATYCHMIAST! I takim sposobem dotarł do celu.

W każdym razie w izbie pogodnika było spokojnie. Rosselin przewracał się z boku na bok, rozmyślając nad kolejnym akapitem swojej pracy naukowej, jaką zamierzał kiedyś złożyć na ręce Sykandera, sekretarza Rady Magów. Dzieło zatytułowane „O solnym pierwiastku zabijającym magię, z przypisami, aneksem oraz dywagacjami Rosselina z Fertu" wymagało jeszcze wiele pracy. Jednak autor owej księgi uznał, że skoro ją zaczął, należy pracę dokończyć, opublikować, a później zebrać należne pochwały. Może i był kiepskim magiem pogodowym trzeciej kategorii, za to miał odwagę całemu światu przedstawić swoją teorię naukową!

Leżał więc w łóżku i mozolił się nad rozstrzygnięciem kolejnego naukowego dylematu: czy lepiej będzie w jednym z kluczowych miejsc tekstu użyć *także,* czy *też* – kiedy nagle dotarło do niego, że coś jest nie w porządku.

Zwierzęta wyczuwają takie rzeczy lepiej niż ludzie. Tinkus, który sypiał w łóżku maga, dzieląc się z nim sierścią, pisnął zupełnie nie po psiemu. Jego łapki zadrgały nerwowo, po czym pudel mocno wtulił się w Rosselina.

Latarnia przeciągnęła swoje kocie ciało, pazurami miętosząc schludnie złożone na krześle ubranie pogodnika, i zeskoczyła na podłogę. Stamtąd dwoma susami dotarła do ściany. Jeszcze jeden elegancki ruch i miękko wylądowała na parapecie, wpatrując się w ciemność za oknem.

Coś więc wisiało w powietrzu, coś niepokojącego. A jak powiadał Sarturus: *Kiedy coś się dzieje, trzeba albo uciekać, albo łapać za miecz.*

Rosselin przypomniał sobie tę myśl bardzo nie w porę. Bronić się przy pomocy magii pogodowej było trudno, bo cóż to za zagrożenie – intensywna mżawka albo mgła... Miecza nie posiadał, długiej brzytwy do golenia też nie używał. A uciekać nie bardzo było dokąd, skoro znajdował się we własnej izbie. To jak zwiewać z jaskini lwa tylko po to, aby rzucić się w stado rzecznych krokodyli. Grasanci na pałacowych szlakach bywali groźniejsi od nieokreślonego zła za oknem.

Pozostało stawić czoła niebezpieczeństwu i spróbować wystraszyć je samą swoją obecnością.

– Filippon, jesteś? – mruknął cicho na wszelki wypadek. Jaszczur co prawda zionął niechętnie, ale struga ognia mogła się okazać decydującym argumentem w razie jakiejś awantury.

Odpowiedziała mu przykra cisza. Tymczasem Tinkus wlazł pod łóżko, podczas kiedy Latarnia spokojnie lizała łapę, czujnie zerkając na okno.

Jakże by się w tej chwili przydał smok za plecami, ech! – markotne myśli w tempie uciekającego przed kucharskim tasakiem pterodontyla mknęły przez głowę Rosselina. Ale Filippon, jak to on, zniknął akurat wtedy, kiedy był najbardziej potrzebny. Może dlatego podobne mu bestie żyły tak długo (przynajmniej jeżeli wierzyć legendom). Po prostu intuicja podpowiadała im w porę, kiedy usunąć się poza zasięg kłopotów, czyli mówiąc po ludzku, wiać gdzie pieprz rośnie.

Pogodnik zapatrzył się w ciemność za oknem. Była ponura jak nastrój maga. Słaby księżyc nie rozświetlał mroku, dawał złudne poczucie światła, choć w komnacie widać było wszystko niewyraźnie. Tylko opromieniona blaskiem Latarnia z gracją przyglądała się Wewnętrzemu Miastu za oknem.

Nagle coś zaszumiało i na parapecie usiadł ptak, jakiego Rosselin nigdy dotąd nie widział: wielkości wróbla, zielonopióry, z czerwonymi oczyma. Do nóżki miał przywiązaną kartkę.

Mag zawahał się. Wciąż od tego stworzenia oddzielała go szyba. Oczy ptaka niemal wpijały się w jego twarz, no i reakcja zwierząt w izbie była dziwna, niespokojna. *Z drugiej strony* – rozmyślał gorączkowo – *ktoś zadał sobie trud, żeby posłać ptaka z sekretną wiadomością. Bardzo sekretną, skoro nie zaufał żadnemu człowiekowi z pałacu.* Kotka oblizała się łakomie i to przeważyło w duszy pogodnika. Nie będzie żaden zwierz dyktował mu, co ma robić.

– No co ty, Latarnia, gościa chcesz zeżreć? – spojrzał na nią strofująco. – Pomyśl tylko o tym, a za ogon przywiążę do parapetu. Okruszków mu trzeba nasypać, jak Aarafiel przykazał.

Kotka niechętnie zeskoczyła na podłogę i rozłożyła się na swoim miejscu, czyli w fotelu maga. Ten rozejrzał się jeszcze i ostrożnie uchylił szybę.

Ptak natychmiast wmaszerował do środka i sfrunął na stół. Tam Rosselin odczepił od jego nóżki kartkę. Obejrzał pieczęć. Była dziwna, w kształcie noża skrzyżowanego ze sztachetą, i nic mu nie podpowiedziała. Westchnął z rezygnacją: *Czemu to wszystko spotyka akurat mnie? Czy ja nie mam dosyć własnych kłopotów na głowie?* Wreszcie złamał pieczęć i rozwinął papier.

Dzielnica portowa, obok składów cesarskich, pytaj o medyka Lipiona. Przybądź, proszę, jak najszybciej.

Dzielnicę portową znał aż za dobrze. Spędził tam niejedną miłą chwilę, a uciekając przed niemiłymi, poznał kręte zaułki, w których pijanych awanturników gubiło się bez problemu. Albo wpędzało w pułapkę, ślepą uliczkę, gdzie już czekało kilku barczystych kolegów z pałkami...

Stary aptekarz Farfinkelszt też mógłby powiedzieć niejedno o przygodach chłopaka. Sporo imperiałów poszło na leczenie guzów, skaleczeń i zakażeń. No i na wykupywanie łajdaka z rąk miejskiej gwardii strzegącej porządku.

Rosselin w skupieniu usiłował sobie przypomnieć, czy imię Lipion coś mu mówi. Wreszcie uznał, że nie więcej niż głuchoniema służąca, którą trzymał stary Boidan z drugiego piętra środkowej wieży. Był to arystokrata mający obsesję na punkcie dochowania tajemnicy swoich schadzek z damami. Zresztą, biorąc pod uwagę, kogo tam przyjmował i co wyczyniał, próba zachowania tych przygód w sekrecie była całkiem uzasadniona. Nie wiedział tylko, że owa służąca miała niezwykły talent do rysunków – zdaniem pogodnika sto razy większy niż Astrogoniusz – i czego nie mogła opowiedzieć, oddawała w grafikach stanowiących rozrywkę całego dworu.

Najwyraźniej jednak właściciel skrzydlatego posłańca chciał, żeby mag poznał go osobiście, a nie tylko za pośrednictwem drobnych, nakreślonych zamaszystym pismem liter.

Podczas kiedy Rosselin analizował treść listu oraz oddawał się wspomnieniom, kotka wcale nie zamierzała próżnować. Capnęła ptaka.

I wtedy zdarzyła się dziwna rzecz: ten, zamiast pisnąć i zginąć marnie, nastroszył pióra. Latarnia gwałtownie prychnęła, wydała z siebie bolesny skrzek i ze wstrętem wypluła latającego listonosza. On jeszcze zajadle dziobnął ją w łapę, przefrunął kawałek w powietrzu i tłukąc skrzydłami, zawisł nad biedną kotką, aby uderzyć ją w głowę. Zaskoczona takim obrotem sprawy czmychnęła pod stół. A ptak skrzeknął triumfalnie i wtedy dopiero skoczył na parapet, stamtąd zaś prosto w otwarte okno. Jeszcze mgnienie oka i zniknął w ciemnościach. Tylko list w ręku Rosselina dowodził, że całe zdarzenie nie było tylko snem.

– Widzisz? – mruknął pogodnik, strofująco spoglądając w pojedyncze ślepię rozszerzone strachem. – Trzeba wiedzieć, na kogo wolno podnieść pazury.

W odpowiedzi po pokoju poniosło się rozżalone miauczenie Latarni.

Głęboką nocą, słuchając spokojnego oddechu Annabell, Rosselin doszedł do wniosku, że za tym listem w rzeczywistości może stać Irapio. To przyprawiło go o zimny dreszcz przerażenia. Zbieg wciąż błąkał się na wolności poszukiwany zarówno przez magów z Akademii, jak i przez smoka, o ile słowo Filippona może cokolwiek znaczyć.

Co gorsza, pogodnik zrozumiał, że nie ma wyboru – będzie musiał się z spotkać z tajemniczym nadawcą. Bo jeżeli tego nie zrobi, to następnym razem Irapio zamiast listu może mu przysłać truciznę. A ów bojowy ptak wdziobie mu ją w skórę. Albo wbije w głowę jak smok psi ochraniacz Garzfulowi.

Kiedy wreszcie Rosselin zasnął, śniły mu się harpie roszszarpujące go na strzępy z okrzykami: *Zdrajca, zdrajca, zdrajca!*

II

Tymczasem życie w pałacu kwitło coraz bardziej intensywnie. Dworacy uznali, że niebezpieczeństwo całkowicie minęło. Korytarze znów wypełniły się śmiechem, gwarem i miłością. Pewien wpływ miały na to zdarzenia, które zaszły, gdy Rosselin ze smokiem zdobywali Wolwin. Wewnętrzne Miasto nawiedził w tym czasie morderca. Mówiono o nim *seryjny*, bo choć zabił tylko trzy nikomu niepotrzebne kucharki, to nie naraz, tylko seryjnie, czyli po kolei. Miał im za złe, że pragnęły specjalizować się w szpinaku, choć ten zdążył wyjść z mody. Kucharek jednak nikt nie żałował, a cesarzowa, której szpinak się przejadł i śmiertelnie znudził, pochwyconego przestępcę, Krypiona, skazała na łagodną karę ćwiartowania zamiast włóczenia jelit. Aby okazać swą wielką łaskę, w chwili egzekucji zamieniła ten wyrok na dożywocie. Bardzo zresztą krótkie, bo w więzieniu jakiś nieznany sprawca udusił Krypiona jedwabną pętlą. Na to, że została skręcona z szala Zejfy, nikt nie wpadł. Zresztą trwające ledwie godzinę śledztwo wykazało, że skazany udusił się sam kierowany poczuciem wstydu.

Rosselin i smok nic o tym nie wiedzieli.

Patrząc, jak Garzful obnosi się ze swoją złamaną nogą, żebrząc o współczucie, jak próbuje ograbić z różnych dóbr dwórki oraz co młodszą służbę, Filippon czuł za to, jak rośnie w nim fala gniewu. Postanowił nieco podręczyć karła. W duszy jaszczura wciąż tkwiła zadra związana z psim kaskiem, a odwet nie został należycie odebrany pomimo rosnącej popularności garzfulki kopanej.

Rankiem pogodnik był niewyspany i ponury. Nie dojrzał jeszcze do odwiedzenia Lipiona. Smok popatrzył na niego, z dezaprobatą pokręcił łbem, po czym ruszył na poszukiwanie znienawidzonego knypka cesarzowej.

Ten kręcił się jak zwykle po tych komnatach, w których koncentrowało się pałacowe życie. Podszczypywał dwórki, próbował żartować, zagrał partyjkę rupikolo z jakimś arystokratą, ponarzekał na bolącą nogę... Dopiero po południu nadarzyła się okazja do zrealizowana planu wymyślonego przez Filippona...

Najpierw w jednej z małych komnat bawialnych Garzful sam na sam (jak naiwnie sądził) czynił awanse dwórce Roselindzie. Kiedy jednak przeszedł do dalekosiężnych propozycji, dziewczyna uderzyła go w twarz, po czym wybiegła z płaczem. I gdy karzeł myślał, że został już tylko ze swoim upokorzeniem, nagle wyrosła obok drzwi Xan.

Chrząknęła dyskretnie. Garzful odwrócił się i wtedy ją zobaczył.

– Przecież jesteś w Tartilonie! – mruknął w osłupieniu. – Jasny szlag, za dużo wina... za dużo wina, jak kocham Krakerna...

Szloch smoka udającego łaciatą karlicę niczym się nie różnił od oryginału. W końcu dobrze wykonany falsyfikat często zajmuje miejsce autentyku, taka już natura rzeczy.

– Zachorowałam i wróciłam na dwór. Jednak cesarzowa mnie ukrywa... Mam umrzeć po cichu...

Czarne plamy na jej ciele powinny zrobić wrażenie na każdym. Ale nie na Garzfulu. Raz uległ opowieściom, że się zaraził i umrze. A że pamięć miał dobrą, teraz tylko zarechotał szyderczo.

Jednak Filippon był przygotowany na taki obrót zdarzeń. Podwinął rękaw sukni i podsunął karłowi rękę. Była tak gęsto pokryta plamami, że wyglądała na wyrzeźbioną z węgla.

– Ja się rozpadam... – jęknął dramatycznie.

– A co za świństwo mi tu podsu... – Garzful ze wstrętem odtrącił dziewczęcą dłoń.

Ta, choć tylko lekko ją uderzył, chrupnęła i upadła na ziemię, z trzaskiem rozbijając się na kawałki.

Karzeł osłupiał. Słowa zamarły mu w gardle.

A kiedy Xan postąpiła w jego stronę, robiąc ruch, jakby chciała go pocałować, nie wytrzymał nerwowo i czmychnął na korytarz.

Słodkie jest życie króliczków. Kicasz sobie, ogonku, chrupiesz marchewkę, czasem trafi się listek sałaty, kapusty... ba, jeśli pan dobry, to nawet i pęczek rzodkiewki wrzuci do klatki...

Żyjesz sobie, ogonku, a pan z dumą prowadza cię na krótkiej smyczy pałacowymi korytarzami, ciepło nazywając Białym Puszkiem. Ludzie przytulają cię, delikatnymi palcami przeczesują sierść – i jest miło. Nawet cesarzowa pochyli się czasem, dłonią pogładzi po łebku, szepnie: *Mój ty białasku*. I pozwoli wędrować w swoim orszaku.

I nagle wypada na ciebie z łomotem jakiś demon i bum! – rozsmarowuje na ścianie korytarza, kończąc twe piękne białe życie plamą czerwieni równie soczystej co czarna porzeczka, którą pan kiedyś przez pomyłkę wrzucił do klatki.

– Garzful! – wrzasnęła Joanna f'Imperte.

– Mój Puszek! – histerycznie krzyknął hrabia Arpadyndos, odklejając od ściany to, co kiedyś było słodkim białym króliczkiem. Pieczołowicie odłożył marne truchełko zwierzęcia na bok i gniewnym szarpnięciem wydobył broń wiszącą u boku.

Karzeł całe życie spędził na dworze. Wiedział, że szpada w ręku arystokraty to żądło bez jadu, póki nie zostaną naruszone czyjeś interesy lub cześć. Teraz nie było jednak wątpliwości, że skokiem na ścianę śmiertelnie dotknął hrabiego. Zabijając jego Puszka, niemal uśmiercił samego Arpadyndosa.

Próbował się przesunąć, ale wtedy poczuł, że z nogą, która nie była zabandażowana, coś jest nie tak. Leżała pod bardzo niewłaściwym kątem. Chyba że uznać, iż ludzie chodzą tyłem do przodu. W dodatku zrobiła się dziwnie nieposłuszna. A gdy Garzful mocnym szarpnięciem postanowił przywołać ją do porządku, odpowiedziała tak przeraźliwym bólem, że karzeł zawył. W imieniu swoim, króliczka i wszystkich cierpiących istot.

– Dosyć! – zakrzyknęła cesarzowa, powstrzymując ostrze dyndające Garzfulowi przed nosem. – Arpadyndos, ani mi się waż go tknąć. Dosyć morderstw jak na jeden dzień! A ty... Przestań krzyczeć, kiedy ja krzyczę!!! Trzy miesiące wieży!

Czujni gwardziści podbiegli i ujęli kwiczącego, wyjącego, szlochającego, płaczącego, ociekającego krwią własną i cudzą karła pod ramiona. Powlekli korytarzem, by natychmiast wykonać rozkaz władczyni.

W zamieszaniu nikt nie spostrzegł, że króliczek staje się coraz mniejszy, jakby coś wysysało go od środka...

– Naprawdę musiałeś go tak dręczyć? – mruknął wieczorem niezadowolony Rosselin, gdy do jego uszu dotarło, jakich to czynów dopuścił się Garzful. Mag bez trudu odgadł, kto za tym stoi.

Jaszczur spoglądał na niego nieruchomym wzrokiem.

– A co ty wiesz o dręczeniu?

Z ubolewaniem pokręcił głową nad nierozgarniętym pogodnikiem i dodał z rozmarzeniem:

– Powiem ci coś jeszcze, Rosselinie. Zemsta smakująca królikiem jest pyszna.

III

Wreszcie rankiem następnego dnia – po nocy słodko spędzonej z Annabell, która szeptała pogodnikowi do ucha czułe słówka i ani jedno z nich nie brzmiało *ślub* – Rosselin postanowił odwiedzić szalonego maga i mieć to już za sobą. Dziewczyny martwić swymi podejrzeniami nie zamierzał. Smokowi ani myślał ułatwiać odnalezienie Irapia. Ktoś jednak powinien wiedzieć, dokąd pogodnik się udaje – choćby po to, aby zemścić się krwawo, po czym wykopać jego kości z ogródka. Zanim więc podążył pod wskazany adres, zajrzał do aptekarza Farfinkelszta.

– A, znam go! – stwierdził starzec ku zdumieniu Rosselina. – Dziwak z niego, trzyma się z dala od publicznych hałasów, życiem cechu także nie jest zainteresowany. Ale nie słyszałem, żeby brał udział w czymś paskudnym.

Wędrując uliczkami portowej dzielnicy w poszukiwaniu pracowni medyka, pogodnik myślał gorączkowo, o co Lipionowi może chodzić, skoro nie kryje się za tym zbiegły Irapio. Słowa Farfinkelszta mocno go jednak uspokoiły. Śmiało zapukał do drzwi, na których wisiała tabliczka LIPION – AMPUTACJE, REKONSTRUKCJE.

Otworzyła mu starsza kobieta odziana w czerń. Przez jedno mgnienie oka Rosselin zastanawiał się, czy to czasem nie sam medyk. Kto wie, mógł na przykład odsunąć się od świata z powodu swej niezdrowej skłonności do damskich strojów. Po chwili nasz bohater uznał jednak, że nawet największy zboczeniec Imperium nie założyłby tak niemodnych łachów.

– Szukam Lipiona – wyjaśnił, ciekawie się przyglądając.

Kobieta również obrzuciła go uważnym spojrzeniem. Pogodnik przyodziany był w strój cechowy, a swój błękitny płaszcz demonstracyjnie narzucił na ramiona.

Chwilę potem bez słowa cofnęła się do środka, a kiedy Rosselin po krótkim wahaniu przekroczył próg, powiodła go w głąb domu.

Lipion okazał się mężczyzną znacznie młodszym, niż to sobie mag wyobrażał. Miał zapewne nie więcej niż trzydzieści lat, choć gładko wygolona głowa i surowe rysy twarzy postarzały go na pierwszy rzut oka.

– No, wreszcie! – ucieszył się. – Potrzebuję twojej pomocy.

Rosselin zmarszczył czoło. Nie bardzo pojmował, cóż właściwie chce od niego ten medyk. Odkąd świat światem, a jasność na niebie, magowie szydzili z medyków, że taki bez noża to jak bez fujarki, nawyk ucinania ma nawet po pijanemu. A medycy odgryzali się, że coś wiara magów we własną moc słabnie przy byle katarze, o złamaniu ręki nie wspominając. Przypadki, kiedy mag zamienił medykowi skalpel w węża albo medyk tak nastawił złamaną prawą rękę, żeby odtąd mag miał tylko dwie lewe, zdarzały się wcale nie tak rzadko, szczególnie na prowincji. Pokojowo nastawiony Bernard o'Cencor był chlubnym przykładem kompromisowej postawy, ale też absolutnym wyjątkiem na tle krwawej reguły dziejów.

A co w dodatku portowy konował może chcieć od maga pogodowego ostatniej, trzeciej kategorii?

Pałac! – domyślił się ten. – *Chodzi mu o moje kontakty na dworze!*

– Jeżeli chodzi o znajomości, to ja nie bardzo... – zaczął. Delikatnie, bo chciał wrócić w jednym kawałku, raczej też bez skalpela wbitego w jakimś dziwnym, niewygodnym miejscu.

Lipion tylko wzruszył ramionami.

– Tak naprawdę potrzebuję pomocy nie twojej, tylko twojego smoka. Napijesz się czegoś? – Sięgnął po stojącą na stole karafkę z winem. – Araweńskie – rzekł z dumą. Uzasadnioną, gdyż był to zacny, drogi trunek.

Rosselin sięgnął po kieliszek i przypatrując się pod światło purpurowemu, wpadającemu w granat winu, odparł z kamienną twarzą:

– Jaki on tam smok... Osterwaldzka jaszczurka, tyle że gadająca.

Medyk upił łyk i odstawił swój puchar na stół.

– I zmiennokształtna... – mruknął. – Właśnie o to mi chodzi.

Serce maga zamarło. Bum... cisza... bum... – biło tak powoli, że był bliski zemdlenia.

– Skąd to wiesz? – wydusił wreszcie z siebie, zniżając głos niemal do szeptu. – Nikt na dworze nie ma o tym pojęcia...

– A wiem – z uśmiechem odparł Lipion. – Czy już ci mówiłem, że moje znajomości są wystarczające? No, wracając do sprawy, mam tu pacjenta, który wymaga operacji.

– Mogę ci polecić Bernarda – pospiesznie rzucił pogodnik. – To dobry medyk, cesarski. Na pewno o nim słyszałeś.

Przez twarz gospodarza przemknął grymas rozbawienia, jakby Rosselin powiedział coś bardzo śmiesznego.

– Ciało to ja mu sam wyleczę – stwierdził lekko zarozumiale. – Nie darmo zapracowałem sobie na opinię najlepszego konowała działającego w medycznym podziemiu Fertu. Ze dwudziestu przestępców ma dzięki mnie nowe oblicza.

Roześmiał się, powiódł spojrzeniem po izbie dosyć przypominającej gabinet o'Cencora. Słoje, narzędzia, wypreparowane szkielety lub ich części – właściwie jedyną różnicę stanowiły wiszące na ścianach kolorowe rysunki anatomiczne, których pogodnik dostrzegł tu kilka. Jego uwagę przyciągnął szczególnie ten, który ukazywał odsłonięte mięśnie twarzy. Rosselin od razu, od samego patrzenia, nabawił się nerwowego tiku i teraz próbował ustalić, który to mięsień tak żywo zareagował na wizytę u Lipiona.

– Chodź, pokażę ci go, wtedy rozmowa łatwiej nam pójdzie – stwierdził naraz medyk. Wstał, odrywając maga od oględzin papierowej twarzy.

Zaprowadził Rosselina do piwnicy. Ten, stąpając po schodach, stale czuł przykry dreszcz na plecach, jakby z jakiejś wnęki miał nagle wyskoczyć groźny Irapio i wziąć pogodnika w magiczne kleszcze albo stalowe kajdany. Powtarzał sobie jednak, że stary Farfinkelszt bzdur nie opowiada, a dożycie sędziwego wieku jest tego najlepszym świadectwem. Jednak przy mijaniu każdego ciemniejszego kąta do ucha Rosselina i tak wskakiwał jakiś złośliwy duszek, szepcząc: *A co, jeżeli tym razem się pomylił?*

Wreszcie dotarli do pomieszczenia na końcu korytarza. Drzwi nie były zamknięte. Lipion zastukał dwa razy i pchnął je mocno.

Wewnątrz przesunął się jakiś cień.

– Jassonie, przyprowadziłem maga – rzekł szybko medyk. – On nam pomoże. Śmiało, Rosselinie, wchodź.

I nasz ulubiony pogodnik trzeciej kategorii zobaczył, po co ściągnął go tu Lipion.

Stworzenie – bowiem patrząc na tego nieszczęśnika, mag miał poważne obawy, czy posiadali wspólnego przodka – no więc stworzenie miało normalne dwie nogi, jeszcze bardziej zwyczajny tułów, z którego wyrastały dwie całkowicie nudne ręce.

Głowa też była całkiem zwyczajna, a w oczach malował się zupełnie ludzki strach. Gdy jednak Rosselin spuścił oczy nieco niżej...

– Masz dwie szyje – wyrwało mu się niegrzecznie, wbrew rozumowi, ze zdziwienia.

Jasson spojrzał na niego ponuro.

– A dwie – odparł dziwnie cienkim, świszczącym głosem. – Druga jest zapasowa, trzymam w niej wino na porannego kaca...

Zaskoczony taką ripostą mag poczuł się nadzwyczaj głupio, jak cham i prostak, co to rozdziawia gębę na widok przejeżdżającej przez wieś karety. Podszedł i poklepał chłopaka po ramieniu.

– Wybacz mi – poprosił – ale się nie spodziewałem...

Ten wzruszył ramionami. Nie wydawał się specjalnie zaskoczony zachowaniem maga.

– A wyobraź sobie, jak zdziwiła się moja matka – burknął, siadając z powrotem na krześle.

W pierwszej chwili pogodnik uznał, że Jasson jest jakimś niedobitkiem zarazy wybuchłej po zrzuceniu przez smoka skóry. Ale to była całkiem inna, znacznie straszniejsza historia.

Chłopak taki się urodził, a jego ojciec – bogaty kupiec z Parszem, miasta słynącego z manufaktur włókienniczych – nie szczędził grosza, aby uleczyć swe dziecko. Jednak żaden tamtejszy mag nie umiał stworzyć odpowiedniego czaru, a lekarze nie chcieli się podjąć

operacji. Złoto zaś brali i tylko dzięki temu tajemnica Jassona nie wyszła poza próg jego domu. Szybko jednak upominali się o kolejną zapłatę, bo poprzednią wydali na wino, dziewki oraz inne pomoce naukowe.

Szczęściem do kupca dotarły wieści o ferteńskim medyku słynącym z nadzwyczajnego kunsztu oraz zdolności do zachowania tajemnicy. Zaś usłyszawszy o takim przypadku, Lipion zapragnął dowieść, że swój talent poświęca nie tylko na zmienianie twarzy przestępcom i doszywanie brakujących, uciętych gwardyjskimi mieczami kończyn. Ale ojciec chłopaka błagał o dyskrecję, bo jeżeli cesarzowa dowie się o istnieniu takiego dziwoląga, niewątpliwie zechce go wcielić do swojej pałacowej menażerii.

– A tego bym nie zniósł – wyznał szczerze Jasson, ciemniejąc na twarzy z nagłej emocji. – Prędzej się zabiję, niż zostanę dworską zabawką.

Rosselin ruchem głowy dał do zrozumienia, że wie, o co chodzi. Jasson Dwie Szyje w tajemnicy przypłynął do Fertu ze złotem na operację, odpłynąć chciał bez złota i zapasowej szyi. To proste. Dziecko by umiało policzyć do dwóch.

Kiedy pięli się po schodach, wracając do pokoi, Lipion zaczął:

– Chłopak jest chory także w sensie duchowym. I właśnie dlatego twój smok jest mi niezbędny do pomocy. Ile sobie życzysz za wynajęcie? Godzina wystarczy... nie wiem zresztą, czy wytrzymam z nim dłużej, jeśli jest taki paskudny, jak opowiadają.

Pogodnik zatrzymał się na półpiętrze.

– A właściwie po co on ci jest potrzebny?

Medyk przystanął oparty o poręcz. Przez jego twarz przemknął nikły uśmiech.

– Tak między nami, tylko dwa potwory się dogadają, więc liczę, że Filippon będzie potrafił przekonać Jassona, że jak na dziwoląga jest całkiem normalny. No i jakoś mu wytłumaczy, jak żyć, kiedy chłopak będzie już taki sam jak inni ludzie. Z pozoru taki sam, bo przecież w duszy zawsze pozostanie dwuszyjny, nie?

Lipion skubnął wargę, jakby possanie własnej krwi mogło przywrócić mu siły umysłu.

– A poza tym twój smok umie się zmieniać. Kiedy stanie się kopią Jassona, będę mógł obejrzeć sobie pole operacji w dogodnych warunkach. Bo na razie to nie wiem nawet, co w tej drugiej szyi jest. Zastanawiam się, czy nie kryje się tam jakiś ważny organ.

Mag stał przy nim i też się namyślał, choć raczej dla towarzystwa. Bo już od wielu chwil dobrze wiedział, co powiedzieć. Aż wreszcie zawołał:

– Zaraz! A co z zapłatą?!

– Wiem, jak doprowadzić do tego, żebyś dostał tę upragnioną drugą kategorię. – Medyk zaśmiał się lekko. – Pieniądze mam od grubych ryb podziemia, to prawda. Ale jesteś w błędzie, jeżeli myślisz, że nie zaglądają tu arystokraci czy magowie. Od nich kupuję wpływy... i wiedzę.

Rosselin przełknął ślinę. Gotów był nawet latać, jeżeli miało go to przybliżyć do upragnionego celu, a tym bardziej zwyczajnie wypożyczyć smoka – i to na krótko. Czyż do was nikt nigdy nie zapukał i nie powiedział: *Niech mi kochana sąsiadka pożyczy szklankę cukru*? Albo czy gdy przechodziliście podcieniami rynku w swoim mieście, nie wynurzył się przed wami dygocący z emocji człek i nie wychrypiał: *Pożycz dwa dukaty! Do flaszki mi nie styka*? Arystokraci pożyczają sobie karety, uczeni księgi, damy suknie, młodzieńcy pornograficzne obrazki, słowem: wszyscy sobie coś pożyczają, więc dlaczego nasz mag miałby się okazać nieużytym sknerą?

– Nie mam więcej pytań – odparł, entuzjastycznie ściskając dłoń swemu rozmówcy. Ale przy pożegnaniu przypomniał sobie o jeszcze jednej rzeczy, o którą koniecznie chciał zapytać.

– A twój ptak? Prawie mi zabił moje zwierzęta? Skąd go wziąłeś?

Medyk odsłonił zęby w okrutnym uśmiechu. W tej jednej chwili pogodnik pojął, dzięki czemu Lipion dobrze współpracował z ferteńskim podziemiem przestępczym. Miał odpowiednio twardy charakter.

– To tresowana kukułka bojowa z półwyspu Katapultan. Prawda, że dobry z niej listonosz? Nie daje się łatwo zabić. Co mi po jakimś posłańcu, którego byle sokół może upolować. A kogo zabiła tym razem? – spytał z zainteresowaniem.

Rosselinowi zrzedła mina.

– Tylko uszkodziła. Kota. Smoka na szczęście akurat nie było w pobliżu.

– No tak, kotów to mój ptaszek wyjątkowo nie lubi. – Lipion uśmiechnął się lekko. – Między nami, potrafi zboczyć z drogi, żeby zadziobać jakiegoś futrzaka...

Zamyślił się.

– A co do smoka, sam nie wiem, jak by to było.

IV

Smok w ogóle nie chciał słuchać Rosselina. Drugie kategorie czegokolwiek nie były go w stanie poruszyć. Prezentował postawę nieugiętą, a charakter podły.

– Nigdy! – warczał, rozglądając się dziko po izbie. – Co to ja jestem, dziewka na godziny?

W drodze do pałacu pogodnik zdołał sobie przemyśleć wszelkie komplikacje. W końcu, jak powiadał Sarturus: *Kiedy trzymasz w zagrodzie bydlęta, lepiej naucz się ich języka.* Co prawda w ten nieco pogardliwy sposób filozof omawiał mistyczne zagadnienie bożej obórki Aarafiela, w szczególności zaś niesławnej pamięci Krakerna, który zdołał stamtąd uciec. Ale smok na swój sposób był równie uciążliwy jak ów morski potwór. Albo i bardziej. Krakern na ląd nie wychodził, a Filippon wciąż zostawiał swoje łuski na łóżku maga.

Rosselin westchnął, popatrzył na Latarnię, która w cierpliwym oczekiwaniu ulokowała się na parapecie. Pewnie kocisko miało nadzieję, że za drugim razem to jej będzie na wierzchu. Wreszcie rzucił od niechcenia:

– No skoro nie chcesz, to trudno. Powiem Lipionowi, że odmawiasz. I niech sobie radzi sam. Ale wiesz, on może mieć jakieś informacje o Irapiu...

Jaszczur zatrzymał się w swojej pełnej złości wędrówce po pokoju.

– To znaczy ma czy nie ma? – syknął.

Pogodnik wzruszył ramionami. Ostentacyjnie przewrócił pergamin na drugą, niezapisaną stronę i z satysfakcją napisał: *str. 4.* No, no, jak dalej będzie mu tak dobrze szło, pod koniec roku może skończy pierwszą część!

– Skoro umie wymieniać twarze przestępcom, to Irapio może do niego trafić – przemówił do Filippona z nieodpartą logiką. – A wtedy się o tym dowiesz.

Smok zasyczał gniewnie.

– Czyli robisz mnie w durnia, bo ten medyk nic nie wie.

Mag uznał, że czas przejść do ostatecznego natarcia.

– To interesują cię te smoczyce czy nie?

Jaszczur przyjrzał się pazurom jednej z przednich łap. Były ostre jak szpony harpii. W sam raz do przytrzymywania samicy.

– Dobra. Będzie po twojemu. Ale najpierw przespaceruję się do więziennej wieży. Trochę się zdenerwowałem, a kiedy jestem wściekły, karle basy mnie uspokajają.

– A idź, Garzful pewnie spragniony rozrywki – powiedział Rosselin, zdejmując koszulę. Uznał, że popołudniowa sjesta dobrze mu zrobi. – Tylko bawcie się grzecznie i nie hałasujcie za bardzo.

Wizyta u karła pod celą wywarła zbawienny wpływ na samopoczucie smoka. Jego wróg nie tylko leżał w więziennym ubraniu na zgniłym posłaniu, ale w dodatku na widok jaszczura postanowił umrzeć. A przynajmniej zdrowo się samookaleczyć. Skakał na ściany, a usiłował nawet biegać po suficie.

– Nie ma już chyba ani jednej sprawnej ręki czy nogi – mruknął zadowolony Filippon, przeciskając się z powrotem przez judasza. Jego dobry humor udzielił się też magowi, który z zainteresowaniem wysłuchał relacji przyjaciela. Nie pytał, w jakim stopniu smok w tym samookaleczeniu dopomógł. Zamiast tego wytłumaczył mu, gdzie mieszka Lipion.

A sam znów usiadł do notatek. Czas płynął, a dzieło wciąż było ledwie zaczęte. W głowie Rosselina pojawiła się paraliżująca myśl, że dworskie życie źle wpływa na uprawianie nauki. Tak go to przeraziło, że zabrał się do pracy ze zdwojoną siłą. Pogodnik nie chciał przejść do historii jako *mag Zejfy d'Argilach* albo *ten, co się plątał za Filipponem z Osterwaldu*. Zdecydowanie wolał wersję *Rosselin z Fertu, najtęższa głowa Imperium.*

Boląca jak cholera – pomyślał chwilę potem, po raz piętnasty kreśląc złośliwe zdanie, które za nic nie chciało brzmieć mądrze i odkrywczo. *Mętna od myśli głupich i z problemami magii niezwiązanych.*

Kiedy więc smok powrócił z wyprawy do medyka, pogodnik nawet się nie obejrzał, nadal w skupieniu gryząc kacze pióro. Było niesmaczne, wykrzywiało mu twarz w przerażające grymasy. Gdyby tylko wiedział, że Annabell zaprawiła końcówkę pisadła specjalnie zakupionym sokiem z gorzkiej jagody – wedle pałacowego domokrążcy wzmagającego krążenie soków mózgowych! Myślami błądził jednak po solniskach oraz czarach, które nigdy się nie udają.

Jaszczur także nie zdradzał chęci do dyskusji. Zrobił półtora kółka w swoim ulubionym kącie, ułożył się na włochatym dywaniku, którego pochodzenia Rosselin nawet nie chciał znać, i zasnął.

Mag dotarł właśnie do punktu, w którym należało zająć jakieś stanowisko wobec problemu roztworu solnego w szklance.

Gdy płyn zajmował mniej niż połowę wysokości naczynia w jego obecności magia działała jak gdyby nigdy nic. Kiedy roztworu było więcej niż połowa, żaden czar nie chciał zadziałać.

Ale gdy było go dokładnie pół objętości naczynia, magia raz działała, a raz nie! Naukowiec zaś nie potrafił wychwycić jakiejkolwiek, choćby najmniejszej regularności!!!

Najgorsze, że ilość soli wsypanej do wody nie miała dla wyniku eksperymentu żadnego, najmniejszego znaczenia!

Podobnie jak miejsce, w którym: a/ wsypywało się ją do wody, b/ przeprowadzało doświadczenie.

Roboczo pogodnik sformułował hipotezę, iż naczynie dokładnie w połowie pełne/puste wywiera na sól działanie, pod wpływem którego ta zwykła substancja zamienia się w nieznane nauce, podlegające niezwykle szybkiemu rozpadowi i ponownej konsolidacji *rosselinium*. I kiedy eksperyment przeprowadza się przed jego rozpadem, magia nie działa, bo *rosselinium* magię powstrzymuje. Gdy jest akurat w fazie rozpadu, eksperyment się udaje, to znaczy czar działa.

Opisanie tego zjawiska zajęło uczonemu ładne kilka godzin, a i tak nie był z siebie zadowolony. Opis, jego zdaniem, wyszedł zanadto sucho. Należało jeszcze nad nim popracować.

Wreszcie jednak odetchnął, wbił pióro w kałamarz, kiwnął się na krześle i spojrzał na smoka. Ten zerkał na niego jednym okiem.

– No i jak tam u Lipiona? – spytał niedbale Rosselin. – Warto było iść?

Odpowiedziało mu westchnienie z głębi pyska.

– Pojęcia nie mam. Pogadałem z chłopakiem i tyle – mruknął jaszczur. – Lipion twierdzi, że jak potwór z potworem. Ale ja tam myślę, że jak na smoka jestem zadziwiająco normalny. A Jasson jak na człowieka nie.

Zapatrzył się w ścianę.

– Jeśli chcesz znać moje zdanie, wszystko i tak w rękach Lipiona. Jak mu lancet drgnie, to wszelkie filozoficzne brednie i słowne sztuczki będzie można o kant krzesła rozbić.

V

Tymczasem życie nie zawsze biegło koleiną zwyczajnych zdarzeń. Czasem w pałacowej rutynie pojawiały się Naprawdę Wielkie Sprawy. Czy zresztą mogło być inaczej w obecności Filippona z Osterwaldu?

Tego poranka smok jak zwykle szukał na skwerze smacznych pędraków, zaś Rosselin pilnował, żeby skończyło się na śniadaniu, a nie na dzikiej awanturze z jakimś arystokratą, który podczas porannej gimnastyki w miejscu klombu ukochanych róż znajdzie znacznie mniej ubóstwianą osterwaldzką jaszczurkę.

I tam, w pobliżu najniższej z pałacowych wież, odszukał ich Sykander.

Początkowo można było odnieść wrażenie, iż szuka kogoś innego. Ale na widok smoka bezceremonialnie rozgrzebującego ziemię pod krzewem rapanui pospolitej zatrzymał się i ruszył w ich stronę, zupełnie jakby dostrzegł jednego z inżynierów budujących uwłaczający godności porządnego maga tunel alherydzki.

Nasz pogodnik spokojnie czekał na rozwój wydarzeń. Smok oczywiście nie czekał na nic, bo właśnie wywąchał jakiegoś atrakcyjnego robala. Jednym szarpnięciem wyrwał rapanuję, odrzucił na bok i zaczął gwałtownie kopać dół, rozrzucając dokoła fontannę ziemi.

Mina sekretarza Rady mówiła wszystko: zarówno o ciężkim brzemieniu, jak i o braku chęci na poczęstowanie się robakiem, kiedy Filippon z Osterwaldu (któremu z ziemi wystawał już tylko ogon) wreszcie go odnajdzie.

Rosselin szarpnął swoje zwierzę za ową wystającą część ciała, zmuszając smoka do wynurzenia się spod ziemi. Umazany nią jaszczur wylazł z dołu akurat w chwili, gdy Sykander był dwa kroki od nich.

Potężny mag od razu przystąpił do rzeczy:

– Rada postanowiła wysłać was obu w Góry Sarkara. Zaniesiecie Orodisowi pewien ważny dokument – oznajmił. A potem westchnął i patrząc na nich, pokręcił z dezaprobatą głową.

– To już gońców zabrakło? – burknął Filippon. Widać było, że pragnie tylko wskoczyć z powrotem do dołu i wreszcie wygrzebać swojego robala.

Pogodnik uciszył go ostrym kuksańcem w bok. Wyjazdy zaczynały mu sprawiać coraz większą przyjemność. To dzięki wyprawie na Wolwin mógł ostatnio powiedzieć Annabell: *Widzisz, kochanie, jak mamy wyznaczyć datę ślubu, skoro ciągle jestem w rozjazdach?*

– Pojedziemy, rzecz jasna – rzekł szybko. – A o co dokładniej chodzi? Kim jest ten... – zawahał się – Oretys?

Wzdychając, jakby go naszedł niespodziewany atak sentymentalnych spazmów, sekretarz wyjaśnił, że Orodis, O-r-o-d-i-s, i lepiej nie pomylić imienia, to stary mag i kto wie czy nawet nie przesadnie wyczulony na dobre maniery. Osiadł w Górach Sarkara. W świetle tych wszystkich niepokojących wydarzeń, których Fert stał się areną, Rada uznała, że warto zasięgnąć jego opinii. Ale ruszyć się ze swojej chałupy starzec nie ruszy, pozostaje więc wysłać mu raport przez zaufanych ludzi.

– Porozmawiasz z nim jak mag z magiem – wyjaśnił Sykander. – I dostarczysz dokumenty.

– A ja pogadam jak smok ze smokiem – drwiąco dorzucił Filippon.

Jednak sekretarz nie dał się zbić z tropu i spokojnie dokończył:

– Byłeś świadkiem wielu tych zdarzeń. Może Orodis coś z nich zrozumie?

Zawahał się, po czym dodał jeszcze:

– Jeżeli dobrze się sprawisz, może będzie to jakimś argumentem za szybszym przyznaniem drugiej kategorii...

Popatrzył na leżącą nieopodal rapanuję, która więdła w porannym słońcu, i westchnął:

– Tylko, Rosselinie, proszę, grzecznie. To jest cichy, spokojny emeryt, rozumiesz? Żadnych awantur.

Na wszelki wypadek pogodnik powiadomił Lipiona, że wkrótce wyjeżdżają. Medyk nie wydawał się szczęśliwy, ale rad nierad przyspieszył termin operacji na wieczór następnego dnia.

Jeszcze bardziej nieszczęśliwe były obie Rosselinowe damy. Dwórka d'Argilach z trudem przełknęła wieść, że jej mag w cechowych sprawach udaje się w dosyć odległe góry. Zdawała sobie jednak sprawę, że zadzierać z Akademią nie warto, więc złość wyładowała na biednej Lence.

Annabell rozpłakała się pogodnikowi w ramionach. Tuląc ją, jak na narzeczonego przystało, czuł rozdarcie pomiędzy chęcią pozostania ze swoją ukochaną a grozą ślubu, o ile jakoś się nie wykręci.

Uzgadnianie kompromisu zajęło magowi całą noc. Rankiem z oczyma podkrążonymi ze zmęczenia budził współczucie wszystkich. Nawet Zejfa wydawała się zaniepokojona jego stanem.

Pod wieczór smok poszedł nie tyle asystować Lipionowi, co wspierać duchowo nieszczęśnika szykowanego do operacji odjęcia szyi.

Tymczasem Rosselin zabrał swoją lunetę i poszedł oglądać wdzięki pewnej miłej dziewczyny. *Ciekawe, co porabia nocą?* – pomyślał. Za sprawą pozyskanego sprzętu otworzyły się przed nim całkiem nowe widoki.

I wtedy odkrył, że t'Hara nie tylko na dobre porzucił zakon pacyfalistów, ale przystał do lubieżnicystów.

Obaj członkowie nowego zgromadzenia spotkali się przy tym samym oknie z lunetami w ręku... no i odgadli od razu, że nie jest to przypadek. Krass trzepnął pogodnika w ramię, wybuchnął śmiechem i wskazał coś dłonią:

– Proszę, pierwszy widok dla ciebie.

Potem zaś oprowadził maga po innych miejscach, wprowadzając go w zakazany, nocny świat piękna ferteńskich okien, balkonów i tarasów.

Gdy bladym świtem pogodnik wrócił wreszcie do swego łóżka, Annabell spała. Zaś smok wpatrywał się zamyślonym wzrokiem w ścianę.

– Amputacja udana, pacjent dycha – poinformował Rosselina. – Ale czy będzie szczęśliwy, to wątpię.

Podejrzenie padłoby na karła, gdyby nie fakt, iż Garzful konia prędzej by zjadł razem z kopytami, niż wprowadził do pałacu. Bałby się zdeptania, co otwarcie wyznawał. A na dodatek odsiadywał trzymiesięczny wyrok za zamordowanie pewnego królika. (*Trzy miechy do krechy – o wolności słodkiej marzy, a w ponurym, zimnym lochu słychać tylko kroki straży* – jak skomentował ten fakt niejaki Mawron, autor ballady popularnej w ferteńskim półświatku).

Za to straszne zdarzenie mogła odpowiadać konkurencja, ale wszelkie końskie sprawy Yrlan trzymał we własnym ręku, ponieważ po konkurencji pozostało tylko wspomnienie – wydusił ją ze szczętem.

A jednak teraz... nagi, jakim stworzył go Aarafiel, trzymał się grzywy karego wierzchowca. To znaczy trzymał się jedną ręką, bo drugą miał mocno oplecioną wokół marmurowej kolumny wielkiej sali, w której razem z owym nieszczęsnym koniem się znajdował.

Rosselin trafił tu czystym przypadkiem. Ściągnęły go krzyki, hałasy i dzikie rżenie.

Ja tego smoka zabiję! – warczał w myślach, biegnąc do sali. Podejrzewał bowiem, że to jego bestia znów coś zmalowała.

– Ale jak zejdę, to on mnie zje! – powtarzał najwyraźniej wciąż pogrążony w szoku Yrlan. – Bo on tu wróci! On zawsze wraca!

Kilku ważniejszych koniarzy już było na miejscu, próbując uwolnić go z opresji. Na widok nadbiegającego pogodnika jeden z nich burknął z niechęcią:

– Tym razem przeholowałeś, magu!

Na twarz Rosselina wypłynął uśmiech. A drugi, jeszcze szerszy, został starannie ukryty w duszy.

– Owszem, przyszedłem kiedyś do niego po radę, a on mnie wyrzucił. I jeszcze postraszył kuszą. Ale chyba nie sądzisz, że wprowadziłem tu tego konia? – Wskazał spojrzeniem wierzchowca, który niepewnie przestępował z nogi na nogę, najwyraźniej także znajdując się w stanie jakiegoś oszołomienia. Biedne zwierzę wodziło dokoła maślanym wzrokiem.

Wreszcie pogodnik nasycił oczy tym widokiem. Uznawszy, że nic tu po nim, skinął głową na pożegnanie rozmówcy i odszedł.

W swojej izbie najpierw spokojnie zajął się pracą nad własną naukową księgą.

A kiedy pojawił się smok, rzucił w jego stronę:

– Ładny odwet. Dzięki w imieniu wszystkich skrzywdzonych przez tego bydlaka. W tym koni, które miały nieszczęście przejść przez jego brudne łapy.

Jaszczur odsłonił zęby w szerokim uśmiechu.

– Zemsta lepsza, niż myślisz. Bo to nie był zwykły koń. To był koń zarażony. W tej chwili siedzenie Yrlana, jak się spodziewam, jeszcze jest całe. Ale za tydzień... kiedy robaczki zaczną się wylęgać...

Popatrzył na maga i dodał filozoficznie:

– Czasem trzeba wziąć sprawy we własne pazury, Rosselinie. Na tym to polega.

Zapatrzył się w okno i zaniósł mrocznym rechotem.

– Wiesz, co powiadali kusznicy męża naszej cesarzowej? Że źle wymierzona strzała zawsze wróci i wbije się w tyłek. No i Yrlan chyba miał pecha.

Pogodnik z impetem wpisał w księgę zdanie:

Nie należy jednak zapominać, że czasem można się obyć bez magii, jeżeli myśl bystra, a czyn śmiały.

Westchnął.

Trzeba tylko być smokiem.

VI

Latarnia należała do bardzo dzielnych kotów, co każdego dnia dawała odczuć Tinkusowi. Można nawet pokusić się o stwierdzenie, że był z niej mały pałacowy tygrys.

Co znamienne jednak, bojowa postawa i wysiadywanie na parapecie okna w oczekiwaniu na ptasiego posłańca jakoś nie kłóciły się z paniczną rejteradą, kiedy tylko bojowa kukułka Lipiona rzeczywiście zastukała w okno.

Latarnia przecisnęła się przez szparę w zamkniętych drzwiach izby Rosselina, udowadniając, że kot ma nie tylko dziewięć żyć, ale także elastyczność i giętkość obu kręgosłupów – anatomicznego i moralnego.

Pogodnik w zadumie popatrzył na smoka, który leniwie przyglądał się ucieczce kotki, a także na Tinkusa, który wpełznął pod szafę.

– Trzeba otworzyć, nie? – mruknął sam do siebie. Pora była wieczorna i należało pomyśleć raczej o kolacji niż o snuciu spisków, ale ptak ponaglał go energicznym dziobaniem w szybę.

Mag intuicyjnie przeczuwał, że wcale nie chce poznać treści tej wiadomości.

Nie był to kosz z kwiatami ani mieszek pełen imperiałów. Skrzydlaty gość nie miał też przywiązanej do łapki butelki wykwintnego wina, tylko biały karteluszek.

Na Dracenę, gdyby to nie była bojowa kukułka, przed którą zwiała Latarnia, Rosselin nigdy by jej nie wpuścił do środka. Jednak sama myśl, co wtedy może zrobić ten niebezpieczny ptak, popychała pogodnika w stronę okna.

Mamy poważny problem – odczytał, podczas kiedy Filippon z kukułką siłowali się na spojrzenia. – *Proszę, przybądź ze swoim smokiem jak najszybciej. Czekam (kolacja też).*

– No i widzisz, przyjacielu – ponuro westchnął mag. – Tak to jest z eksperymentami... zawsze coś się spieprzy.

– Kategorycznie żąda przyszycia drugiej szyi – wyjaśnił Lipion, kiedy dotarli do niego. – Obudził się, obmacał, powzdychał, a potem zaczął szlochać. Z początku myślałem, że to normalny szok po operacji...

– Ale teraz już tak nie myślisz, rozumiem – podjął Rosselin. – Tylko jak my możemy ci pomóc, Lipionie?

Spojrzenie medyka pobiegło ponad półmiskami z jedzeniem w stronę smoka. Ten nadal pożywiał się pieczonym pterodontylem z farszem, choć jego *A nie mówiłem?* błąkało się po pysku jak nieme oskarżenie obu mężczyzn.

– No przecież już go przekonywałem – westchnął wreszcie, z obrzydzeniem wypluwając zabłąkaną marchewkę na talerz. Reszta, łącznie z kośćmi ptaka, spoczęła w jego żołądku. – No dobra, porozmawiam z nim, porozmawiam... – Zsunął się z krzesła i leniwie ciągnąc za sobą ogon, ruszył na dół, gdzie w ciemnościach Jasson wciąż poszukiwał samego siebie.

Czekając na Filippona, zagrali w rupikolo. Jednak gra, w której pogodnik próbował oszukiwać, a pomimo to zawsze jakimś cudem przegrywał, szybko obu znudziła. Siedzieli więc w milczeniu, popijając wino.

Wreszcie jaszczur wyłonił się z ciemności.

– Ciężko tego durnia przekonać do czegokolwiek – burknął zniechęcony. – *Dajcie mi moją szyję, dajcie mi moją szyję*... Drze się całkiem jak papuga na widok smakołyku. – Popatrzył na medyka. – Ty nic nie rób. Muszę nad nim trochę popracować i wolałbym, żeby mi jakiś amator nie wchodził w szkodę. – Udał, że nie dostrzega kwaśnej miny Lipiona, i dodał: – Aha, i niech jego ojciec szykuje mały arras na ścianę mojej komnaty. Ze smokiem, taka mnie naszła fantazja.

Mag był przekonany, że szarża Filippona z Osterwaldu się nie uda. A jednak! Medyk ponuro przyjął zamówienie, kiwając głową. Jego ściągnięte w wąską kreskę usta wiele mówiły o nastroju, jaki go ogarnął.

Gdy Rosselin i jego przyjaciel wracali już wąskimi uliczkami dzielnicy portowej i znaleźli się w bezpiecznej odległości od domu Lipiona, jaszczur naraz spojrzał na maga i stwierdził z brutalną szczerością:

– Następnym razem sam sobie pomagaj, dobrze? Bez mojego udziału. Smoczyce czy nie, ja tam więcej z wariatami gadać nie zamierzam.

I nie wyjaśniając, kogo ma na myśli – dwuszyjnego Jassona czy jego medycznego oprawcę – podążył w stronę pałacu. W którym, jak powszechnie wiadomo, żadnych wariatów nie ma. Bo żaden prawdziwy wariat nie przeżyłby dłużej niż godzinę w tak wrogim środowisku.

A rankiem, gdy Rosselin otworzył oczy, postanowił zamknąć je z powrotem. Bardzo mocno.

Smok bowiem siedział przy stole i przyglądał się wielkiemu słojowi, w którym pływało coś bardzo mocno przypominającego węża.

– Okradłeś Bernarda? – jęknął pogodnik.

Na oblicze Filippona wypłynął chytry grymas.

– Skądże znowu! – zapewnił. – Z dobroci serca, starając się pomóc Jassonowi, poszedłem do Lipiona. No przecież chłopak miał problem – burknął jaszczur. – Chciał tę szyję przyczepić z powrotem, nie? A teraz jak może żądać przyszycia czegoś, czego nie ma, co? Będzie musiał przywyknąć – roześmiał się charkotliwie.

Odkręcił wieko słoja i powąchał. Dłuższą chwilę z rozkoszą wciągał w nozdrza zapach formaliny czy innego paskudztwa.

– A my mamy na śniadanie jego zapasową szyję w marynacie. – Sięgnął do naczynia i wyłowił stamtąd ociekający płynem konserwującym kąsek. – Chcesz trochę?

Rozdział 7

Do Rady Magów
Relacja z powierzonej misji

Wyruszyliśmy natychmiast po otrzymaniu zadania – co podczas rozpatrywania przez Wielce Szanowną Radę mojego wniosku o awans na drugą kategorię pogodnictwa niech mi będzie poczytane za rzetelne podejście do wypełniania obowiązków.

O przygodach w czasie podróży nie warto wspominać: nie było żadnych. Na wieczornych postojach pilnie studiowałem zabrane z uczelnianej biblioteki księgi, wzbogacając swoją wiedzę i przygotowując się do egzaminu.

Trochę błądziliśmy po górskich bezdrożach, nim odnaleźliśmy wreszcie ów charakterystyczny szczyt. Co prawda we wskazówkach znajduje się błąd, bowiem Orodis wcale nie zamieszkuje zbocza góry. Swój dom postawił na dnie wygasłego wulkanu.

Mag jak na emeryta trzyma się całkiem dobrze. Listy przeczytał z uwagą, podczas kiedy my odpoczywaliśmy po forsownej podróży.

Później, z wieczora, Orodis poprosił nas o przybliżenie mu życia w Fercie, w którym, jak twierdzi, nie był od lat trzydziestu. A jednak wydawał się nieźle zorientowany w biegu wydarzeń, o czym świadczyły jego pytania. Z uwagi na powyższe powziąłem podejrzenia, iż może posiadać jakieś niezależne od Rady źródła informacji, co przedkładam do rozwagi oraz w dowód mej niezachwianej lojalności.

Niestety nie miał wiele do powiedzenia na temat tajemniczych wydarzeń, nie był również skłonny do skreślenia jakiegoś pisma w odpowiedzi. Jedyne, co rzekł, to: „Irapio nie jest szalony. Nie zniszczy Fertu, bo jakby wszyscy magowie porzucili swe zajęcia i zaczęli go szukać, po godzinie byłby martwy".

Po wypełnieniu misji postanowiliśmy nie przedłużać swego pobytu. Chcieliśmy dzień odpocząć, a o świcie następnego wyruszyć w drogę powrotną.

Zanim to nastąpiło, stałem się świadkiem niezwykłego zdarzenia.

Rześki górski klimat sprawił, że nie mogłem spać i obudziłem się o świcie. Wyszedłem więc przed dom, aby zażyć spaceru dla zdrowia. Mniej więcej przez pół godziny wędrowałem po wnętrzu wygasłego wulkanu, oglądając skały, przeskakując szczeliny, z których sączyła się para, a także goniąc małą jaszczurkę, chciałem bowiem sprawić miłą niespodziankę swojemu smokowi.

Nagle, akurat w chwili, gdy już, już miałem capnąć to pomarańczowe jak ogień zwierzę, za moimi plecami rozległy się ogłuszający huk i syk. Podskoczyłem, spoglądając w tamtą stronę...

Dom maga Orodisa wystrzelił w górę niesiony na potężnym szarobiałym słupie pary. Wulkan ożył!

Zdawałem sobie sprawę, że staruszek wciąż jest w środku, a strach spętał moje nogi – niezdolny do ucieczki z przerażeniem obserwowałem kruchą budowlę mknącą w górę.

Nagle dom zatrzymał się gwałtownie, z dźwiękiem przypominającym uderzenie w coś metalowego. A potem zaczął spadać, znów nabierając prędkości. Uderzył w ziemię niemal dokładnie w tym samym miejscu, skąd wystartował.

Biegiem ruszyłem w stronę chaty Orodisa, modląc się do przenajświętszej Draceny o cud. I on nastąpił, co jest dowodem, że bogini mi sprzyja, i proszę Radę, by zechciała wziąć pod uwagę ten fakt, pozytywnie opiniując moje starania o drugą kategorię magiczną. Bowiem kiedy dobiegałem do drzwi domu – który stał nieco przekrzywiony, z wielu desek wyjrzały łebki gwoździ, a zaprawa wciąż się sypała ze szczelin – w otwartych drzwiach stanął Orodis wyglądający na mocno zdezorientowanego.

Zapytał, czy to było trzęsienie ziemi. Siwy włos miał rozwiany, w oczach błyskało zdumienie, ale poza tym wydawał się cały i zdrowy.

Powodowany prawdomównością oraz szacunkiem dla autorytetu, od którego – podobnie jak od członków Szanownej Rady – mogę się wiele nauczyć, odpowiedziałem, że nie wiem.

Pożegnaliśmy się z Orodisem jeszcze tego samego dnia, wyruszając w drogę powrotną. I choć sporo czasu spędziłem na próbie domyślenia się, czego byłem świadkiem – natura tego zjawiska nadal pozostaje dla mnie niezgłębiona.

II

To ja piszę, Filippon. Smok.

Następnym razem to niech Rosselin sam sobie jedzie!

Podróż upłynęła nam bardzo miło. Siedem jeleni, dwanaście saren i półtora niedźwiedzia – drugą połówkę zeżarł krokodyl, którego co prawda zaraz ja sam zjadłem, ale mięsa już nie odzyskałem, bo i jak? Królików to nie zliczę, cesarzowa pewno by z nich wystawiła niezłą armię – komendy „odwrót" i „rozproszyć się" już teraz mają nieźle opanowane.

Najlepiej to było, kiedy dotarliśmy do tych Gór Sarkara, które wyglądały jak wielka micha wypełniona okrągłymi pierogami wystającymi poza jej krawędzie. Tylko nadzienie ktoś wyjadł, bo u góry każdy taki pierożek miał dziurkę. Z niektórych wydobywała się jeszcze smaczna para. Rosselin wyjaśnił mi, że to wulkany, które kiedyś ziały ogniem. Ale moim zdaniem nic martwego samo z siebie tej sztuki nie posiada, a mag chciał mi tylko zaimponować.

Do map to mamy chyba jakiegoś strasznego pecha – znów zabłądziliśmy. Pogodnik strasznie klął, bo albo się nam kamienie sypały na głowy, albo jakiś wulkan postanowił sobie pogadać, czym wcale nie byliśmy zainteresowani, albo ścieżki kończyły się zatarasowane skałą wielką na dwa piętra. Nie kryję, że po-

mstował na Radę, bardzo źle wyrażał się o Miłościwie Nam Panującej Cesarzowej, a najbardziej to nie lubił tego dziwaka Orodisa, który zamiast dom sobie kupić w jakiejś spokojnej części Fertu, oszalał i, cytuję, „niby wściekła krowa polazł w te piertentegotane góry".

Było ciężko, dopóki nie znaleźliśmy trupa jakiegoś wielmoży. Rosselin zaopiekował się jego dobytkiem, a ja, cóż, zatroszczyłem się o jego bezimienne zwłoki. Już nie trzeba wysyłać wyprawy, żeby je godnie pogrzebać.

No więc błądziliśmy, aż wreszcie zdesperowany mag podniósł kamień z ziemi, podrzucił i wydukał jak jakiś jąkała: „O dob-ra Dra-ce-no, spraw, by się szczęś-ci-ło! Gdzie mój ka-myk spa-dnie, niech znajdę swą mi-łą". Wziął porządny zamach i cisnął kamulec na oślep.

Być może to jakiś rodzaj magii pogodowej, w każdym razie okazał się skuteczny. Wulkan, który został wskazany, wyglądał dokładnie tak samo jak wszystkie pozostałe. Opowieści, że wystawał ponad inne, to jakaś horrendalna bujda, wskazówki podróżne pisał kretyn albo człowiek ślepy od urodzenia. Gdy jednak dotarliśmy do zboczy i wściekły Rosselin zaczął wykrzykiwać przekleństwa, odpowiedziało nie tylko echo. Bowiem po jakimś czasie znad krawędzi wyłoniła się jakaś postać machająca rękoma.

Tak odnaleźliśmy cel naszej wyprawy, czyli maga Orodisa.

Staruszek okazał się fajnym gościem, serio! Może i był posunięty w latach, może i trzęsły mu się ręce, a mowa bywała lekko bełkotliwa – ale za to jaki bim-

ber pędził! Na mój smoczy żywot, może nie był ten „destylat", jak go nazywał Orodis, specjalnie mocny, ale żadne wino araweńskie czy inkszackie się do niego nie umywa!

Rosselin też powinien być zadowolony. Bo stary mag zupełnie nie zwracał uwagi na kompromitujące zachowanie mojego przyjaciela. Gdy ten usiłował mu zaimponować, Orodis zbywał te nieudolne próby delikatnym uśmiechem, raz tylko przytomnie się upewnił: „Trzecia kategoria, co?".

Tego pierwszego dnia właściwie to tylko przekazaliśmy staremu magowi listy od Rady, a później Orodis zażądał opowieści o pałacowych skandalach. Ale Rosselin nie umie opowiadać, szedł w jakieś nieciekawe klimaty. Staruszek przysypiał i poderwała go dopiero moja opowieść o zmianie skóry, pechu Bernarda o'Cencora i hrabinie du Kofais, która dopięła swego i w końcu wylądowała w komnacie pogodnika, a nawet w łóżku tam ustawionym. Nasz gospodarz śmiał się tak energicznie, że mu sztuczna szczęka wpadła do tchawicy i musieliśmy go ratować przed uduszeniem.

Niemal świtało, kiedy wreszcie poszliśmy spać. W naszej izbie czerwony ze zmęczenia Rosselin od razu zaczął narzekać, że ja to jestem stara plotkara, a on w tak prymitywnych warunkach może, owszem, przetrwać dzień, ale na pewno nie tydzień, jak wcześniej zamierzał. Choć mnie się widzi, że mu było zwyczajnie wstyd przed Orodisem, a też tęsknił do swojej Annabell, choć nigdy w życiu by się do tego nie przyznał.

Rankiem odkryłem, że starzy magowie to jednak potrafią: wcale, ale to wcale nie bolała mnie głowa. Zero kaca, chociaż wypiłem chyba z wiadro tego magicznego destylatu!

Za to zrobiłem się głodny. A że Rosselin nadal zanudzał biednego Orodisa błaganiami, żeby ten wstawił się u Rady w sprawie jego awansu, oddaliłem się chyłkiem. No bo przykro mi było patrzeć, jak staruszek co chwila spoziera na mnie z wyrzutem: „Kogo ty mi tu przyprowadziłeś, Filipponie?". W końcu nie moja wina, że pogodnikowi od rana ciężka niestrawność legła na żołądku, a może i na umyśle.

Na gardło własnej matki, która zniosła me jajo, przysięgam, że chciałem tylko oszczędzić sobie wstydu oraz obejrzeć wulkan. A przy okazji znaleźć coś do jedzenia.

Chodziłem po tej płaskiej, wklęśniętej części pierożka, wypatrując na zboczach porośniętych żywą roślinnością jakiejś kozicy ze złamaną nogą albo chociaż marnego zająca, gdy nagle z jednej ze szczelin, jakimi popękane było dno wulkanu, doszła mnie woń robaków!

I były to robaki gotowane na parze!!!

A nie ma niczego smaczniejszego na świecie. Uwielbiam gotowane robaki, tylko to jest sekret, bo jakby się Rosselin dowiedział, że używam do ich przyrządzania jego garnków i naczyń, w których on później eksperymentuje, toby mnie formalnie zabił.

No i oczywiście wlazłem tam, a jakże! A wy byście nie weźli? Ledwie wsadziłem w rozpadlinę nos, razem z falą gorąca doleciał mnie taki zapach, matusiu moja, że zanim się zastanowiłem, miałem już ze sto stóp szczeliny za sobą.

Jednak moje smaczności ukrywały się bardzo głęboko, a para płynąca kanałem z wnętrza ziemi wypychała mnie do góry. Z dużym wysiłkiem brnąłem w stronę tych oszałamiających woni...

Wreszcie trafiłem na rozgałęzienie, gdzie pęknięcia zbiegały się z różnych stron. A potem na kolejne.

Robaki wciąż kryły się głęboko, a ja coraz bardziej byłem głodny i zły.

Para cisnęła mnie coraz mocniej.

I wreszcie jakaś nagła fala gazów niemal porwała mnie ze sobą i wyrzuciła w górę. Musiałem się cały zaprzeć, napiąć, wygiąć ciało w bąbel albo w balon, jakim frunąłem nad Wolwinem...

Robaki były tuż-tuż, czułem je wyraźnie. Nie mogłem, no nie mogłem cofnąć się w takiej chwili! Rozpłaszczyłem ciało wokół ścian niby obwarzanek, robiąc wstrętnej parze dziurkę, przez którą mogła sobie płynąć dalej. Trochę mnie łaskotała w wątrobę, ale co tam, robaki były warte tych nieprzyjemności.

Nagle nade mną rozległ się grom i coś gwałtownie wstrząsnęło skałami. Nie zwróciłem na to szczególnej uwagi, bo czułem, że jestem blisko...

Wtem szczelina rozszerzyła się, a ja wpadłem do komory. Na Dracenę, to nie był żaden marny ćwierćstopowy robak, tylko ugotowany ślepy wąż skalny wielki jak kij od szczotki! Legendarny stwór, o którym ferteńscy kucharze mówili z szacunkiem i zazdrością, bo ledwie raz na dwadzieścia lat miewali okazję podać gościom ten specjał.

Rzuciłem się na niego, z głodu omal tracąc zmysły... i tak, tak, tak, po trzykroć i wielekroć TAK. *Był pyszny!!!*

Kiedy ogryzłszy węża do ostatniej kosteczki, wydobyłem się ze szczeliny na światło dnia, intuicyjnie pojąłem, że coś jest nie w porządku. Dopiero po chwili zrozumiałem, iż to dom maga stoi trochę krzywo, jakby go delikatnie nadepnął ktoś bardzo duży i silniejszy nawet ode mnie.

Tymczasem w moją stronę biegł Rosselin, głośno i energicznie pokrzykując.

W stanie sytości oraz oszołomienia wysłuchałem jego zdyszanej relacji, że chatka Orodisa wystartowała w powietrze na słupie pary, po czym w coś uderzyła i spadła z powrotem!

Razem poszliśmy sprawdzić, czy mag przeżył. Na szczęście staruszek wydawał się tylko trochę wstrząśnięty, a poza kilkoma guzami nie poniósł większego uszczerbku na zdrowiu. W przeciwieństwie do ruchomego majątku, który wcześniej fruwał po całym domu, a teraz tworzył przemieszane pokłady garnków, ubrań oraz różnego innego dobytku. Wszystko to było przesiąknięte intensywnym zapachem destylatu.

Pomogliśmy Orodisowi zrobić porządki, przy okazji odnajdując własne rzeczy. Po czym pożegnaliśmy się z miłym gospodarzem i ruszyliśmy do Fertu.

Zdążyliśmy odjechać na parę mil od wulkanu, gdy Rosselin gwałtownie osadził swego wierzchowca w miejscu i zapytał słodkim głosem: „A powiedz mi no, Filipponie, gdzie ty właściwie byłeś w czasie tej katastrofy?”.

Uczciwie przyznaję, iż choć Radzie z miejsca powiedziałbym całą prawdę, jemu nie zamierzałem niczego wyjaśniać, gdyż bywa człowiekiem małostkowym, niewyrozumiałym, a poza tym – wedle mojej wiedzy – nie posiada uprawnień niezbędnych do przesłuchiwania smoków. Próbowałem się więc wykręcić, wiłem jak ten skalny wąż, co go właśnie trawiłem w żołądku, ale nic to nie dało. Wreszcie przyszło zeznać prawdę, więc przyznałem, że wlazłem po robaki, że po drodze ciśnienie pary mi przeszkadzało, więc ją przepuściłem...

Wtedy Rosselin najpierw skrył twarz w dłoniach. A kiedy je odjął, w milczeniu popatrzył na mnie, wreszcie rzekł cicho i dramatycznie: „I co ja teraz powiem Sykanderowi? Co ja mam napisać w swoim raporcie?".

Widać myśl smoka jest bystrzejsza od ludzkiej. Aha, czy mam dołączyć opłatę celem uzyskania dyplomu ukończenia Akademii?

„Jak to co? – odparłem. Było to przecież oczywiste. – Że Orodis uderzył w sufit".

Okropnej kłótni, jaka zaraz wybuchła, może nie będę streszczać, bo przedstawiciele Rady mogliby jej nie znieść. Szczegółów obdukcji też nie dołączę, bo żaden z nas nie jest zaprzysiężonym medykiem, zaś ugryzienia, ślady po mieczu i pazurach zabliźniły się, zanim dotarliśmy do Fertu.

W drodze powrotnej Rosselin mało nie zabił jakiegoś wieśniaka, ale potem przekupił go złotem, więc problemów nie będzie.

No i tyle.

III

Z listu sekretarza Rady Magów do pozostałych członków Rady:

...i biorąc na siebie ciężar odpowiedzialności za ucieczkę Irapia oraz nieodnalezienie do tej pory tego bezwzględnego przestępcy, a także wydarzenia w Górach Sarkara, oddaję się Radzie do dyspozycji.

Bez względu na to sugeruję uważną obserwację maga Rosselina zwącego się Rosselinem z Fertu oraz jego smoka.

Rozdział 8

Sprawiedliwości stało się zadość. I to w dodatku za sprawą żółwia...

Zejfa powitała pogodnika i jego smoka, powracających z misji w Górach Sarkara, wzrokiem jadowitym i pełnym gniewu. Można by to spojrzenie nazwać bazyliszkowym – tylko czy jakiś bazyliszek zgodziłby się wystartować w tej samej konkurencji co dwórka? Zresztą były to stworzenia mityczne, nauce nieznane. Co najwyżej teologowie poszukiwali ich w stajni Aarafiela, porządni naukowcy albo znawcy magii mieli ciekawsze rzeczy do roboty. Lepiej więc było przyjąć, że dwórka powitała ich spojrzeniem tyleż zabójczym, co charakterystycznym dla siebie.

– O, się wróciło? – rzuciła z gniewem, ledwie wkroczyli do apartamentu, strząsając z łap i butów proch znojnej drogi. – A już myślałam, że nie jesteśmy sobie potrzebni... – dorzuciła z gryzącą ironią.

Gdyby nie zmęczenie i ostatnie przeżycia, Rosselin zareagowałby inaczej. Smok zaś warczałby na cały

Fert za taką obrazę. Jednak po wstrząsie, jakim był start domku Orodisa w niebo, jeszcze nie doszedł do siebie. Metafizykę wciąż miał skrzywioną, a że był to najrozumniejszy ze spotkanych przez pogodnika smoków, w skrytości ducha zastanawiał się nad powodami i skutkami owego wulkanicznego kaprysu.

– Jeszcze nie całkiem się wróciło, jeszcze się wyspać trzeba w przydrożnej gospodzie – odparł mag. Klepnął jaszczura w grzbiet i obaj podążyli do izby. Trzasnęły zamykane drzwi, zgrzytnął zamek i zapadła cisza.

Ta demonstracja obojętności wstrząsnęła Zejfą. Dwórka miała ochotę trochę się podroczyć, doprowadzić kogoś do apopleksji albo wybuchu płaczu... Chłodne lekceważenie zabolało ją najbardziej.

Nic więc dziwnego, że nie dała spać znużonym drogą podróżnikom. Najchętniej postawiłaby Rosselina na baczność, ale jego ostatnie konszachty z Radą Magów sprawiły, że obawiała się przeszarżować jak nieszczęsna Rory o'Fiduarra, która tak zaciekle goniła pewnego młodzieńca, że wypadła przez okno. I do tej pory nie doszła do siebie.

Dziewczyna hałasowała jednak z takim zapałem, że nie mogli usnąć. W końcu poważna dama dworu ma do dyspozycji cały szereg instrumentów władzy, od głośnego musztrowania służących poczynając, po metody bardziej subtelne, jak tłuczenie pustych flakonów po perfumach. Jeden taki dźwięk można jeszcze przeżyć. Ale dwadzieścia kolejno po sobie następujących potrafi wyprowadzić z równowagi najspokojniejszą bestię.

– Zamorduję – sennie wymruczał wreszcie smok. – Wstanę, zjem i będziemy mogli spać dalej.

Pogodnik westchnął. Przekręcił się na drugi bok, nakrył głowę poduszką i rzekł głosem stłumionym przez tkaninę:

– Zjesz, jak się wyśpisz.

Odpowiedziało mu przekleństwo, które niewątpliwie dotyczyło czci panny d'Argilach.

Rosselin zgodził się ze smokiem, że dwórka jest *ffyrg wonn gotte.*

Cokolwiek miało to znaczyć.

Zejfa nie słyszała przekleństw smoka. Tego można było być pewnym. Inaczej obu delikwentów zalegających w swojej izbie wywaliłaby na zbity pysk. A tak w jej delikatnej dziewczęcej duszy złość i okrucieństwo sąsiadowały z odrobiną sentymentu oraz obawą, że cesarzowa może się jednak ująć za tymi dwoma draniami.

Miała chęć odreagować na Didlogu, ten jednak porzucił ją na rzecz swojej skały, która ostatnio ciążyła mu coraz bardziej. Krótko mówiąc, przed zarazą i szalonym magiem Brunhild uciekł na Wolwin, łącząc przyjemne z pożytecznym.

Niektórzy – jak chociażby Kurdelia, jedna z mniej ważnych arystokratek na dworze – z fałszywą troską w głosie pytali, czy Zejfa jest pewna, że Brunhild wróci. W Fercie zrobiło się ostatnimi czasy niezdrowo i niebezpiecznie, a przecież nie każdy lubi pałacowe klimaty.

W chwili, kiedy wściekła dwórka przypomniała sobie o wyprawie swojego oficjalnego narzeczonego, jej chęć wyżycia się na kimkolwiek natychmiast wzrosła.

Akurat do apartamentu wróciła Lenka, dźwigając pakunek ze świeżym pieczywem. Przez mgnienie oka Zejfa zastanawiała się, czy nie potraktować jej butem albo krzykiem tak strasznym, że służąca jak zwykle sflaczałaby pod jego wpływem niczym pusty worek. Jednak coraz częściej dwórka oprócz strachu dostrzegała w oczach Lenki tlącą się myśl o porzuceniu pracy. A wtedy już, biedna, naprawdę nie miałaby się na kim wyżywać!

– Daj kawałek – mruknęła. Wzięła z koszyka bułkę, z których słynęła pałacowa piekarnia, i rozłamała na pół. Ze środka wydobyła się wonna para. Bułeczki z rodzynkami albo prażonym ziarnem skeiro same wchodziły do ust. Pośród mniej ważnych mieszkańców pałacu toczyły się o nie dzikie boje i w użyciu bywały argumenty zarówno takie jak laski, sandały czy pięści, jak też bardziej wyrafinowane, w rodzaju zamrożenia przeciwnikowi ramienia, żeby nie mógł sięgnąć po swoje pieczywo. Na takich zaklęciach, nielegalnie wprowadzonych w obrót, niektórzy magowie nieźle zarabiali.

Ktoś w izbie pogodnika zaklął niewyraźnie. Zejfa obrzuciła wrogim spojrzeniem drzwi i westchnęła ciężko. Miała stanowczo za wysokie ciśnienie i wielu medyków zalecałoby jej upuszczenie krwi. Ona sama jednak wolała upuścić trochę krwi jakiejś niewinnej ofierze.

– A może by ją zjeść? – wymruczał smok mniej więcej godzinę później. Westchnął w swoim kącie, hałaśliwie wygryzł nieposłuszną, sterczącą na sztorc łuskę, wypluł ją na podłogę, po czym beknął, wywołując na twarzy maga niesmak.

– Nadal jestem głodny – ciągnął ponuro Filippon. – Co ja poradzę, że od tych zapachów aż mi kruczy w brzuchu?

Pogodnik przekręcił się na plecy. Podsunął sobie poduszkę pod głowę i spojrzał na jaszczura.

– A ty znasz bajkę o smoku?

W oczach Filippona błysnęła ciekawość.

– Żarł, żarł podsuniętą mu panienkę, aż zdechł – powstrzymując uśmiech, wyjaśnił Rosselin. – Bo dziewica była nieświeża...

Jaszczur się zakrztusił – przez chwilę w pokoju słychać było tylko coś takiego jak wtedy, kiedy najmłodszy z pomocników kucharza mielił w maszynie żywe szczury na kotlety dla biednych wystających pod murami Wewnętrznego Miasta. *Znaj łaskawość cesarzowej* – powtarzali gwardziści, rzucając z muru w tłum pakunki z chlebem i kotletami. *I oszczędność, dzięki której ma z czego płacić wam żołd* – co jakiś czas powtarzał gwardzistom dowódca.

Zagadkowe dźwięki przyciągnęły zaniepokojoną Lenkę. Dziewczyna wsadziła głowę do pokoju, badawczym spojrzeniem obrzucając izbę.

– Nic, nic – uspokoił ją Rosselin. – To tylko smokowi łuska stanęła w gardle.

Razem ze służącą wtargnął zapach pieczywa – to woń zdolna postawić na nogi umarłego. Ponieważ byli żywi, przyszło im to tym łatwiej. W jednej chwili znaleźli się przy koszyku pełnym bułek, w drugiej – pozostawili na dnie smętne resztki dla ptactwa, które by chciało poszukiwać okruchów. Ale nie używiłaby się na tych odrobinach nawet bojowa kukułka Lipiona, tak mało ich zostało.

Szybko doszli do wniosku, że potrzebują solidnego obiadu. Bułeczki były pyszne, ale rodzynki są dobre dla wróbli. Człowiek albo smok potrzebują kawałka mięsa, żeby móc przeżyć w trudnym pałacowym środowisku.

Wieść o smoku cesarzowej, pardon, Filipponie z Osterwaldu, dotarła już na przedmieścia Fertu, a niewykluczone, że nawet do Mingarda, który w swej samotni musiał gryźć paznokcie i laskę. Jaszczur przyznał się nawet Rosselinowi, że w wolnej chwili zamierza odwiedzić swego dawnego prześladowcę. Na razie smok wykorzystywał swoją wątpliwą reputację, aby nie głodować. Tak jak Rosselin za sprawą Stuligrosza polubił piołunówkę, tak on chętnie ciągnął do karczmy Wulwera.

Właścicielowi wiedza, że to właśnie jest TEN Filippon z Osterwaldu, właściwie nie była do niczego potrzebna. Umiał liczyć nie gorzej niż Joanna f'Imperte – i doszedł do wniosku, że jaszczur, zhołdowany czy nie, przyciągnie do jego lokalu ciekawskich. Dlatego też miał tam prawo do pełnej miski każdego ranka i wieczoru, o ile będzie zabawiać gości.

Najczęściej tego, jak tych gości zabawiał, pogodnik nie chciał oglądać. Wystarczyły mu raporty z więzień oraz oględzin nieboszczyków, które smok czasem cytował. I choć knajpa nadal oficjalnie nazywała się „Pod Ptaszkiem", bywalcy przemianowali ją na „Pod

Krwawym Pazurem", co wiele mówiło o jej obecnej reputacji. Między stołami wyrosła nielegalna hazardownia. Obstawiano, komu przydarzy się nieszczęście. Wpisowe: jeden złoty imperiał. Zwycięzca brał wszystko, chociaż miał obowiązek pokryć z nagrody wieniec albo wypłacić medykowi koszta jednej wizyty u pechowca, którego smok wybrał sobie na ofiarę *zabawiania*.

Teraz jednak Rosselin z Filipponem do owej karczmy udali się w celach ściśle konsumpcyjnych, nie zaś rozrywkowych, co można było zapewne rozpoznać. Nim zasiedli do stołu, młoda karczmarka wysłana przez właściciela przybiegła z gulaszem dla smoka i połową pterodontyla w sosie grzybowym dla maga.

A gdy zjedli, sam Wulwer przyłączył się do towarzystwa z miarką zacnego wina. Zaraz też podzielił się nowiną, że statek szypra Tortinatusa z malarzem Astrogoniuszem na pokładzie właśnie przybił do nabrzeża.

Karczmarz wiedział co nieco o przygodach Rosselina. Języki ludzi są długie, a język smoka rozwidlony... na tyle części, ile trzeba do wyprodukowania smacznej plotki. Albo i całkowicie prawdziwej historii, tyle że podanej w odpowiednio plastyczny sposób.

– Ciekawe, co pacykarz zmalował tym razem – powiedział z rozbawieniem pogodnik. – Bo jak go znam, jego miękkie siedzenie pewno nieraz twardo rąbnęło o deski pokładu.

Jaszczur prychnął z pogardą. We wspomnieniach pewnie nadal odbijało mu się zjedzonym obrazem z własną podobizną.

– Już go tam Tortinatus postawił na baczność. Żagle pewno pięknie ozdobione, burty pokryte obrazkami...

Jak znam szypra, nauczył malarza sztuki tatuażu i załoga będzie miała piękne podpisy na ramionach. – Pochylił się ku Wulwerowi i oznajmił scenicznym szeptem: – Na przykład: *Ja kocham Cię, Czarny Szyprze!*

Wieczorem Zejfa oznajmiła Rosselinowi, że będzie potrzebny. Za dwa dni odbywa się przyjęcie, bowiem spodziewany jest Xyfauffon Qwe, znany projektant wnętrz, który ma rzucić okiem na prywatne komnaty cesarzowej. I ona, Zejfa d'Argilach, postanowiła doprowadzić do tego, żeby ów gość zajrzał także do jej apartamentu, a nawet chwilę w nim zabawił. Niech więc mag będzie trzeźwy, gotów do działania, aha, i niech posprząta swoją izbę, i wytrzepie kota, aby się kłaki nigdzie nie walały, bo projektant podobno ma alergię na sierść.

Na takie rozkazy twarz pogodnika tylko rozjaśniła się w uśmiechu.

– Dla ciebie wszystko, Zejfa! – I pozostawiwszy zdumioną dwórkę z otwartymi ustami, ruszył do swojej izby.

Oczywiście nie zamierzał sprzątać, aż taki głupi nie był. Rosselin zamierzał tworzyć.

Jeszcze chwila i do izby wróci przecież Annabell.

Chociaż... Czekając na swoją dziewczynę, doszedł do wniosku, że nie powinien zostawiać kłaków sierści dwóch zwierząt w miejscach, w których dotąd sobie spoczywały. Tylko – jakże bystro pracowała jego głowa! – umieścić je w niezagospodarowanych rejonach i w nieco większej ilości...

Zejfa podsunęła mu właśnie sposób na to, aby noga Qwe nie przekroczyła progu jego izby.

Musiał tylko silną ręką trzymać mordkę Tinkusa, który zaczął piszczeć, gdy pogodnik jął mu wyskubywać sierść z grzbietu.

II

Było to całkiem miłe przyjątko.

Zejfa, korzystając z nieobecności Brunhilda, zagięła parol na Qwe, podobnie zresztą jak kilkanaście innych dam, zarówno stanu wolnego, jak i zamężnych, a nawet osiadłych.

Projektant, szczupły mężczyzna w nieokreślonym wieku, twarzy nieco przyciężkawej, zamyślonej, odziany w nieprzyjemną czerń, ledwie zauważał te awanse. Więcej przyglądał się wystrojowi sali oraz cesarzowej, która tego dnia włożyła prostą, klasyczną białą suknię.

Ale nawet i jej Xyfauffon Qwe poświęcał mniej uwagi niż swojej maskotce. Był nią wielki, trzystopowy żółw o spękanej ze starości skorupie podzielonej na sześć części, pofałdowanej niczym Góry Sarkara. Podążał za swoim panem trzymany na smyczy przez służącego. Ciągle jednak gdzieś zbaczał, osobliwie w stronę kobiet, które tak ostentacyjnie ignorował projektant.

Dało to większe szanse kreaturom, ostatnio raczej zaniedbanym przez piękniejszą część dworu. Odmłodniały o dziesięć lat, ogorzały od słońca i wiatru Astrogoniusz brylował pośród dam zabijany spojrzeniami zazdrosnych mężów, narzeczonych oraz gwardzistów, którzy poszukiwali okazji do miłej rozrywki po służbie. Przejął znaczną część pań zawiedzionych chłodem bijącym od Xyfauffona i zaniepokojonych dziwną pośród pałacowych murów agresją jego żółwia.

Zgodnie z życzeniem cesarzowej malarz wykonał dziesięć obrazów o tematyce morskiej. Nie żeby były dobre – nawet takiemu laikowi jak Rosselin wystarczył jeden rzut oka, aby się przekonać, że Astrogoniusz poświęcił im niewiele czasu. Na niebieskim tle pojawiały się nieregularne białe plamy albo kreski. Można się w nich było dopatrzyć czegokolwiek. Właściwie dopiero podpisy wyjaśniały sens obrazów. „Uśmiechnięty ocean" czy „Wściekły Krakern" nie pozostawiały wątpliwości, że są to portrety morza.

Artysta zabierał chętne damy na wycieczkę po sali, gdzie owe dzieła zostały wystawione na widok publiczny. Tam objaśniał im przeróżne aspekty posunięć nie tylko malarskich. Jedne wracały zarumienione z zachwytu, inne wzburzone, żadnej jednak sztuka Astrogoniusza nie pozostawiła obojętną.

A te, które zniechęciły się zabieganiem o względy Qwe albo też nie przepadały za kolorem niebieskim, łowił z kolei Filippon z Osterwaldu. Łypiąc okiem za swoim kuzynem w skorupie, dawał się oblegać małemu tłumowi wielbicielek, które go głaskały, dyskretnie próbując wyrwać jakąś obluzowaną łuskę na szczęście.

Jedną z najmłodszych dwórek, dziewczątko niewinne, nieśmiałe, ale patrzące na smoka oczyma, w których strach mieszał się z dziecięcą fascynacją, jaszczur nawet przewiózł na grzbiecie, z rozbawieniem otwierając paszczę. Szczery śmiech panienki sprawił, że Filipponowi ta zabawa nadzwyczajnie się spodobała. Najpierw pogalopowali niby rycerz na koniu ku zaskoczonemu, przerażonemu i ogólnie wstrząśniętemu hrabiemu Ygrum, czyli pechowemu ojcu małej dwórki. Później, gdy ten zemdlał i wobec tego przestał dobrze udawać slalomową tyczkę, smok podwiózł dziewczę pod stolik z łakociami i tam dopiero po odebraniu słodkiego buziaka w sam czubek nosa porzucił.

Było to więc bardzo miłe przyjęcie, na które ze swej wieży został nawet zwolniony Garzful, bo cesarzowej zrobiło się żal swojej zabawki.

Również Rosselin znalazł sobie damę, która wyraziła zainteresowanie jego magicznymi sztuczkami. A gdy niewielki repertuar tych trików się wyczerpał...

Pogodnik, nieco nietrzeźwy, co niech posłuży za usprawiedliwienie, że rąk nie trzymał przy sobie, był w nastroju równie rozrywkowym co reszta towarzystwa. A nawet posunął się do przechwałki, że wyczaruje Cybelli piękny portret, tylko najpierw musi ją obejrzeć w świetle swej komnaty...

I w takim właśnie momencie poczuł silne szarpnięcie za ramię, może nie brutalne, ale za to bardzo stanowcze.

Jeżeli ktoś z was, drodzy czytelnicy, pomyślał, że to armia wierności w osobie Annabell wkroczyła na pałacowe komnaty, aby uciąć Rosselinowi wredne paluchy oraz wszystkie inne odstające części ciała – jest w błędzie.

Z oparów miłości podsyconej winem wyrwał maga Stawirlen. Oczywiście w jego szarych oczach kryła się dezaprobata dla w części skonsumowanej niewierności Rosselina. Mina świadczyła jednak o zafrasowaniu sprawami innej natury.

– Mamy poważny problem – szepnął do pogodnika, odciągając go na bok. A gdy oddalili się trochę od zawiedzionej Cybelli, wyjaśnił półgłosem: – Niebo pękło nad domem Orodisa.

Zszokowany Rosselin w pierwszej chwili nie zrozumiał. Zresztą ledwo co rozumiał, bo wino, muzyka i krągłości pięknej towarzyszki nader przyjemnie zaćmiewały mu umysł.

– Jak to pękło? – spytał. – Niebo nie może tak zwyczajnie pęknąć!

Stawirlen wzruszył ramionami.

– Nie znam szczegółów. Za dwie godziny mamy się wszyscy spotkać na naradzie w Akademii. Zabierz ze sobą smoka. A póki co przestań pić.

Popatrzył na Cybellę i dodał:

– I jak chcesz uniknąć bolesnych iniekcji z ręki naszego Bernarda, doradzam wstrzemięźliwość.

III

Dalszy ciąg zabawy stał się dla Rosselina koszmarem. Aby sobie poprawić nastrój, postanowił popsuć go smokowi. Musi być jakaś sprawiedliwość na tym najgorszym ze światów, a równowaga także jest wskazana.

Trzeba było widzieć minę Filippona, gdy mu pogodnik rzekł, że niebo nad głową staruszka Orodisa pękło. Jaszczur nie wiedział, gdzie uciekać. Skulił się w sobie, ale ponieważ rozmawiali na widoku publicznym, pomiędzy stołem z mięsiwami na zimno a szeregiem stolików z sałatkami owocowymi, nie mógł posunąć się do ucieczki albo nagłego zniknięcia i odnalezienia trzysta mil dalej w kierunku przeciwnym od Gór Sarkara.

– Pękło? – jęknął cicho. – Niebo?

Mag z okrutną satysfakcją skinął głową i uśmiechnął się krzywo, przypominając sobie, jak trochę wcześniej sam zareagował niedowierzaniem.

– Ano pękło. Mówiłem, że te robaki kiedyś cię zgubią, czy nie tak?

Na hasło *robaki* smok zareagował w tradycyjny sposób, czyli łypnął okiem w stronę sałaty i surówek. Zaraz jednak znów zmarkotniał. Chwycił kawałek cielęciny w mięcie i zaczął gryźć, ale jakoś tak bez przekonania. To znaczy zjadł, bo co się miało zmarnować, skoro już dotknięte, ale po następny kawałek nie sięgnął.

Wracali do komnaty w ponurym milczeniu. Tu Rosselin założył ciemne, nierzucające się w oczy szaty, a płaszcz wywinął na drugą, ciemnoniebieską stronę. Do cholewy buta na wszelki wypadek wsunął krótki sztylet.

Byli już niemal gotowi do wyjścia. Właściwie byli już całkiem gotowi, jednak zwlekali pełni obaw o to, co spotka ich w murach Akademii.

Naraz w przedpokoju rozległ się straszliwy łomot i do środka wpadła Zejfa.

– Rosselin, musisz mi pomóc! – krzyknęła histerycznie.

Mag popatrzył na nią ze zdziwieniem. Policzki miała piękne, różowe jak nigdy. Z jej oczu leciały iskry. Nawet ten impet i lekka panika w głosie nie wydały mu się czymś nadmiernie szpecącym. Ot, zwykły strach przed praniem, sprzątaniem albo zbyt chudą kieską aktualnego narzeczonego... Zdążył się przyzwyczaić.

– Jesteś piękna jak nigdy – wyznał szczerze.

Dwórka tylko zacisnęła pięści w bezsilnej złości.

– Jestem morderczynią – warknęła. – A jak się wyda, że zabiłam żółwia Xyfauffona Qwe, to mnie też zamordują. Kat rozwłóczy moje jelita...

Z tyłu, za jej plecami, rozległo się kaszlnięcie. I smoczy głos wycedził:

– Jak można rozwłóczyć takie piękne jelita?

Gdyby dziewczyna trzymała w ręku miecz, jaszczur zginąłby na miejscu, zanim przebrzmiałoby echo jego słów. Ale ponieważ miała tylko kruchą dziewczęcą dłoń zwiniętą w słabą piąstkę, łomotnęła nią Filippona tak mocno, że smok zaledwie skrzeknął jak nadmuchiwana traszka. Boleśnie zaczął łapać powietrze.

Tymczasem Zejfa rozpłakała się bezradnie. Łzy ciekły jej po twarzy, zmywając makijaż oraz cały cynizm dwórki zaprawionej w pałacowych bojach. Pozostawiały zaś drżące oblicze niemal jeszcze dziecka, które zrobiło coś, za co spotka je niezrozumiała, surowa, niesprawiedliwa kara.

Rosselin nienawidził, jak kobieta płacze w jego obecności.

– Po kolei – mruknął, starając się odnaleźć w sobie tę twardość niezbędną do skutecznego przesłuchania i odtworzenia biegu zdarzeń. – To co właściwie zrobiłaś?

Zejfa, której łzy zaczęły już wysychać, znów wpadła w histeryczny szloch. Ze słów przetykanych płaczem dało się wywnioskować tyle, że bawiła się świetnie, a kiedy Qwe wreszcie zwrócił na nią uwagę, jeszcze lepiej, wręcz re-we-la-cyj-nie. Bardzo jej w tym pomogła duża ilość wina pochłoniętego przez Xyfauffona oraz pewność, że Brunhild jest gdzieś tam daleko sieczony bryzą albo rani tyłek na ostrych kamieniach Wolwina.

Wreszcie projektant odprawił świtę i wyszedł z dwórką na balkon, aby odetchnąć świeżym powietrzem. Jednak uparty żółw powędrował za nimi. Później – tu relacja dziewczyny rwała się jak zetlałe nakrycie na tapczanie Rosselina – Qwe zniknął na chwilę, zaś jego pupil pozostał. Ku utrapieniu Zejfy, bo zwierzak zaczął się do niej dobierać. Dokładniej zaś – do pomalowanych na czerwono paznokci u stóp.

– Próbowałam się odsuwać, ale lazł za mną – opowiadała przez łzy. – I wreszcie... wreszcie... – zawyła – no, uniosłam tę nogę, którą obgryzał, i przywaliłam mu szpilką z całej siły!

– W skorupę? – spytał z zainteresowaniem pogodnik. Roześmiał się, wyobrażając sobie tę scenę.

– W głowę – zapłakała d'Argilach. – I to celnie, bo wiesz, że ja nigdy nie chybiam. Schowałam go za wazony z kwiatami i uciekłam, zanim Xyfauffon wrócił – chlipnęła. – Ale przecież zaraz ktoś go znajdzie, a ma dziurę we łbie na dwa palce...

– Biedak! – westchnął smok. – Głupi bo głupi, ale zawsze krewniak...

Pogodnik nagle zaklął. Dotarła do niego przerażająca myśl: jeżeli wyda się, kto zabił żółwia, umrze nie tylko Zejfa d'Argilach, zabójczyni gadów. Wkrótce zbrojne ramię imperialnej sprawiedliwości boleśnie ucapi

jej pracowników, przemagluje, by w końcu posłać na śmierć albo na poniewierkę. Wzdrygnął się mocno.

– Coś z tym trzeba zrobić – burknął. A widząc złośliwe błyski w oku swego potwora, dodał z wściekłością:

– Myśl, kretynie, bo nas też zamkną! Lud się ucieszy z wywlekania flaków smokowi!

– Smokom nie wywleka się flaków. Smoki... – Jaszczurowi wrócił jednak rozum, więc zamknął paszczę i skurczył się w sobie. Zmienił barwę na pokojową. To znaczy dostosował się kolorem do szarości ścian.

Zapadła cisza nabrzmiała oddechem Zejfy ciężkim od powstrzymywanego płaczu.

A potem rozpętała się najgorsza burza mózgów, jaką kiedykolwiek Rosselin przeżył. Był to prawdziwy sztorm pomysłów i myśli... Przekraczał swą potęgą inwencyjne wichry na plaży nieopodal Wolwina...

Pogodnik rozejrzał się po pokoju. Zerknął na meble. Popatrzył na dwórkę. Na smoka. Chciał popatrzeć na Latarnię, ale ta już gdzieś zwiała, bo choć koty mają dziewięć żyć, to ogon tylko jeden.

– Naprawdę nie potraficie nic wymyślić? – mruknął zrezygnowany. – To trzeba łapać Tortinatusa i uciekać... za piractwo się brać...

Jaszczur niepewnie chrząknął.

– No, jakby tak zamienić się w żółwia...

Zejfa przestała chlipać. Rosselin spojrzał pytająco.

– A co by to miało dać? – spytał sceptycznie.

Filippon pokręcił głową.

– A powiadają, że fantazji magom dostaje... – wymruczał z dezaprobatą, odzyskując równocześnie kolory i ciętą ironię. – No przecież jak Zejfa z żółwiem wkroczy do sali, odda go projektantowi, to później będzie jego problem, jeżeli mój krewniak się przekręci, prawda?

– Genialne! – wykrzyknęła dwórka.

Nagle jednak szeroko otworzyła oczy.

– Ale jak to: wkroczy z żółwiem? – spytała, przeciągając sylaby. Chociaż jej umysł pracował na najwyższych obrotach, koncept smoka był najwyraźniej zanadto wyrafinowany. – Przecież ja go... szpilką... w mózg...

Przez maleńką chwilę Rosselina korciło, żeby zrobić Zejfie wykład o duszy nieśmiertelnej, której żadna szpilka nie pokona. Jednak samo myślenie o ostrych przedmiotach naprowadziło go na bolesny wątek zaszpilkowanej Lenki, ugryzł się więc w język.

I spojrzawszy na jaszczura, który przyzwalająco skinął łbem, wyjawił swej pracodawczyni jedną z najpilniej strzeżonych Filipponowych tajemnic.

Dwórka natychmiast rzuciła się, żeby cmoknąć smoka w pysk. Ten nawet się nie opierał, choć zawsze twierdził, że błyszczyk Zejfy mu nie smakuje.

Pogodnik tymczasem zmarszczył czoło.

– No dobra, a co zrobimy z tym zabitym żółwiem?

Jego przyjaciel roześmiał się, wystawiając język.

– A to już będzie twoja robota. Użyjesz mgły albo co tam umiesz i zlikwidujesz ścierwo. Czyli przyniesiesz do pokoju... bo co się ma dobre mięso zmarnować, nie?

Plan był bardzo chytry. Co więcej – odniósł sukces.

Co jeszcze więcej i jeszcze bardziej, okazał się skuteczniejszy, niż spiskowcy przypuszczali. Zasiali maleńki deszcz, a zebrali prawdziwe oberwanie chmury.

Zejfa błyskawicznie zmyła ślady łez z policzków i na powrót stała się damą d'Argilach słynącą z urody oraz ciętego języka (*i ostrej szpilki* – z makabrycznym rozbawieniem pomyślał pogodnik). A także pewnej swobody obyczajowej, niezbędnej, aby zatrzeć spowodowaną wcześniej katastrofę.

W pobliżu sali balowej Filippon z westchnieniem rezygnacji zamienił się w żółwia. Człapał równie beznadziejnie jak jego brat w skorupie. A żeby psychicznie wczuć się w rolę, z męczącą determinacją zaczął skubać czerwony paznokieć wielkiego palca Zejfy. Dwórka uniosła gwałtownie nogę i... natychmiast opuściła ją delikatnie.

Wkroczyli do komnaty we trójkę. Cesarzowa z kilkoma gośćmi zdążyła już opuścić salę, jednak reszta bawiła się w najlepsze. Oblegany Qwe być może również pragnął uciec do swoich apartamentów, jednak widać było, że damy, tłoczące się wokół niby świeży transport zakochanych serc, nie pozwolą mu na to.

Ale i tak zdołał wypatrzyć nadciągającą Zejfę z żółwiem. Musiał być już bardzo stęskniony.

– Tuś mi jest, kwiatuszku! – wykrzyknął głosem nabrzmiałym od wina i namiętności. Nie do końca było wiadomo, kogo ma na myśli, ale przynajmniej jedno było pewne – niczego nie podejrzewał. Odepchnął najbliżej stojące adoratorki i zatoczył się we właściwym kierunku, prosto w stronę dwórki oraz swego pupila. Uwaga zgromadzonych, już i tak skoncentrowana na projektancie, teraz objęła swym dobroczynnym wpływem dwoje spiskowców.

Tymczasem Rosselin wzdłuż ścian sali niepostrzeżenie dotarł na balkon i ruszył w stronę jasnopopielatych wazonów, za którymi miał być ukryty żółw prawdziwy, czyli martwy.

Psiakrew! Za wazonami było pusto! Pogodnik szybko obszedł je dookoła. Gdzie to zabite zwierzę mogło poleźć???

Jeden z gwardzistów spojrzał pytająco na maga. Ten zrobił cierpiętniczą minę i porozumiewawczym gestem włożył dwa palce do ust. Zbrojny ze współczuciem pokiwał głową i dyskretnie odwrócił się w stronę sali. To, że arystokracja, także magiczna, potrzeby miewa równie ludzkie jak prosty strażnik, tylko dowartościowało Rosselina w oczach gwardzisty.

Tymczasem aktorstwo Zejfy wspięło się na wyżyny. Kątem oka dostrzegając, że mag ma jakieś kłopoty, postanowiła udać całkiem pijaną – i rzuciła się Xyfauffonowi na szyję. Ten, pijany rzeczywiście, nie utrzymał równowagi, w wyniku czego oboje runęli na ziemię.

A właściwie... Zejfa tak sprytnie pokierowała upadkiem, albo też żółw nagle tak się przesunął, że wylądowali na nim. Usłyszeli przerażający skrzek śmiertelnie ranionego zwierzęcia, trzask, jakby pękła skorupa... i zapadła martwa cisza.

Trwała ledwie jedno mgnienie oka, ale dla obecnych na sali zdawała się rozciągać w wieczność, tak przerażający był ten poprzedzający ją odgłos, jakby ktoś za jednym zamachem złamał sobie obie ręce, obie nogi, kręgosłup, a na dodatek roztrzaskał głowę.

– Bucuś, co ci? – rozległ się nagle pijany głos przerażonego projektanta.

Bucuś nie odpowiedział. W ogóle nie miał zwyczaju nic mówić. A tym bardziej teraz, gdy to, co nosiło jego skorupę, miało na imię Filippon.

Zejfa podniosła się z podłogi.

Po czym zaczęła przenikliwie krzyczeć.

Gdyby Rosselin nie wiedział, że d'Argilach świetnie się bawi, uznałby, że oblazły ją robaki albo największa rywalka zdobyła obiekt miłosnych westchnień dwórki.

Kilka osób wybiegło w panice. Ktoś kogoś stratował. Astrogoniusz zajadle coś szkicował na wyciągniętym z kieszeni kawałku papieru. Oszołomiony Qwe stał na nogach, tępo wpatrując się w martwego żółwia.

Tymczasem w sali pojawił się Bernard ściągnięty przez kogoś. Roztrącając gości, parł do przodu niczym taran. Od razu zajął się Xyfauffonem: podniósł mu powiekę, palcem odsłonił górną szczękę, zacisnął dłoń na ramieniu – wszystko to przy martwo wyczekujących gościach oraz biernej postawie projektanta stojącego niby raniona w mózg krowa.

Tymczasem Zejfa nie miała zamiaru wychodzić z roli. Nie wiedziała, że Rosselin nie znalazł żółwia i uznał, że zwierz miał twardszy żywot, niż się przestraszonej dwórce wydawało. Ale umowa była, że dziewczyna wywoła tak wielkie zamieszanie, jak tylko zdoła.

Co więcej, bardzo lubiła znajdować się w centrum uwagi, więc z przyjemnością spektakularnie zemdlała, trafiając drobnym ramieniem w rękę Bernarda. Jakoś tak pechowo upadała, że medyk musiał ją złapać, inaczej roztrzaskałaby sobie głowę na śliskiej podłodze.

Po drugiej stronie cesarskiego medyka sunął kursem na zbliżenie ku posadzce Xyfauffon Qwe. Zapewne chciał się zapoznać z wzorami na płytkach.

Wykorzystując rozgardiasz, Rosselin podszedł i niepostrzeżenie chwycił za przednią łapę żółwia, który w tej sytuacji przegrał bitwę o uwagę z ludzkimi nieszczęściami Zejfy, projektanta, a także Bernarda, który nie wiedział, jak i kiedy kogo łapać, żeby nikt nie upadł.

Pogodnik wyłowił z tłumu młodego chłopaka w stroju gwardzisty i psyknięciem przywołał go do siebie. Biedak spoglądał na tę scenę mocno przerażonym wzrokiem i widać było, że nie wie, co ma robić, bo takich dramatów szkolenie nie obejmowało. Dotąd jego służba w pałacu sprowadzała się do nudy i pacyfikowania mordobić albo wynoszenia pijaków.

Mag spojrzeniem wskazał mu wolną przednią łapę żółwia i mruknął półgłosem:

– No! Trzeba usunąć stąd tego bydlaka.

I nie dając chłopcu czasu na zastanowienie, pociągnął gada w jego stronę.

Zanieśli Bucusia do jednej z otwartych komnat niedaleko sali biesiadnej. Tu Rosselin dźwignął martwe zwierzę na stół. Niech chwilę poleży na widoku, wbije się świadkowi w mózg.

Leżąc na stole, żółw wyglądał równie imponująco jak wcześniej, a nawet robił jeszcze straszniejsze wrażenie, bo rozwarty dziób w kształcie zgniatarki do orzechów oraz sterczące na wszystkie strony kostropate łapy powiększały i tak już imponujące rozmiary.

Nagle gwardzista wydał z siebie piskliwy odgłos i rzekł cienkim, wysokim głosem:

– Magu, on żyje! Poruszył się!

Rosselin brzydko sobie pomyślał o niecierpliwości smoka. Pośpiech był wskazany, to prawda, jednak zbytnia nerwowość mogła tylko popsuć wspaniały plan.

– Zdawało ci się, biedaku. – Poklepał chłopaka po ramieniu. – Chodź na małe wino, ja stawiam.

IV

Psiakrew! Żegnając gwardzistę po szybkim kielichu, pogodnik uświadomił sobie, że przecież czekają na nich w Akademii! Magowie zapewne zaczęli już obrady! Szybko pobiegł do swego mieszkania.

Był pierwszy, ale na szczęście smok dotarł ledwie kilka minut później, klnąc pod nosem.

– Żebym ja musiał żółwia udawać, jasny szlag! – wywarczał z pretensją w stronę Rosselina. – Zejfa powinna mnie po pazurach całować z wdzięczności! – Czujnym spojrzeniem obrzucił izbę, po gospodarsku wodząc wzrokiem po stole. – A gdzie jest mięsko? – pytająco zerknął na pogodnika.

Ten wzruszył ramionami.

– Szukałem, ale nigdzie bydlęcia nie znalazłem.

Smok był tak zdumiony, że nawet nie zaklął.

– Ożył? A to twarda bestia... – mruknął z uznaniem. – Moja krew...

Mag pokręcił głową.

– Zejfie można wierzyć, że jak zabiła, to na śmierć. Pewno jakiś gwardzista albo arystokrata znalazł go i po cichu przemycił do swoich komnat. Ktoś jutro będzie miał pyszną zupę żółwiową – dodał zazdrośnie. – Zbieraj się, Rada czeka.

– Co za świat! I dziwić się, że tylu rzezimieszków na ulicach?! Skoro pod okiem cesarzowej takiego pięknego żółwia mi ukradli... – mruczał po drodze niezadowolony jaszczur.

Rada urzędowała w składzie dosyć niezwykłym. W sali, w której odbywało się nocne posiedzenie, było tak gęsto od magów, jakby ktoś sprawdzał, ilu takich dziwaków wejdzie na stopę kwadratową.

Akurat kiedy przybyli, trwała zażarta dyskusja o trujących warstwach powietrznych. Rosselina korciło, żeby dorzucić swoje praktyczne obserwacje do kłótni pomiędzy Febrisem, dowodzącym, iż Orodis nie mógł żywy przelecieć przez owo śmiertelne pasmo, a Logangiem, wrzeszczącym, że skoro staruszek jednak przeżył, to trucizna może i szkodzi ludziom, ale na pewno nie magom. Tak więc dotychczasowa teoria wymaga zweryfikowania w trybie eksperymentalnym.

– A polecisz? – warknął Febris, wywołując w odpowiedzi kłopotliwe milczenie. Bo co innego gawędzić w ciepłej izbie, co innego nadstawić własną bohaterską pierś. Zwłaszcza kiedy myśl może i śmiała, ale pierś wątła – a Logang był postury Garzfula w butach na wysokim obcasie i grubej peruce.

Sam Orodis skromnie zasiadł w kącie, nie wtrącając się do tej żywiołowej, ale tchnącej zdechłym akademizmem dyskusji. Na widok Rosselina jego twarz rozjaśnił leciutki uśmiech, najwyraźniej staruszek był ucieszony jego obecnością.

Ten ruszył w jego stronę, przepychając się przez magów różnych specjalności, gdy nagle poczuł na ramieniu czyjąś ciężką dłoń.

– Porozmawiajmy spokojnie – mruknął mu Sykander do ucha i pociągnął pogodnika z jego smokiem w stronę wyjścia. Dał jeszcze znak Orodisowi, żeby ten podążył za nimi.

Chwilę później znaleźli się w gabinecie Sykandera. Czekało tu już dwóch członków Rady, znany Rosselinowi rudowłosy i obdarzony nieprzyjemnym spojrzeniem Thu oraz niezwykle rzadko widywany w murach Akademii Falindorn, badający ścieżki czasu. Jego obecność w tym pokoju zaparła magowi dech, bo co czas może mieć do pęknięcia nieba?

Sekretarz poczekał, aż wszyscy zajmą miejsca przy stole.

– Po kolei – mruknął. – Ori, ty zacznij.

Pogodnik spojrzał pytająco na Orodisa. Nadal nie znał szczegółów tego, co zaszło tam daleko, w Górach Sarkara.

Starzec westchnął ze znużeniem, pogłaskał brodę. Widać było, że szykuje się do powtórzenia tej samej historii po raz milion siedemnasty. A jeżeli nadal podejrzewacie,. że ludzie z wiekiem stają się bardziej cierpliwi, jesteście w poważnym i niebezpiecznym błędzie. Najtęższa głowa Imperium, filozof Sarturus, z dumą w dziewięćdziesiątym dziewiątym roku życia zanotował, że nigdy wcześniej nie miał w sobie tak dużo mądrości i tak mało cierpliwości, jak w tej wiośnie życia, która właśnie dla niego nastała. I nigdy nie miał też tak soczystego uderzenia dębową laską, jak owego dnia, kiedy rozbił głowę pewnemu natrętnemu wieśniakowi. Ten, widząc staruszka pogrążonego w myślach i skubanego przez jego owce, postanowił ucieszyć go rozmową...

– Niebo pękło mi nad głową trzy dni po tym, jak wyjechaliście – zaczął wreszcie Orodis. – Siedzę sobie rankiem na kamieniu, przyglądam się światu, słucham gadaniny wiatru, aż tu nagle huk, jakby górski szczyt cały się rozpadł. I tam, gdzie uderzył mój domek, nagle widzę pęknięcie, długą i cienką szczelinę, w której pulsuje coś ciemnego... Wydawało mi się, że to wypełznie, to znaczy zacznie wyciekać z nieba, ale po chwili cofnęło się i jakby zarosło. Blizna jednak pozostała, taki cienki czarny szew, kreska na nieboskłonie. I nie rozumiem, o co tu chodzi. Nasze teorie o niczym podobnym nie wspominają, prawda? – spojrzał na milczącego Thu. Ten nikłym ruchem głowy potwierdził, nadal nie odzywając się ani słowem.

Nieoczekiwanie głos zabrał Falindorn.

– Ja widywałem takie pęknięcia – wymruczał z namysłem. – Tyle że w światach wolnych od ludzi.

Sykander ponuro spoglądał na jaszczura.

– O, nie, proszę na mnie tak nie patrzeć! – warknął ten, z impetem wbijając pazury w blat stołu. – Ja z tym nie mam nic wspólnego, nic a nic!

Sekretarz Rady Magów wzruszył ramionami. *Akurat* – mówiło jego spojrzenie.

– Niebo było spokojne, póki nie zacząłeś się przekopywać przez wulkany Imperium...

Westchnął.

– Od początku wiedziałem, że twój smok to problem – przeniósł wzrok na Rosselina.

Ten nie wiedział, gdzie ma się podziać. Najchętniej uciekłby gdzieś daleko, za jednym zamachem rozwiązując problem Annabell domagającej się ślubu oraz pękniętego nieba.

– A może to wina Irapia, nie mojego smoka? – podsunął.

Obecni magowie popatrzyli po sobie.

– Może mieć rację – przyznał, nie kryjąc nienawiści, Thu. – Chociaż jak by tego dokonał ten przeklętnik?

Dalszy bieg rozmowy nie doprowadził dokądkolwiek. Jedyne, co uradzili, to żeby wysłać wyprawę naukową w góry i na miejscu ocenić, co zaszło.

– Ale ja zostaję. Bo co, jak to niebo znów pęknie i runie mi na głowę? – zastrzegł Orodis.

Wrócili do komnaty, w której inni członkowie Rady dyskutowali nad tą samą kwestią. Tu zgromadzonym poszło jednak jeszcze gorzej, bo z dywagacji a to o trującym powietrzu, a to o naprężeniach skalnych niewiele da się sprowadzić do wspólnego mianownika. Chyba tylko tyle, że nawet magowie potrafią niemiłosiernie hałasować i fałszować intelektualnie.

Wreszcie niemal wszyscy poszli, bo ciepłe łóżka wzywały ich niby marynarzy syrenie śpiewy. Została tylko czwórka: Sykander, Orodis, Rosselin oraz wiercący się nerwowo smok.

Staruszek popatrzył na pogodnika i westchnął.

– Jak znam życie oraz ich stosunek do tajemnic, nikt ci nic nie powiedział, prawda? – zerknął z ukosa na Sykandera. Ten pokręcił głową, podczas kiedy nasz mag pytająco wodził spojrzeniem od jednego do drugiego.

Orodis roześmiał się, poklepał Rosselina po ramieniu.

– No oczywiście. Wobec tego nie wiesz, dlaczego naprawdę wysłali cię do mnie – stwierdził.

Uśmiechnął się szeroko, dostrzegając niepewną minę młodego maga.

– Czytam w myślach. A czasem widzę przyszłość. Co prawda przeszedłem na emeryturę, ale kiedyś byłem najlepszy w Imperium...

Pogodnik zbladł.

Nie żeby był jakimś szpiegiem albo coś. Był zwykłym nieudacznikiem trzeciej kategorii, a prócz tego, że chciał się wykręcić od ślubu z Annabell, nie przypominał sobie żadnych sekretów. Mimo to przeszył go dreszcz strachu.

– Miałem sprawdzić, czy ty i twój smok nie zagrażacie nikomu – ciągnął starzec.

Rosselin był już tak blady z przerażenia, że aż przezroczysty. Cały czas sądził, że to oni wykonują misję. Że się nie powiodła, bo Filippon zeżarł jakiegoś węża pod wulkanem...

Nagle przypomniał sobie, że ma na sumieniu jedno, ale za to straszliwe przestępstwo! Jeżeli Orodis czyta w myślach, to na pewno zobaczył, jak smok łamie magiczne blokady i dociera do Irapia... może nawet dojrzał tam spisek?! Trudno będzie wyjaśnić, dlaczego pogodnik nie podzielił się tą wiedzą z Radą...

– A czy widzisz...? – zająknął się nasz mag. Zabrakło mu jednak odwagi, żeby dokończyć zdanie.

Staruszek ze spokojem gryzł kanapkę. Plasterek pomidora zsuwał się na boki, więc wreszcie bezceremonialnie zdjął go i zjadł, pozostawiając sam chleb z masłem.

– Twój ślub? – uśmiechnął się przekornie. – Widzę. Ale nie tak prędko...

– A to... – Rosselin z ulgą przełknął ślinę. – Ale prawdę powiedziawszy...

– Twój awans na drugą kategorię też widzę. – Orodis odłożył niedojedzoną kanapkę na bok, bezceremonialnie biorąc drugą. – Sykanderze, nie zwlekaj z tym, bo nam chłopak ucieknie do konkurencji i co będzie?

Podczas kiedy pogodnik z osłupieniem zastanawiał się, czy starzec żartuje, czy też faktycznie istnieje jakaś konkurencja, sekretarz Rady spoglądał na niego z uśmiechem. Wreszcie rzekł:

– Nie, na czarnego maga nasz ptaszek się nie nadaje... A na egzaminy przyjdzie czas. Lipion wcale nie musiał się za tobą wstawiać, Rosselinie.

Popatrzył na niego uważniej i dodał:

– I tak daleko zaszedłeś, chłopcze. I tego się właśnie najbardziej obawiam.

Młody mag powoli wypuścił powietrze z płuc. Najwyraźniej o niczym nie wiedzieli... Więc warto im pokazać, że jest mądry i zasługuje na drugą kategorię!

– A czy nie mogłeś przewidzieć tego pęknięcia nieba? – postanowił podzielić się wątpliwością, którą nosił w sobie od chwili, gdy poznał prawdziwą specjalność Orodisa.

– Ano właśnie – z irytacją wymruczał staruszek. – Przewidziałem wasze przybycie, a tego, a nawet wybuchu pary przy was nie! W tym właśnie problem. Wszystkie tropy giną w nieprzeniknionej czerni...

Wracając, Rosselin nie potrafił ukryć swoich mieszanych uczuć. Z jednej strony dominowały wieści dobre, jak odwleczony w czasie ślub z Annabell, albo znakomite, jak przepowiednia Orodisa, że kiedyś awansuje na wymarzoną drugą kategorię. Psuła je świadomość, że wypadki dziwnym trafem krążące wokół smoka mogą to wszystko zmienić.

– Będziesz musiał przyznać się do tego, że dokonałeś włamania do podziemnych komnat Akademii – rzekł wreszcie stanowczo. – Obawiam się, że staruszek przejrzał cię na wylot i teraz wie o tobie więcej niż ja... nawet jeżeli nie podzielił się tym z Radą...

Filippon przystanął obok dorodnego krzaka. Rósł tu sobie od wielu lat, pewnie wzbudzając respekt okolicznych roślin, jako że zajął pół skweru, a liście miał duże jak dłoń. Nie spodziewał się, że pewnej nocy będą sobie skracać tędy drogę pewien mag i pewien smok. Usłyszał jeszcze biedny krzew, jak ten drugi pyta:

– A po co się przyznawać? – I koniec, bo właśnie został wyrwany z ziemi.

Rosselin początkowo pomyślał, że nawet i drapieżny jaszczur potrzebuje czasem jarzyny. Podobnie jak koty, Latarnia na przykład, która od czasu do czasu zażera się trawą. Co prawda robi to w celach wymiotnych (jako pijak o długim stażu rozumiał ten kłopot), jednak i jego przyjaciel mógł mieć czasem ochotę zwrócić wszystko i zacząć żyć od nowa. Zwłaszcza na jakąś godzinę przed świtem.

– Dobre te mszyce – mruknął Filippon, wyprowadzając pogodnika z błędu. – Bez obaw, Orodis jest kiepski w te klocki. Nie tak łatwo przejrzeć smoka, jak mu się wydaje – prychnął z delikatną nutą lekceważenia.

– Wiedziałeś? – wrzasnął mag, celując palcem w przyjaciela. I strasząc księżyc, który natychmiast schował się za chmurami. Od kamienicy, ku której zmierzali, oderwał się jakiś cień i zaczął uciekać w panice. Tak, słowo maga bywa doprawdy straszne...

Jaszczur przestąpił z łapy na łapę i z wyrzutem spojrzał na Rosselina.

– Skąd miałem wiedzieć, czy to naprawdę on, a nie ten dom, drzewo wizawisowe rosnące na zboczu wulkanu albo jakiś robal w skalnych szczelinach? – warknął dotknięty do żywego. – Ktoś próbował szperać mi w głowie, to ją zamknąłem. Teraz wiem kto, bo sam to przyznał. Dosyć gadania, spać mi się chce...

I nie oglądając się na stojącego z rozdziawioną gębą maga, ruszył przed siebie. A że akurat przebiegał tamtędy mały zdziczały pies, skupił się na pogoni za dodatkiem do krzaka w sosie mszycowym.

V

Poranna bieganina i tumult na korytarzach nie były dla Rosselina i jego smoka czymś nowym. Zresztą jeżeli przeżyło się jakiś czas pod dachem Zejfy d'Argilach, zwykły hałas nie robił żadnego wrażenia.

Jednak poszukiwania żółwia, żywego lub martwego, nabrały takiego rozmachu, jakby od jego odnalezienia zależał los całego Imperium.

– No bo Xyfauffon Qwe tak się upił, że w ogóle nic nie pamięta z wczorajszego przyjęcia, nawet że go musiał Bernard reanimować – relacjonowała podekscytowana Lenka przy śniadaniu. – A nikt nie ma odwagi powiedzieć mu, że żółw zdechł.

Dwórka zakrztusiła się winem, rozlewając je na obrus. Mag z najwyższym trudem powstrzymał śmiech, pęczniejąc od środka jak dynia, tyle że zamiast pestek trzymał w sobie kolejne spazmy histerycznego rechotu. A Filippon...

– Ja mu powiem – zaoferował się z niezwykle poważną miną, spoglądając na przejętą służącą. – Bardzo chętnie wezmę na siebie ten smutny obowiązek. My, smoki, umiemy załatwiać takie sprawy...

W spojrzeniu Lenki błysnął niekłamany podziw. Poklepała jaszczura po lśniącym karku.

– Lepiej nie. Bo on mieczem szuka.

Rosselin zakrztusił się okruchami bułki. Niewiele brakowało, aby dosięgła go śmierć niegodna uwiecznienia przez kronikarza, za to równie prawdziwa jak zejście Amarantina, jednego z cesarzy, który uwielbiał miód pitny. I pewnego dnia wypił go tyle, że zanim równie mało trzeźwi dworzanie go powstrzymali, zdążył wychlać też całą flaszkę octu do zaprawiania pterodontyla w galarecie. A potem zrobił tak kwaśną minę, że aż umarł.

– No tak – ciągnęła swą opowieść dziewczyna, rozkoszując się świadomością, że zwykła wyprawa po pieczywo dała jej tak atrakcyjne plotki. – Qwe sam rękę ma za krótką i szkoda mu palców, bo to w końcu żółw obronny, więc dźga po kątach tym mieczem... Na razie znalazł ledwie parę myszy i czyjąś sztuczną szczękę, ale swojej zguby nie. Więc hałasuje, ryczy i wzbudza panikę pośród gwardzistów. A parę dam zabarykadowało się w swoich apartamentach, żeby im projektant kurzu spod szaf nie wygarniał ani sukni nie policzył.

Mimo pewnego zagrożenia smok nadal miał ochotę przyjrzeć się wyczynom Qwe. Zejfa jednak nałożyła na Rosselina i Filippona zakaz wychodzenia ze swoich pokoi pod pretekstem pomocy w doborze sukni na wieczór.

– A niech mi tylko który ucieknie z widoku – syknęła, kiedy Lenka na chwilę zniknęła w jednej z jej komnat – to pazurami jęzor wyrwę i oczy wydłubię. Dosyć się naspiskowaliśmy!

W południe ktoś litościwy powiedział Qwe, że jego zwierzę nie żyje. Miała to być próba uspokojenia Xyfauffona. Okazała się jednak kompletnym niewypałem.

– Bucuś!!! – ryknął zrozpaczony i oszołomiony nagłym bólem projektant. – Gdzie jesteś???

Jego zadziwiająca stanowczość w kwestii odnalezienia i pochowania doczesnych szczątków żółwia wprawiła cały dwór w panikę. Wyszło na jaw, że wbijanie głów w ściany albo podłogi było błędem. Strusia polityka uczyniła wszystkich dworzan winnymi śmierci oraz zaginięcia ukochanego pupila Qwe.

– Buucuuś!!! – niosło się korytarzami.

A Bucusia nie było. Nie było nie tylko duchem – albowiem zwierz umarł dwa razy, najpierw w tajemniczych okolicznościach podczas przyjęcia, drugi raz za sprawą wspaniałego przedstawienia, jakie dała trupa aktorska Zejfa i S-ka.

Co gorsza, nie było go także ciałem. Trup gada zaginął, a według zgodnych podejrzeń Rosselina i jego smoka został przerobiony na smakowitą zupę. Kto wie, może już stał się strawą dla wybrednego podniebienia jakiegoś arystokraty w którejś spośród otaczających pałac knajpek? Patrząc na sprawę filozoficznie, przemiana żółwia w jadło to czysta magia. Może więc dwórka miała rację, zatrzymując pogodnika w swych apartamentach, aby nie kłuł ludzi w oczy swoim cechowym płaszczem?

Cesarzowa była wściekła, bo to w końcu na jej zaproszenie Xyfauffon przybył do pałacu. Zarządziła natychmiastowe śledztwo. Przesłuchania. Tortury. Wymuszanie zeznań. Żarty się skończyły, a zaczęło bolesne dociekanie prawdy.

Pierwszym podejrzanym, rzecz jasna, stał się Garzful. Wzięty na męki zaprzeczył oskarżeniom. Nawet kiedy stracił ćwierć małego palca u ręki i pasmo skóry na plecach, nadal upierał się, że dosyć ma już więziennej wieży, że tak wielkiego zwierzaka za nic by nie dotknął, a w skorupach nie gustuje, woli miękkie owoce. Po zdarciu skóry z drugiej łopatki nagle przypomniał sobie, że Astrogoniusz robił szkice żółwia!

Malarz, w trybie natychmiastowym wzięty na przesłuchanie, stanowczo zaprzeczył głosem słabym ze zgrozy, bo śledczy cesarzowej naprawdę nie żartowali.

Przeszukanie jego willi też nic nie dało. Owszem, posiadał setki szkiców Zejfy, niektóre podobno całkiem udane. Jednak na przyjęciu, kiedy wybuchła afera z Bucusiem, robił szkice przerażonego tłumu, nie zaś studium na przykład „Damy z żółwiem".

No a za rysuneczki przedstawiające niewinne dziewczęta w pozach lekko nieprzyzwoitych oraz wiersze erotyczne – które cesarzowa zażyczyła sobie przeczytać – nie można go było skazać.

Tak więc śledztwo utknęło w martwym punkcie po kilku godzinach.

A co gorsza, sprawę pogorszył Georgion. Zadeklarował, że wyrzeźbi z drewna żółwia, na co Qwe zalał się łzami.

Wszystko było dobrze, póki snycerz nie zabrnął zbyt daleko w analogie, sugerując, że przecież nawet dziecko wie, że jak drewnianemu zwierzakowi dorobić kółka i przyczepić sznurek udający smycz...

– Mam ciągnąć za sobą drewnianego Bucusia? – wrzasnął Xyfauffon, rozwijając chwiejną myśl młodego snycerza. – Chcesz ze mnie zrobić pośmiewisko?

W powietrzu zawisł stryczek albo nagłe odesłanie chłopaka z powrotem do Kann Arch. Na szczęście ból zwyciężył nad słabością i projektant zaczął szlochać. A kiedy otarł łzy z rzęs, Georgion znajdował się już kilka pięter niżej, zbiegając tak szybko, jakby go sam wściekły Krakern gonił.

Choć przed karą nie uciekł, bo dowiedziawszy się o wszystkim, jeszcze tego samego dnia stary Lisbet nakazał mu w deskach przeznaczonych na stoły wyciąć tysiąc napisów: *Nie pchaj palców między drzwi, nie upuszczą tobie krwi.*

A potem zeszlifować je do czystości, bo kara karą, a pałacowe meble nie powinny mieć ozdób o charakterze incydentalnym.

VI

Zemsta jest poważną sprawą – i należy ją ponawiać tak często, jak tylko się da.

Rosselin był gotów odpuścić Zejfie wszelkie zniewagi, także tę ostatnią, kiedy dwórka niezbyt miło powitała ich po powrocie od starego Orodisa. Jednak smok, zazwyczaj skupiony na mięsie, robakach oraz innych smakołykach, w kwestii zemsty bywał zaskakująco pryncypialny. Dowodem choćby smutny los koniarza Yrlana, który przecież to wcale nie jaszczurowi zalazł za skórę. Skoro jednak pogodnik nie umiał wziąć krwawego odwetu, Filippon z chęcią postanowił go wyręczyć.

– Rosselinie, ty mi nie wchodź w hodowlę robaków, bo ucierpisz – warknął nawet. – Zasłużyła, to i dostanie.

Mag nie trudził się pytaniem, jak jego osterwaldzka jaszczurka zamierza przeprowadzić sprawę. Miał tylko nadzieję, że gdy zemsta zostanie uskuteczniona, nadal będzie miał tę samą miłą, cichą i spokojną pracodawczynię.

– E, bez obaw – uspokoił go smok – bo to mi źle w tej izbie? Tylko niech sobie Zejfa nie myśli, że nie jesteśmy jej potrzebni, a ona wszystko może. Nagiąć do rozumu ją trzeba...

Podczas kiedy Filippon rozmyślał nad cięciem, gięciem i naginaniem, pogodnik postanowił spełnić się wychowawczo.

Georgion po traumie związanej z drewnianym żółwiem także wymagał leczenia. Chłopak przestał sypiać, a jeżeli już zapadał w płytką drzemkę, zaczynały mu się śnić drapieżne krzesła z poręczami w kształcie Bucusiowych głów.

Jednak w łapy Bernarda nie zamierzał dobrowolnie się pakować. Uzasadnił to Rosselinowi w sposób najprostszy z możliwych:

– A ty byś poszedł? Do tego starego wariata?

I mag musiał przyznać, że sam także poszedłby się leczyć u o'Cencora dopiero wtedy, gdyby mu wyrosła trzecia noga (i to przeszkadzająca w chodzeniu, bo w przeciwnym razie jeszcze by się zastanowił) albo skrofuły na duszy.

Georgion dał się natomiast przekonać do wizyty u aptekarza Farfinkelszta, chociaż pogodnik podejrzewał, że z braniem pigułek, które jego stary przyjaciel wręczył snycerzowi, nie pójdzie tak łatwo. Widząc krzywą minę chłopaka, Rosselin postanowił wyjawić Lisbetowi prawdę o chorobie jego ucznia. Cóż, może mistrz zmusi młodego snycerza do potraktowania serio opłakanego stanu zdrowia...

Kiedy mieli za sobą te przykre medyczne sprawy, Farfinkelszt najpierw wypytał maga o pałacowe plotki, na co ten wdał się w długą opowieść o aferze z żółwiem.

Szczęśliwie pożegnali już Qwe, chociaż cesarzowa musiała zapewnić projektanta, że nie spocznie, póki nie odszuka skorupy. A Xyfauffon wprowadził Joannę w pewną konsternację, zapewniając, że pamiątkę po swoim żółwiu rozpozna zawsze i wszędzie, bo ma ona znaki szczególne.

– Ale cwaniak nie zdradził jakie, bo pewno cesarzowa by taką skorupę wyprodukowała – zaśmiał się na zakończenie tej historii Rosselin.

Później Farfinkelszt sam opowiedział nowinę. Niedaleko jego domu poprzedniego dnia los ciężko doświadczył proroka Iga.

Szaleniec ten był może dobrym mówcą, ale wizjonerem, jak się okazało, jednak kiepskim.

– Gorszym od ciebie – parsknął śmiechem aptekarz, z rozbawieniem spoglądając na czerwonego ze wstydu pogodnika.

Kiedy władczyni zapowiedziała, że albo wyznawcy poglądów szalonego proroka sami zrobią z nim porządek, albo ona wyśle całą tę hałastrę na pustynię Nevarge, tylko jeden Igo wyraził zadowolenie. Stwierdził, że piasek jest niezłym fundamentem do zbudowania nowej republiki. Niestety, wyznawcy mieli na ten temat trochę inne zdanie. A nawet radykalnie przeciwne, jak niejaki Kiliander, który udusił proroka, najpierw go wiążąc, a potem sypiąc mu do ust... piasek z ferteńskiej plaży.

– Sam widzisz, nie warto być prorokiem we własnym imperium – zakończył swoją opowieść Farfinkelszt.

Co racja, to racja: lepiej mścić się samemu, niż być tym, na kim się mszczą – westchnął w zadumie mag.

Doszedł do wniosku, że być może smok ma słuszność: nie należy lekceważyć zemsty, bo jeśli nie wyjdziesz jej naprzeciw, może ona cichą nocą zastukać do twoich okien.

Filippon przystąpił do działań następnego dnia. Bladym świtem zniknął z pokoju Rosselina. A kiedy pogodnik odprawił Annabell do pracy, sam zaś przekręcił się na plecy i zaczął rozmyślać nad kolejnym akapitem swego dzieła, nagle usłyszał energiczne pukanie do drzwi apartamentu.

– Lenka! – wrzasnęła na cały głos zaspana Zejfa.

Rozległ się tupot bosych stóp, w przedpokoju mignęła magowi służąca w podkasanej nocnej koszuli. Biegła co sił, wiedząc dobrze, że inaczej jej pracodawczyni wstanie z łóżka sama i w dodatku dwiema lewymi nogami. A to nie wróżyło niczego dobrego...

Rosselin ciekaw biegu zdarzeń stanął w drzwiach. Czuł, że warto mieć sytuację pod kontrolą.

Lenka była dziewczyną śmiałą i otwartą, a życie u boku dwórki nauczyło ją spokojnie patrzeć w oczy niejednemu zagrożeniu.

A jednak przed otwarciem drzwi przez jej twarz przemknął grymas wahania. Niepewnie zerknęła w stronę pogodnika...

Energiczne pukanie do drzwi zabrzmiało ponownie. Dziewczyna potrząsnęła włosami i otworzyła. Zgrzytnął klucz, zaskrzypiała klamka...

– Z rozkazu cesarzowej – zaczął gwardzista, poprawiając miecz – mamy przeszukać apartament Zejfy d'Argilach.

Coś podkusiło Rosselina, aby wystąpić w obronie dwórki, która stała w progu swej komnaty, trąc pięściami zaspane oczy.

– Z drogi! – burknął jednak gwardzista, przepychając rosłym ramieniem pogodnika. I za karę zaczął przeszukanie od jego izby, podczas kiedy mieszkańcy nerwowo czekali w przedpokoju.

– Kto by tam coś znalazł u maga – mruknął wreszcie ze zniechęceniem i ruszył na poszukiwania w pozostałych pokojach. Służbówkę Lenki potraktował po łebkach. Za to komnaty Zejfy, gryzącej z wściekłości wypielęgnowane paznokcie, przetrząsał gruntownie, szczególną uwagę skupiając na rozlicznych tubkach oraz słoiczkach z upiększającymi mazidłami.

Nagle wyprostował się z triumfem. W jego ręku błysnął niedopalony skręt wydobyty z puszki po kremie przyniesionym przez Rosselina ze świątyni.

– Palenie nikorośli jest zakazane! – huknął. – Cesarzowa wydała zakaz, nie wiesz o tym, pani?!

Dwórka bezradnie rozłożyła dłonie.

– Ale przecież ja nie palę! – Usta jej zadrżały. – Paluszki mam białe, nie takie żółte jak Did... – Tu przypomniała sobie romans awanturniczy, gdzie stało jasno napisane, że nie wolno sypać wspólników. Co prawda oficjalny narzeczony to żaden wspólnik, no ale też chyba nie wypadało. Więc szybko się poprawiła: – Palacze mają od skrętów żółte, prawda?

Żołnierz obrzucił ją szyderczym spojrzeniem. Z wyraźnym wstrętem odsunął podetknięte mu pod nos dłonie.

– Każdy tak mówi, zanim go wezmą na męki. Żółwia też się nie ukradło, co? – prychnął.

Zejfa omal nie zemdlała. Bezradnym spojrzeniem powiodła po twarzach pozostałych mieszkańców apartamentu.

– Cóż, muszę o tym zameldować. Radzę się przyznać samej – rzekł na odchodnym gwardzista. – Kara będzie mniej dotkliwa...

Słuchając damy klnącej językiem równie barwnym jak jej suknie, Rosselin z trudem tłumił chichot. A kiedy dwórka wyszła szukać pomocy u kogoś ustosunkowanego, pogratulował Filipponowi – który wkrótce wsunął się cicho do izby – udanej kreacji aktorskiej.

– Oj, jak ty się nie znasz... – dramatycznym szeptem odparł smok. – To nie koniec, to ledwie preludium...

I pozostawiwszy maga z rozdziawionymi ze zdumienia ustami, jaszczur zapadł w drugą z tych rzeczy, które wychodziły mu najlepiej – to znaczy w zdrowy, pełen chrapnięć, gwizdów i mamrotań sen.

Rosselin nie zamierzał przeszkadzać przyjacielowi w czynieniu zemsty, ale starał się zejść z linii strzału, bo mogło się też dostać niewinnemu pogodnikowi.

Postanowił pójść do Akademii i pogadać o jednej z nurtujących go ostatnio spraw ze starym magiem-bibliotekarzem Wergiem.

Ten na jego widok zrobił zaskakującą minę i było widać, że bynajmniej nie cieszy się z wizyty.

– Smoki? – spytał, gdy mu Rosselin wyjaśnił, czego szuka. – No przecież wiesz, że nic na ich temat nie ma w księgach.

Szalona myśl przyszła pogodnikowi do głowy.

– Przecież sekretarz Rady mi mówił... – celowo zawiesił głos.

Bibliotekarz popatrzył na niego z niechęcią.

– No, jest taka księga, jasne, że jest – przyznał po dłuższej chwili. – Tyle że nikt nie umie jej przeczytać.

Oblicze naszego maga zamieniło się w jeden wielki pytajnik.

– No bo Vassyn Zły związał ją zaklęciem – wyjaśnił Werg. – Zresztą chodź, co ja tam będę sobie język darmo strzępił, lepiej ci ją pokażę.

Zaprowadził Rosselina do małej izby, gdzie na niewielkich stolikach spoczywały pojedynczo księgi różnej grubości oraz formatu. Bibliotekarz wskazał jedną z nich, z pozoru niczym się niewyróżniającą, może poza jednym – bystre oko pogodnika nie zauważyło na niej ani śladu kurzu. Ani też wytłoczonego tytułu.

– Spróbuj ją otworzyć – zaproponował Werg, uśmiechając się ponuro.

Mag z wahaniem oparł palce o grzbiet księgi. Wyraźnie czuł jej twardość i fakturę. Ale wystarczyło, że dotknął brzegu okładki, ta przeciekła mu przez palce. Nie dało się zajrzeć nawet na pierwszą stronę.

– Sam widzisz – burknął z niechęcią bibliotekarz. – Niby jest, a jakby jej nie było, skoro przeczytać nie można.

Wracając do pałacu, Rosselin smętnie rozmyślał nad wynikiem poszukiwań: *Z tą księgą to jak ze smokami: niby coś na rzeczy jest, ale nie wiadomo co.*

Jeszcze tego samego dnia popołudniem dwie tragiczne historie wstrząsnęły apartamentem Zejfy.

Najpierw dwórka przyłapała Filippona, który w pustej izbie Rosselina zamieniał się w gwardzistę.

– Ty bydlę nierogate! – wrzasnęła rozwścieczona dwórka, chwytając wazon z kwiatami. – To ja się bałam rewizji, a to ty mnie tak podle straszysz? Tyyy... – Uniosła naczynie w górę, wychlapując część wody i kwiatów na podłogę.

– No! – warknął smok. – Bo pałac pożywi się smacznymi plotkami...

Wściekłość Zejfy opadła w jednej chwili. Dwórka zrobiła się kredowobiała na twarzy, odłożyła wazon na bok i trzaskając drzwiami, wyszła z apartamentu.

Było pewne, że jeżeli spotka na swej drodze śmierć, to ją zabije.

Pogodnik aż do wieczora nie miał pojęcia o zdemaskowaniu zmiennokształtnego jaszczura, ale Annabell nie omieszkała mu o tym opowiedzieć. No i zamiast ciągnąć miłą, pouczającą historię, aż oboje zasną, z głębokim westchnieniem przystąpiła do frontalnego ataku:

– Ja już nie wiem, czy ty mnie chcesz, czy nie...

Mag przytulił ją mocno i kołysząc w ramionach, wymruczał:

– Jasne, że chcę...

Dziewczyna odepchnęła go i z drżącymi ustami stwierdziła:

– Jak nie wyznaczymy w tym miesiącu daty ślubu, odchodzę.

Nie był to dzień jak co dzień. Był to poranek po ciężkiej nocy. Nikt nie miał chęci na śmiechy ani na biesiadowanie.

– Partyjkę rupikolo? – spytał smok.

Rosselin ziewnął.

– Tak, tak, jasne – odpowiedziała szybko Lenka.

Usiedli do kart we troje, nie licząc psa i kota, bo Zejfa z talerzykiem pełnym ciasta skryła się w swojej sypialni, lecząc ciężką depresję. Drzwi do jej izby były otwarte, dzięki czemu nasi przyjaciele mogli dla rozrywki słuchać jej westchnień pełnych bólu i melancholii.

Pogodnikowi gra wyraźnie nie szła, co smok skomentował krótko: *Kto nie ma szczęścia w kartach, ten ma w miłości.*

– Dobrze, że Annabell tego nie słyszy... – mruknął smętnie mag. – Miałbym całkiem przegrane. – Udając, że nie widzi zaintrygowanego spojrzenia Lenki, pogrążył się w namyśle, ile kart dobrać.

Nagle usłyszeli pukanie do drzwi. Służąca poszła otworzyć, a za drzwiami...

Za drzwiami stał gwardzista.

– Szukamy żółwia – rzekł, z wyższością spoglądając na Lenkę. – Albo raczej tego, co z niego zostało...

Dziewczyna zamarła, nie wiedząc, co powiedzieć. Obejrzała się na swoją panią.

Zejfa odłożyła talerzyk i wstała. Spojrzała na smoka trzymającego karty w ręku. Przeliczyła wszystkich dwukrotnie, każdego wskazując palcem. Ale choć wynik się zgadzał, gniew dwórki rósł, a jej usta coraz bardziej przypominały wąską kreskę. Czyli minus. Czyli jak zaraz nie nastąpią wylewne przeprosiny, ktoś zostanie zminusowany.

– Żółwia, tak? – spytała, zmierzając w stronę gwardzisty. – A może pieczonego wołu?

Żołnierz patrzył na nią zdziwiony. Regulamin nie podpowiadał mu żadnej właściwej odpowiedzi. Tymczasem Zejfa...

Łagodna, pokojowo nastawiona do świata Zejfa d'Argilach wbiła mu w ramię mały widelczyk, którym jeszcze przed chwilą wkładała sobie do ust kolejne kawałki ciasta!

– Bydlak! – warknęła. – Oszukiwać damę!

Zbrojny ryknął tak, że nawet smok wlazł pod stół. Dobrze wyszkolony pałacowy strażnik z mieczem w ręku to jak sam Aarafiel w chwili gniewu. W jednym mgnieniu oka ze znudzonego przepytywaniem dworzan gwardzisty zamienił się w ucieleśnionego Krakerna.

Dziewczyna zrozumiała swój błąd, dopiero gdy zaśpiewała stal wyrywana z pochwy u boku.

Od wichru dziejów piękniejsza jest tylko jedna rzecz: powiew cudzego strachu tak intensywny, że aż nozdrza drżą z ekstazy.

Dwórka nagłym skokiem rzuciła się do tyłu, popiskując przy tym jak głodne młode pterodontyla. Przebiła przy tym trzy ściany, zanim powstrzymał ją wyłożony korkiem pokój Donaderga Gona, szaleńca od dwudziestu lat trzymanego przez rodzinę w ukryciu.

– No to jednak będziemy potrzebni – powiedział spokojnie Filippon, odkładając karty na stolik. Obrzucił przykrym spojrzeniem gwardzistę, lekko przy tym zionąc ogniem z pyska, aż żołnierz cofnął się z powrotem za próg.

– Choćby do załatania dziur – dodał smok, uśmiechając się szeroko, a wokół jego jaszczurzego łba wędrowały gasnące strużki dymu.

Rozdział 9

Piołunówka wywoływała u Rosselina przypływy dobrego humoru – i chyba uzależnił się od porannych wizyt w knajpie Stuligrosza. Zostawiał tam taką część swoich poborów, że właściciel śmiało mógłby zmienić nazwisko na Wyrwimieszek albo Rzezimperiał.

Mag opijał tu zarówno swoje niewątpliwe sukcesy, jak pozyskanie całkiem nowej lunety, na którą nawet hrabia Dojnik spoglądał z zazdrością, jak też tragedie w rodzaju nasilających się żądań Annabell, że nadszedł czas na męskie decyzje. Dziwnym trafem miały one dotyczyć kobiet, a szczególnie jednej z nich... Wciąż też wisiał nad głową pogodnika mały szantaż rudowłosej, choć Rosselin nie traktował go całkiem serio.

Pamiętał wreszcie wszystko, co powiedział Orodis. No ale jak zaufać staruszkowi, który dał się oszukać przez małoletniego smoka? I to w dodatku wielbiciela robaków... Uwierzylibyście komuś takiemu? Postawili na szali własne życie?

Z trudem odsunął na bok sprawy osobiste – z nimi nie mógł sobie poradzić nawet genialny absynt.

Przy kolejnych kieliszkach piołunówki rozmyślał tu także nad zagadnieniami większego kalibru. Kiedy spoglądał wstecz, widział narastającą lawinę dziwnych zdarzeń. Ucieczka Irapia była tylko jednym z nich, Smocze Miasto kolejnym. Najbardziej frapował jednak Rosselina problem, co z tym cholernym niebem. Nigdy na żadnym wykładzie magii teoretycznej pogodnik nie spotkał się z innym poglądem niż ten, że niebo jest otwarte i nieskończone.

Tymczasem w kwestii tak zwanej *trującej warstwy* nastąpiła poważna rozbieżność pomiędzy teorią a praktyką. Ostatnie wydarzenia mocno nadszarpnęły wiarygodność teorii, że istnieje jakieś śmiercionośne pasmo, które obniża się do wysokości stu stóp nad ziemią.

Lot Filippona nad Wolwinem nie był oczywiście żadnym dowodem, bo a/ nisko – więc i stężenie toksyn niewielkie, b/ skoro jaszczura nie uśmiercił Garzful za pomocą trującego hełmu, należało przypuszczać, że na niego nie działają żadne jady. No bo czy inaczej żarłby robaki?

Natomiast kwestia skutków wystrzelenia Orodisa w niebo budziła zdumienie Rosselina. Nie odważył się podzielić swymi wnioskami w raporcie dla Rady Magów, ale nachodziły go różne myśli. A kłótnia pomiędzy Febrisem a Logangiem, której ostatnio był świadkiem, tylko zaostrzyła zmysł krytyczny pogodnika.

Czyżby magowie nie reagowali na truciznę jak zwykli ludzie? Spoglądając na własne palce, a później na zręczne i delikatne paluszki Selibandy nalewającej mu trunek, był gotów przystać na wniosek, że oboje nieco się różnią. Ale czy akurat w szczegółach mających kluczowe znaczenie dla problemu tej nieszczęsnej trującej warstwy?

Problem pęknięcia niebios doprowadzał Rosselina do rozpaczy. Albo piołunówka była za słaba, albo też intelekt pogodnika niewystarczający, bowiem do niczego nie doszedł.

Jednak tego dnia mag nie brał się za bary z żadnym tęgim problemem filozoficznym czy zagadkami świata ożywionego. Nie, po prostu przeholował, albo raczej nadużył. Co zresztą zrozumiał dopiero wtedy, kiedy nogi się pod nim ugięły, a w głowie zawirowały nie jakieś genialne myśli, tylko zwyczajna mętna mgła.

A wszystko przez Georgiona. Bo snycerz nie tracił czasu. Kiedy Rosselin i Filippon wojażowali, wypełniając rozliczne misje, by pogodnik zdobył awans na drugi stopień specjalizacji, on trenował spożywanie piołunówki. Zresztą w innych konkurencjach też szybko nadrabiał zaległości. Mag spodziewał się, iż w następnej kolejności czeka chłopaka wizyta u lekarza męskiego, chociaż choroba będzie zdecydowanie odkobieca.

Nie wiadomo, co na to stary Lisbet. Wiadomo natomiast, że Georgion w nocnej popijawie wykazał się mocniejszą głową od Rosselina.

Bladym świtem, po trwającej cały dzień i noc pijatyce, kiedy mag trzymał się stołu, żeby nie upaść, snycerz spokojnie zaczął rzezać w blacie jakieś skomplikowane wzory. A kiedy karczmarz wybiegł z zaplecza, chcąc zapobiec niszczeniu dobytku, osadził go krótkim: *Zapłacę!*

Stuligrosz nie zatrzymałby się w miejscu, gdyby dostrzegł ogromnego pająka o siedemnastu nogach, którego Georgion wydłubywał ostrym czubkiem noża.

Nagle potwór uniósł przednią parę odnóży i sięgnął nimi ku zaskoczonemu pogodnikowi.

Mag kwiknął przeraźliwie i odskoczył w bok. Coś uderzyło go w potylicę i jak kloc drewna runął na podłogę.

Nie jest dobrze zaraz po przebudzeniu usłyszeć łagodny głos cesarskiego medyka, Bernarda o'Cencora. To prawie tak, jakby grabarz stanął nad umierającym, pytając, w dole jakiej wielkości będzie mu wygodnie.

– Jedno jest pewne: na razie nie umiera – wymruczał ponad leżącym pogodnikiem Bernard, zniżając głos. – Ale jego stan nie jest dobry i obawiam się, że może ulec pogorszeniu...

– Ale przecież wczoraj wieczorem... – załamał się rozpaczliwy szloch Annabell i samotna łza spadła na rękę Rosselina – wczoraj rankiem, zanim wyszedł, wydawał się taki żwawy... nawet dzielnie sobie brykał...

Mag, który doskonale wiedział, po jakich to łąkach radośnie hasał, otworzył oczy.

Jego narzeczona w ciemnym, niemal wdowim ubraniu płakała medykowi w ramię.

– Ccco ssię stało? – wystękał pogodnik, pokonując opór zdrewniałego języka.

Bernard posadził kawałek swej obfitej tuszy na łóżku Rosselina i wyjaśnił, że ów w knajpie Stuligrosza ryczał i kwiczał, walcząc z jakimiś niewidzialnymi potworami, sapał i parskał, groził magią, a wreszcie dostał ataku drgawek i legł na podłodze. I żeby to jakoś normalnie upadł i leżał, ale gdzież tam – podobno chciał się przez drewniane deski przegryźć do litej skały!

– Delirium – krótko podsumował medyk. – Albo coś jeszcze gorszego. Podejrzewam tu monstruozę.

Zarówno pogodnik, jak i jego dziewczyna zrobili wielkie, przerażone oczy.

– Inaczej potworniactwo – wyjaśnił o'Cencor, w geście zafrasowania pocierając nieogolony podbródek. – Potwór tu, potwór tam, za szafą, na krześle, w dzień i w nocy... i podczas seksu... – puścił oko do Annabell.

Ta zbladła.

Mag zaś nerwowo przygryzł wargę. Zaraz ten kretyn wmówi Annabell, że...

– Wyjdź słonko, dobrze? – poprosił szybko Rosselin. – Muszę porozmawiać z panem doktorem na osobności...

Wydawało się, że dziewczyna zaraz wybuchnie płaczem, tak dotkliwie zraniona okazanym jej brakiem zaufania. Jednak pogodnik nie miał wyboru. Musiał pogadać z Bernardem, zanim ten dureń wyrządzi jego reputacji nieodwracalne szkody.

– Upiłem się. Piołunówką – warknął, kiedy za jego narzeczoną zamknęły się drzwi. – Co za kit mi tu wstawiasz? O co ci chodzi? Pieniędzy potrzebujesz? Zaklęć miłosnych?

Cesarski medyk westchnął ciężko.

– Upiłeś się, rzeczywiście. Pytanie, czy jak cię wypuszczę, następny kieliszek nie pogłębi choroby. Monstruoza jest niezwykle groźna, szczególnie dla was, magów...

Rosselin szarpnął się, próbując wstać, ale potężny zawrót głowy niemal wykręcił go na drugą stronę. Z jękiem opadł na łóżko.

– Sam widzisz – podsumował o'Cencor. – Ale bez obaw, już ja cię wyleczę...

Pierwsze godziny pobytu w szpitalu Bernarda były dla pogodnika czasem ciężkim, by nie rzec – dramatycznym. Kiedy próbował chyłkiem uciec, cesarski medyk kazał go pasami przywiązać do łóżka. I teraz, obleczony w kaftan bezpieczeństwa i przypięty skórzanymi więzami, leżał w izolatce, w samym sercu posiadłości szalonego lekarza. Za oknem trwała głęboka noc, a mag wciąż przeczesywał pamięć. Nie tylko w poszukiwaniu osoby, która zaraziła go monstruozą. Usiłował też wyskrobać ze swej głowy choć jeden czar, który by odesłał Bernarda na drugi koniec świata, a jego samego w ramiona Annabell... albo może lepiej tego słodkiego blondaska zapoznanego przez lunetę?

– Pssst! – rozległo się nagle. Od ściany jak płat starej farby odpadł mroczny cień. W bladym świetle księżyca widać było, że to coś o wielkich łapach i pysku tak strasznym, jak najgorszy koszmar po zatruciu grochem z kapustą i grzybami. – Chcesz klina?

Są takie chwile, kiedy Rosselin miał wrażenie, iż smok został mu przydzielony przez łaskawego Aarafiela, aby wyciągać biednego maga z opresji.

– Uwolnij mnie – wyszeptał mag.

Cień zrobił dwa kroki w stronę łóżka...

Nagle z korytarza usłyszeli jakieś ciche trzaski. Filippon błyskawicznie zniknął z pola widzenia, rozwiewając się niby dym.

Za drzwiami izolatki w ciemnościach błysnęła świeca.

– Tak tylko sprawdzam, czy wszystko w porządku – mruknął Bernard, zaglądając do izolatki. – Niczego nie potrzebujesz?

– Jasne, że tak – cierpkim tonem poinformował go Rosselin. – Wolności.

Medyk westchnął, wszedł do środka i odrzuciwszy kołdrę z łóżka, sprawdził, czy pasy mocno trzymają.

– Przecież to dla twojego dobra – stwierdził z pretensją w głosie. – Moim powołaniem jest leczyć, nie więzić.

Pogodnik w milczeniu błądził spojrzeniem ponad głową lekarza.

Nagle drgnął niespokojnie. Po suficie wędrował jakiś robak!

Akurat kiedy ciekawy świata mały podróżnik spojrzał z góry na siwiejące włosy Bernarda, ku robalowi wyciągnęły się dwie cienkie macki... które ponad wszelką wątpliwość były łapami największego łakomczucha w dziejach Imperium.

O'Cencor uchwycił spojrzenie Rosselina, czujnie zerknął w tamtą stronę.

– Nie bój się, ciii, wszystko dobrze. To moja pijawka lekarska. Nie zrobi ci krzywdy – powiedział tonem, jakim zwykle mówi się tylko do dzieci lub wariatów. Podstawił krzesło stojące obok łóżka i pokonując ciężar tuszy, stanął na trzeszczącym siedzeniu. Później pozwolił wędrującemu po ścianie stworzonku wspiąć się na własny palec. – Biedactwo, gdzieś ty poszła... chcesz się zatruć złą magią?

Jakimś cudem nie dojrzał smoka rozpłaszczonego na suficie. Ostrożnie zlazł z krzesła, ostatnim spojrzeniem obrzucił łóżko pogodnika, zamknął drzwi i wyszedł.

– Jak mnie jutro nie wypuści, to ucieknę – wycedził przez gniewnie zaciśnięte zęby mag do niewidocznego Filippona. – A na razie pójdziesz do Annabell i przekażesz jej, że ze mną wszystko w porządku. Jeszcze tylko tego brakuje, żeby mnie uznała za poległego w boju albo niezdolnego do... – zająknął się. – No wiesz, smoczyce, te sprawy...

– Aha. A co ja z tego będę mieć? – sceptycznie zapytał smok, wyłaniając się na krześle opuszczonym przez o'Cencora.

Rosselin popatrzył na niego przeciągle. Tak, pomocnicy Aarafiela miewają własne narowy.

– Raczej zapytaj, czego mieć nie będziesz – odparł wreszcie. – Otóż nie będziesz mieć kłopotów. Nie powiem Bernardowi, że zaraziłeś się monstruozą w tych samych okolicznościach co ja.

Jaszczur chrząknął. Zerknął ku drzwiom, za którymi słychać było, jak medyk grzebie w narzędziach.

– To jest jakiś argument, bo leżenie w łóżku mi nie pasuje – przyznał z niechęcią. – Chociaż pijawki ma bardzo smaczne.

W tej samej chwili Bernard zaczął przeraźliwie wrzeszczeć.

– To znaczy miał smaczne – sprostował Filippon, znikając na tle ściany. – Bo właśnie mu się zapas wyczerpał.

O'Cencor na szczęście nie wpadł na to, kto wyjadł mu pijawki. Ledwie w oknach błysnął blady świt, zaczął poszukiwania. I chociaż wyrobił sobie opinię kompetentnego i zdrowego na umyśle medyka, miał szczęście, że nikt go wtedy nie zobaczył. Kto bowiem ujrzałby owego poranka Bernarda, już przy śniadaniu zacząłby niewątpliwie gadać, że biedak oszalał. No bo to nie jest normalne, gdy szanowany lekarz na kolanach albo z kijem od miotły w ręku wygarnia kurze spod mebli niby nieszczęsnej pamięci Xyfauffon Qwe.

Pogodnik marzył tylko o jednym: zakończyć leczenie i przeżyć.

Najpierw jednak doświadczył czegoś absolutnie nowego w swoim krótkim życiu: obchodu. Ponieważ medyk, zakończywszy poszukiwania zaginionych pijawek z wynikiem równie okrągłym, jak je zaczął – czyli z zerem, przystąpił do normalnych obowiązków, to jest wizytowania swoich pacjentów.

Grubego, podłego, szalonego o'Cencora Rosselin znał w miarę dobrze i wiedział, czego się po nim spodziewać. Jednak troje asystentów wprawiło maga w prawdziwą konfuzję.

Ostatecznie mógł jeszcze zaakceptować obecność dwóch pryszczatych młodzieńców, w których oczach błyszczało podniecenie typu: *Możemy mu zrobić sekcję?*

Naprawdę? Ale za ich plecami wstydliwie chowała się młoda i całkiem ładna szatynka o brązowych oczach i zadziornie sterczącym nosku. Na jej twarzy błądził uśmiech, który nie zwiastował niczego dobrego. Sądząc po podobieństwie rysów twarzy, mogła być nieślubną córką Bernarda!

A kiedy nagłym szarpnięciem cesarski medyk odrzucił koc, pogodnik przeżył największe upokorzenie w swoim życiu. Czy cały świat musi wiedzieć, że do łóżka przypięty był pasami?! A co gorsza – że jego koszula w wiadomym miejscu ma niezbyt estetyczną plamę?!

– Monstruoza, ciężki przypadek. Rokowania: złe – rzucił przez ramię o'Cencor.

Purpurowy z wściekłości oraz wstydu mag zaczął się dziko miotać w pasach. Rozumiał już, co musi czuć skrępowane prosię na wiejskim targu, bo jego rozpaczliwymi gestami też nikt się nie przejmował.

Medyk coś poszeptał ze swymi uczniami i powiódł ich dalej. Tak jak ty, prosiaczku, nie jesteś jedyny na targowisku, tak samo szpital Bernarda pełen był pacjentów czekających na błogosławiony dotyk jego ręki oraz dobre słowo.

O'Cencor wrócił po południu, gdy pogodnik z nudów przysnął. Medyk usiadł na krześle obok łóżka, mocno trącił maga w ramię, a gdy ten zaniepokojony otworzył oczy, gruby oprawca uśmiechnął się jowialnie i zaczął:

– Porozmawiajmy poważnie, Rosselinie. Upiłeś się jak świnia, co rozumiem... – A resztę już wyszeptał nieszczęśnikowi do ucha: – Na milę jechałeś piołunówką... dobra, nie? Reputacja nie pozwala mi bywać w tej spelunie, ale chłopak od Stuligrosza codziennie przybiega z nową flaszką...

Wyprostował się, na jego twarz wypłynął szeroki uśmiech.

– Skorzystałem z okazji, bo od dawna chciałem... No dobra, dosyć wstępów. Potrzebuję Latarni.

Pogodnik patrzył na niego z przerażeniem, usiłując jednocześnie nadać swej twarzy wyraz spokoju i łagodnej akceptacji. Bernard oszalał, to pewne. Kto wie, może nawet postanowił zdobyć władzę nad światem?! Uwięził Rosselina, aby ten nie mógł ostrzec cesarzowej. Za chwilę powie mu, że właśnie on, Wielki o'Cencor, jest nowym wcielenem Aarafiela i...

– Rozwiąż mnie. Tylko troszeczkę. Przyniosę ci latarnię. Nie, przyniosę dwie i jeszcze świeczkę, żebyś miał jasno, Bernardzie – odparł usłużnie nasz bohater.

Cesarski medyk uśmiechnął się okrutnie.

– Chodzi mi o Latarnię, twoją jednooką kotkę – wyjaśnił.

Nie oszalał, a w każdym razie nie aż tak bardzo – pomyślał mag z pewną ulgą.

– Za życia pal diabli, niech zrzuca sierść, gdzie chce – ciągnął Bernard. – Ale po śmierci chcę ją zbadać. Zrobić sekcję, a szkielet wypreparować.

Tak, smętny jest los stworzeń, które trafią do pałacu. Nigdy nie wiadomo, czy spotka się tu przyjaciela, czy wroga...

– Ułatwię ci decyzję – o'Cencor nieubłaganie mówił dalej, z krzywym uśmiechem spoglądając na pogodnika. Maska dobrodusznego lekarza opadła z niego niczym niepotrzebna łuska. – Widzisz, ta zaraza, podczas której się zmienialiśmy, dała mi dużo do myślenia. Ludzi kroić nie mogę, bo wyląduję w dole z wapnem, a wcześniej zasmakuję kaciego żelaza. Ale twojego kota mógłbym i zamierzam wziąć pod nóż. Smoka zresztą także – dodał z błyskiem w oku. – Bo widzisz, chyba już wiem, skąd ta nagła zaraza w pałacu, skąd śmierć nieszczęsnego Asturgiona... i dlatego chciałbym go zbadać. To znaczy twego smoka, nie nieboszczyka, którego pewno już dawno robaki zeżarły – sprecyzował.

Teraz Rosselin błysnął zębami w niezwykle okrutnym uśmiechu.

– Radzę się trzymać z dala od jego pazurów. Jak się dowie, co planujesz, trzeba będzie ogłosić konkurs na posadę cesarskiego medyka.

Na konowale ostrzeżenie maga nie wywarło najmniejszego wrażenia.

– To co, dobijamy targu czy mam cię z tej monstruozy leczyć do końca życia? – spytał.

Pogodnik zadumał się, podczas kiedy Bernard wodził pozornie obojętnym spojrzeniem po ścianach izolatki.

Właściwie czym ryzykuję? – pomyślał Rosselin. – *Smoka i tak nie dostanie, bydlak przeżyje nas obu. A Latarnia po śmierci nie będzie miała nic do gadania... chyba...?*

Niechętnie skinął głową.

– To szantaż, ale chyba mu ulegnę.

– Wiedziałem, że los nauki nie jest ci obojętny – z zadowoleniem skwitował o'Cencor, luzując pasy. Podczas kiedy mag rozmasowywał obolałe nadgarstki, medyk wstał z krzesła i dokończył:

– W gabinecie mam przygotowane papiery. Dobre wino też się znajdzie.

Mając wolne ręce i nogi, pogodnik przez jedno mgnienie oka zastanawiał się, czy nie czmychnąć, wykorzystując mniejszą tuszę, a większą desperację. Potem jednak doszedł do wniosku, że na to zawsze przyjdzie czas. Od dwu dni nie miał w ustach kropli alkoholu, zaś Bernard znał się na winach. Warto było uszczknąć trochę tej mądrości.

No i wymuszona przysięga nie jest wiele warta. Zwłaszcza kiedy ma się smoka bojowego, który wszelkie dokumenty wyłuska z szuflady cesarskiego medyka równie łatwo jak pijawki ze słoja...

O'Cencor zaprowadził Rosselina do swojego gabinetu. Po drodze minęli ową drobną szatynkę o bystrym spojrzeniu, asystentkę podczas obchodu.

– Wyleczyłem go – uśmiechnął się Bernard do dziewczyny, spojrzeniem wskazując idącego za nim maga. – Ucz się dziecko, ucz, a też będziesz taka dobra...

W pokoju podsunął pogodnikowi przygotowany papier.

– Podpisz – rzekł tonem niby łagodnym, ale nieznoszącym sprzeciwu.

Ręka Rosselinowi drgnęła, kiedy kładł swój podpis. *Jeżeli smok się dowie...* W rezultacie zrobił kleksa. Medyk wydawał się jednak zadowolony.

– Dobrze – stwierdził, sypiąc piasek na dokument, w którym mag sprzedawał mu za jednego imperiała od głowy swoje zwierzęta, kiedy już zdechną. – To jeszcze z dzień czy dwa cię potrzymam i wypuszczę...

Wreszcie otworzył szafkę. Błysnął szereg flaszek i naczyń z zawartością w różnych kolorach. *Ciekawe, czy nigdy przez pomyłkę nie łyknął formaliny* – przemknęło przez głowę pogodnikowi.

I nagle go olśniło. Zapewne pod wpływem widoku i myśli o formalinie, który to płyn służył do konserwowania. A Rosselin bardzo by chciał właśnie coś zakonserwować – mianowicie stan obecny.

– A możesz zrobić dla mnie jedną rzecz? – spytał z nadzieją.

– Ja wszystko mogę – odparł z właściwą sobie skromnością Bernard o'Cencor. – Jeżeli tylko chcę.

Atmosfera w gabinecie była ciężka jak podczas ogłaszania wyroku śmierci. Cesarski medyk odsunął krzesło i z troską podszedł do Annabell.

– Jeszcze dwa dni i wypuszczę go do domu – rzekł, podtrzymując narzeczoną Rosselina szerokim ramieniem. – Powinien jednak unikać silnych emocji oraz wzruszeń. Przez co najmniej pół roku żadnych większych imprez czy ceremonii... To go może zabić, słonko. Nie mów mu tego, ale on nadal jest poważnie zagrożony monstruozą.

Usta dziewczyny zadrżały. Usiadła ciężko na krześle, jakby nagle przybyło jej sto lat.

– Ale... – chlipnęła. – A nasz ślub?

Medyk położył jej współczująco dłoń na ramieniu.

– Kochasz go dziecko, prawda? To musisz mu oszczędzać wzruszeń... Sama wiesz, co to znaczy ślub. To najpiękniejszy dzień w życiu, jeden jedyny, kiedy miłość i wierność serca pokonuje przyrodzoną niestałość ciała... Mówiąc TAK, wyzionąłby ducha.

Annabell z trudem panowała nad sobą. Wizja ślubu oddalającego się w siną dal była dla niej bardzo bolesna. Jednak widząc jej reakcję, Bernard już wiedział, co za chwilę powie Rosselinowi: ślub był dla dziewczyny ważny, ale życie pogodnika ważniejsze.

A wnioski to już niech sobie ten zakichany mag sam wyciąga.

II

Nadeszła pora, by kończyć leniuchowanie. Rosselin umówił się z cesarskim medykiem, że na zakończenie odegrają jeszcze małą scenkę rodzajową pod tytułem „Prawie umarłem". Kiedy Annabell przyjdzie odebrać wyleczonego pogodnika, ten nagle zasłabnie w jej ramionach. A Bernard oznajmi, że wobec tego on wypisuje maga ze szpitala tylko na jego własną prośbę i nie wie, jak długo powinien trwać okres ochronny.

To znaczy okres narzeczeństwa – poprawił się w myślach nasz bohater. Na jego twarz wypłynął sowizdrzalski uśmiech. Doszedł bowiem do wniosku, że może nigdy nie będzie gotów do tak bohaterskiego czynu?

Ranek zapowiadał się więc pięknie. Rosselin spokojnie oczekiwał na Annabell, słuchając ptaków świergolących za oknem. Równocześnie w myślach rozwijał całkiem nową koncepcję swego dzieła poświęconego magii. Doszedł bowiem do wniosku, że trochę praktyki wcale nie zawadzi, wzbogaci księgę o nowe horyzonty – będzie tylko musiał namówić jakiegoś maga do eksperymentów i co najwyżej zrobić później dopisek na karcie tytułowej: *z drobną pomocą Tego a Tego.* Uszczęśliwiony prawie współautor odwali czarną i ryzykowną robotę w zamian za ujrzenie swego nazwiska w druku, a Rosselin zgarnie pochwały za całe dzieło. Proste, prawda?

Miał wrażenie, iż tego poranka jego myśl jest jak gwardyjski miecz, taka bystra i cięta.

I nagle coś spłoszyło ją niby płochliwą łanię, bowiem na korytarzu nastąpił jakiś tumult, bieganina, a także nieprzyjemne krzyki. A po chwili do pokoju pogodnika wkroczył Bernard w zaplamionym fartuchu, za nim zaś, posapując z wysiłku, dwóch dryblasów dźwigających łóżko z... Brunhildem ver Didlogiem we własnej paskudnej osobie!

– Musimy zagęścić salę – rzucił o'Cencor. – Wnoście – kiwnął na osiłków.

Spojrzał na zdumionego maga i dodał:

– No przecież nie położę go z prostym ludem, nie?

Izolatka, teraz dwuosobowa, natychmiast straciła swój urok. Rosselin doszedł do wniosku, że jeżeli ma już z kimś dzielić pokój, to... GDZIE JEST ANNABELL???

Ona była ciepła, delikatna i nie mogła posługiwać się Zakazanym Słowem. A Brunhild jak to Brunhild: gruboskórny, nadęty, a teraz jeszcze hałasujący okrutnie. To znaczy boleśnie sapiący, jakby miał tu zaraz wyzionąć ducha.

Nagle arystokrata szeroko otworzył oczy i przestał jęczeć. A po chwili dotarło do niego, z kim ma zaszczyt dzielić szpitalną izbę.

– A tobie co? – stęknął, wspierając się na łokciu. Wielki to był wysiłek, ale Didlog należał do walecznych grubasów i sobie poradził. Mętnym spojrzeniem potoczył po ścianie, by wreszcie odnaleźć twarz swego rozmówcy.

– Tak sobie leżę – cierpko odparł pogodnik. Ani myślał ujawniać, że na karcie ma wypisaną jakąś okropną monstruozę. Nawet zwykły alkoholizm nie byłby żadnym powodem do dumy.

Nie do końca przytomny tłuścioch tylko skinął głową. Własne cierpienie absorbowało go najbardziej, a na słowa innych niewiele zwracał uwagi. Chociaż gdy był jeszcze zdrowy na ciele i umyśle, czynił nie inaczej.

– A mnie załatwił rumianek – wyjęczał teraz, boleściwie przymykając oczy. – Jak mi ktoś powie, że toto ma działanie lecznicze, w pysk dam bez wahania! Co za zaraza obrosła Wolwin, niech to jasny szlag Aarafiel na tę wyspę sprowadzi...

Mag przestał bujać w chmurach. Teraz dopiero dotarło do niego, że przecież to tam Filippon narzekał na rumianek jadowity! Na Dracenę, cóż za dziwny zbieg okoliczności!

– Chciałem się na własne oczy przekonać, co załatwiliście na moim Wolwinie – ciągnął pierwszy grubas Imperium. – No i upewnić się, że ci ludzie, których wynajęliście do pilnowania zamku, zasługują na zaufanie... nie jak ten przeklęty Hoen.

Rosselin się zadumał. Choć od jego wojennej wyprawy minęło niewiele czasu, pogodnik prawie o niej zapomniał, jak o wydarzeniu z odległej przeszłości. Miał rację filozof Sarturus, mówiąc na łożu śmierci: *Nie do*

wiary, przeżyłem prawie czterdzieści tysięcy dni! Choć gdybym mieszkał w pałacu, trwałoby to zaledwie sto sześć i pół roku. Faktycznie, pod nosem cesarzowej czas płynie znacznie szybciej.

– No i sprawdziłem – jęknął Brunhild. – Ludzie może i dobrzy, ale zielsko trujące. A całą wyspę zarosło!

Pogodnik uśmiechnął się lekko. Tak, tak, nie tylko Filippon posmakował rumianku jadowitego.

Spoglądając na pełnego purpurowych plam grubasa, mag był pewien, że Didlog musiał zboczyć z właściwego kursu, bo o to, żeby ścieżki były wolne od tej rumiankowej zarazy, jaszczur już zadbał. *Ciekawe, czy jemu też odpadają łuski jak smokowi* – pomyślał z rozbawieniem Rosselin.

– No i w drodze powrotnej cierpiałem strasznie, po prostu potwornie – zakończył swoją relację tłuścioch. – Plamy nie schodzą, ból się nasila, myśl mąci... Po co mi ten Wolwin? Co ja na tej kupie gruzów zyskałem? – wystękał. – Tylko nerwy i ból, a koszmar jeden za drugim żre jak pies mięso z michy...

Nagle Rosselina znów olśniło. Już drugie olśnienie w ciągu kilku dni – albo więc był bardzo mądry, albo bardzo nierozważny. Zawahał się... ale cóż właściwie miał do stracenia?

– No właśnie – podjął tym samym płaczliwym tonem. – Cóż, biedny Brunhildzie, zyskałeś... tylko straciłeś, na zdrowiu własnym uszczerbek poniosłeś, na nerwach...

Arystokrata załkał. Gdyby mu teraz pogodnik jakiś wiersz z pamięci zacytował, to pewnie stary spaślak byłby w stanie nawrócić się na genialność dzieła. Można go było przekonać do wszystkiego, taki był miękki i uległy.

– Po co ci ta wyspa? – podjął mag, ostrożnie nabierając oddechu, aby nie spłoszyć zwierzyny niepotrzebnym hałasem. – Ale my z Filipponem możemy się Wolwinem zająć... zdjąć ci kłopot z głowy... zielsko wyrwać...

Stary Didlog miękł w oczach. Wydawał się wzruszony propozycją, a purpurowe plamy na jego twarzy i odkrytych ramionach przybrały niemal czarny odcień, tak żywo krążyła podrażniona emocjami krew.

– Naprawdę zrobilibyście to dla mnie?

Rosselin niedbale skinął głową.

– Przecież możesz mi oddać wyspę, a my ją doprowadzimy do porządku. I kiedy tylko będziesz chciał, to sobie na nią popłyniesz... Chociaż właściwie po co ci taki mały kawałek nikomu niepotrzebnej skały? I to jeszcze obrośniętej trującym rumiankiem, który może się odrodzić z jednego niebezpiecznego nasionka?

Przez twarz Brunhilda przemknął nagły cień opamiętania. Wtedy jednak rozległ się na korytarzu zbawienny wrzask Bernarda, który zaczął rugać jednego z asystentów, że kroi pacjenta brudnym skalpelem. No i biedny ver Didlog powrócił w bezpieczną koleinę użalania się nad sobą.

– Masz rację – zachrypiał wreszcie. – Pozbędę się tego cholerstwa raz na zawsze. Ale zostaniesz moim wasalem, dobra? Wiesz, raz w roku złożysz mi w daninie kamyk z plaży, tak dla zasady... – w ostatniej chwili odezwała się w nim krew wielmoży.

Uszczęśliwiony pogodnik skinął szybko głową.

– A niechby i dwa kamyki – rzekł. – Obejmij mnie, Brunhildzie, jak na seniora przystało.

– Lepiej nie – słabo odparł grubas. – Bo możesz się zarazić i co będzie? A ja o swoich ludzi dbam!

Zanim Annabell przyszła odebrać swego ukochanego, ten zdążył stwierdzić, że warto było walczyć z pająkami, a nawet cierpieć z ręki Bernarda, skoro ostatecznie miało się to zakończyć interesującą zdobyczą. Rosselin, pan Wolwina – nieźle brzmi, nie sądzicie?

—

Jak to już zostało powiedziane, ferteńska moda dworska nakazywała żegnać się o wschodzie słońca, a niezbędnym rekwizytem była chusteczka w dłoni.

Pogodnik nie znosił pożegnań – podobnie zresztą jak smok, który przezornie po prostu nie wrócił na noc do izby, jeszcze z wieczora oznajmiwszy swemu przyjacielowi, że spotkają się na „Aquratniku", nowej łajbie Tortinatusa. Mag pozwolił więc Zejfie oraz swojej demonicy jedynie odprowadzić się na dół, pod pałacową wieżę. I nie mógł wyjść ze zdziwienia, że dwórka, zwykle tak nieczuła, nagle postanowiła towarzyszyć Annabell.

Pałacowa arystokracja udawała się na spoczynek po nocnych zabawach. Nawet ptactwo przysypiało jeszcze na krzakach i w koronach drzew, myśląc sobie: *Szlag, znów cały dzień trzeba będzie świergolić i świergolić!* A niezrażona tym dziewczyna Rosselina była już na nogach, ba, nawet potrafiła przytomnie wpisać się w konwencję – wypłakując oczy, objęła pogodnika za szyję i wychlipała:

– Ale wrócisz, prawda?

Mocno ją przygarnął do siebie.

– Słonko moje – mruknął we włosy narzeczonej – jak możesz o czymś takim myśleć? Tych parę tygodni minie jak z bicza trzasł.

Skoro nie na ślub, to na pewno wrócę – dodał w myślach.

Zejfa patrzyła na nich z uśmiechem. Po chwili jednak odwołała Rosselina na bok.

– Mam dla ciebie zadanie. Kiedy już będziesz z powrotem w pałacu... – zaczęła, bacznie rozglądając się dokoła, czy nikt ich nie podsłuchuje.

– Tak? – uniósł brew.

Na twarz dwórki wypłynął okrutny uśmiech. Maga przeszyła nagła myśl, że to przy niej jego dusza zaraziła się monstruozą, czyli bardziej po ludzku – potworniactwem. Właśnie przez Zejfę zaczął patrzeć na innych jak na potwory, sam nie pozostając dłużnym.

– Umiesz dopomóc mojej urodzie – oznajmiła. – Ale jak wrócisz, będę chciała, żebyś się zajął popsuciem czyjegoś wyglądu...

– A czyjego? – spytał pogodnik. – Znam ją?

Dwórka wzruszyła ramionami.

– Jak ci powiem, będziesz miał niespokojne sny.

– Jeżeli mam pomóc, powinienem wiedzieć – odparł mag. – Wezmę jakieś książki w razie czego na drogę.

Dama d'Argilach przyjrzała mu się z uwagą.

– Ja mogę ci powiedzieć – odparła wreszcie. – Ale pytanie, czy ty zachowasz to dla siebie.

– A komu mam się wygadać? – mruknął. – Szczurom okrętowym?

Wtedy na ucho wyszeptała mu, czyją urodę ma zepsuć po powrocie. Potem wyjaśniła dlaczego, zaś jej uśmiech stawał się okrutny coraz bardziej i bardziej...

III

Krocząc po trapie, Rosselin wciąż pozostawał pod wrażeniem słów Zejfy. I wciąż nie rozumiał, dlaczego dwórka wyraźnie chciała się nimi podzielić ze swoim magiem.

Wszystko to odsunął na bok, kiedy pod czujnym okiem jednego z marynarzy wstąpił na pokład.

„Aquratnik" był jednym z niewielu statków, na których pogodnik mógł się czuć bezpiecznie. Nie żeby nagle polubił słony przestwór oceanu – taka możliwość nie wchodziła w rachubę. Jednak wiedział, że Tortinatus to twardy żeglarz, zaprawiony w bojach, i jeśli nie będzie sobie można poradzić przy pomocy magii, znajdzie inny sposób, choćby tak prozaiczny jak podstęp czy kłamstwo.

Majtek zaprowadził Rosselina do kajuty. Smok już tam czekał, leniwie majtając ogonem.

– Zdążyłem się przedstawić Czarnemu Szyprowi – poinformował z uśmiechem pogodnika. – Był czemuś trochę zdziwiony...

Mag pamiętał, że poprzednią podróż statkiem Tortinatusa Filippon odbył w niewygodnej postaci psa. Widać teraz od razu postanowił ustalić nowe zasady.

Nagle rozległo się pukanie do drzwi i do kajuty wkroczył Nachlewan, nowy oficer. W ręku trzymał klatkę z dziko miotającą się Latarnią. Ta drapała drewniane szczebelki pazurami ostrymi jak brzytwa i klęła w kocim języku niczym pijany Aarafiel.

– Powinienem cię zamordować za więzienie stworzenia bez procesu – burknął jaszczur, kiedy człowiek Tortinatusa wyszedł. – Potajemnie dokarmiać musiałem, psiakość...

Rosselin, przyjmując do wiadomości, że podstępu nie udało się ukryć przed smokiem, wyjaśnił mu, że wolał nie zostawiać Latarni pod opieką dziewczyn. Nie wyjawił, że podpisał pewne zobowiązanie, aż taki głupi nie był, jednak powiedział dosyć, aby jego przyjaciel zrozumiał ciężar zagrożenia.

– Wiesz, wypadki chodzą po zwierzętach – zakończył swe wyjaśnienia pogodnik.

Filippon głucho warknął.

– Niech no ja spotkam Bernarda, wszystkie kości mu porachuję...

– Pijawki mu policzyłeś i wystarczy. – Mag usiadł na swojej koi. – Ale teraz lepiej jej będzie z nami niż w pałacu...

Latarnia chyba uważała tak samo. Kiedy wypuścili ją z klatki, od razu się uspokoiła. A że morski chrzest miała już dawno za sobą, niemal natychmiast spokojnie zasnęła wtulona w smocze żebra i przykryta jego opiekuńczym skrzydłem.

Wino, kobiety i śpiew to nieodłączny element każdej udanej zabawy. Z konieczności jednak kobiety musieli zastąpić nikoroślą. Rosselinowi wcale to nie przeszkadzało, należała mu się chwila oddechu od ukochanego rudaska. No a Tortinatus dysponował zielskiem najwyższej jakości, jakiego nawet w pałacu nie uświadczysz.

Dnie spędzali na rozmowach. Czarny Szyper wciąż nie mógł wyjść ze zdumienia, że kiedy poprzednim razem wiózł Filippona, ten był niemym psem, a teraz smokiem, i to gadającym!

Którymś razem rozmowa przy araweńskim i cygarkach zeszła na morskie przygody tej bestii.

– Szkoda, że cię z nami nie było, kiedy zdobywaliśmy Wolwin – westchnął pogodnik do kapitana.

Jaszczur zaśmiał się ironicznie.

– Ta, szyper, akurat tam zdobywaliśmy. – Zerknął na Tortinatusa. – On siedział na brzegu, a ja wisiałem uczepiony balonu jak dojrzewająca szynka powały. I on nadal grzał tyłek na plaży, kiedy ja spadłem na Wolwin, ucapiłem się blanki, ześlizgnąłem w korytarz i poszedłem szukać Hoena.

Wlał w siebie kubełek wina.

– A potem postanowiłem sprawdzić, czy lubi samego siebie...

Widząc zdumioną minę szypra, wyjaśnił:

– Zamieniłem się w niego, takiego samiutkiego. A co mi tam...

Mlasnął, po czym dolał sobie jeszcze.

– No i okazało się, że Hoen chyba sam się siebie boi... Raczej bał, bo biedak wziął i utonął.

Wychłeptał wszystko do dna, wreszcie zakończył:

– Może i lepiej. Bo to był drań i syn ladacznicy, jak to się mówi. A może i prawdę się mówi, bo jego braciszek całkiem niepodobny. Dobry człowiek. I będzie z niego zręczny cieśla za jakieś sto lat...

Innego dnia Rosselin poznał prawdziwą i sensacyjną historię morskiej przygody szanownego Astrogoniusza.

– Ubaw z nim mieliśmy po pachy – zaczął Tortinatus, odpalając jedno cygaro od drugiego. – Rzygał jak kot. To znaczy – poprawił się – jak struty kot, bo twoja Latarnia to bestia dzielniejsza niż niejeden z moich majtków. Aż wreszcie się przełamał, w czym bardzo pomogło ziele...

Nachlewan wybuchnął dzikim śmiechem, podrygując na swoim krześle.

– Bardzo szybko przywykł – podjął, dając Tortinatusowi zająć się cygarem. – Proste marynarstwo też przywykło do niego, a paru to zaczęło mu nawet pomagać. Doszło do tego, że malarz zajmował się tylko swoim rzyganiem, a majtkowie mazali po płótnie. Jeden, Wermus, to pytał nawet Astrogoniusza, czy miałby jakieś szanse na artystyczną karierę w Fercie, gdyby rzucił swój fach. Wystarczy na niego spojrzeć: leniwe toto... do żagli ostatni, do wypłaty pierwszy.

Pogodnik też zarechotał. Teraz wreszcie pojął, dlaczego płótna wiszące w salach cesarzowej wyglądają, jakby je zdeptał szalony słoń, a z zamówionymi portretami mają niewiele wspólnego.

– Jak już malarz przestał rzygać, to nasi prawie go nawrócili na krakerńską wiarę – dokończył Nachlewan. – Ładne obrazki rysował na podstawie tych marynarskich opowieści, ładne... I parę udało się ocalić przed zniszczeniem...

Mag poprawił się na krześle.

– A macie je gdzieś tutaj? – spytał z zainteresowaniem. Nie zaszkodzi wyłudzić je od szypra, zatrzymać jako kartę przetargową, gdyby pacykarz zaczął podskakiwać.

– W kajucie – odparł Tortinatus. – Przyniosę, naprawdę są warte obejrzenia – wyszczerzył zęby w uśmiechu i wstał.

Wrócił po chwili z plikiem kartek i podał je Rosselinowi. Naprawdę były znakomite, zupełnie jakby nie wyszły spod ręki Astrogoniusza.

Jednak dopiero ostatni, największy obrazek, wzbudził prawdziwie żywą reakcję pogodnika. Najpierw tylko rzucił nań okiem, potem skupił uwagę na jednym z elementów grafiki, wreszcie zaczął się przypatrywać całości w ponurym milczeniu.

– O, ja cię!... – chrypnął smok, zaglądając swemu przyjacielowi przez ramię. – Ten Krakern ma twoją twarz, widzisz?

– A co ja, Ślepy Benek jestem? – wyburczał wściekły mag. – Własnej gęby nigdy w lustrze nie widziałem?

Czarny Szyper sięgnął po karafkę z winem.

– Wiedziałem, że ci się spodoba...

Zapewne łatwiej by było odkryć pasażera na gapę, gdyby nie był nim doświadczony mag, i to wcale nie trzeciej kategorii, i gdyby nie pomagał mu smok. A że życie składa się zarówno ze sprytnych magów, jak i cwanych smoków, owo odkrycie mogło nastąpić tylko za sprawą niewiarygodnego pecha.

Dopomógł przypadek.

Na imię miał *cichy wielbiciel.*

Korfit był prostym marynarzem. Pewno dlatego smok go zafascynował. Już wcześniej chłopak starał się do niego zbliżyć, aż wreszcie – gdy późną nocą wypatrzył Filippona wędrującego z miską pełną jedzenia gdzieś na dolny pokład – uznał to za świetną okazję do zawarcia przyjaźni. Zwłaszcza że było widać, iż spora ilość wina i cygar wywarła na smoku silnie zmiękczające wrażenie.

Powędrował śladem jaszczura... i tak nakrył Filippona, jak ten karmi pasażera na gapę.

Patrzyli na siebie zastygli w bezruchu...

Smok zastanawiał się, czy jak zaraz pożre majtka, wybuchnie afera straszliwa czy tylko niewielka.

Irapio przeklinał fakt, że jego magia na morzu nie działa.

Korfit stanął przed problemem lojalności wobec szypra a fascynacją smokiem, czyli dochowaniem jego tajemnicy, jakby to był jego własny marynarski sekret. Choćby taki jak ten, że panicznie bał się latających ryb.

– No trudno – burknął Filippon, przecinając niezręczne milczenie. – I tak nie utrzymasz jęzora za zębami, nie? – szybko wyleczył majtka z zachwytu swoją osobą. – Dobra, zaczniemy od Rosselina.

Ten, wywołany z kapitańskiej uczty, w pierwszej chwili nie chciał uwierzyć.

– Maga? – wrzasnął. – IRAPIA???!!!

Kiedy pasażer na gapę wyłonił się z ukrycia, pogodnik zmierzył go wrogim spojrzeniem. Po czym równie nieprzyjaźnie spojrzał na jaszczura.

– Oszukiwałeś mnie – rzekł, oskarżycielskim gestem kierując palec w stronę smoka.

Ten zaprzeczył ruchem głowy.

– Odnalazł mnie dwa dni przed wypłynięciem.

– Tak było – potwierdził Irapio spokojnie. – Chcę tylko zniknąć z Fertu. Wysadzicie mnie na Wolwinie, a dalej... kto wie, może powędruję na wschód, gdzie ręka cesarzowej słabo dzierży władzę?

Tortinatus, gdy po powrocie do mesy Rosselin ujawnił mu tajemnicę Filippona, nawet nie był specjalnie wściekły, bardziej zdumiony. Kazał tylko przyprowadzić niespodziewanego gościa.

– A co ty tutaj robisz, robaczku? – spytał, zgrzytając zębami.

Irapio zmierzył go zimnym spojrzeniem.

– Łowię ryby. Drapieżne.

Polubili się z Czarnym Szyprem od tej pierwszej wymiany zdań.

V

– Nienienienie! – wyjęczał Rosselin, odstawiając lunetę od oka.

Stojący obok Tortinatus oparł swoją o burtę. Spojrzał na pogodnika i uśmiechnął się z satysfakcją, odsłaniając przy tym zęby pożółkłe od nadmiaru nikorośli.

– Co ty się przejmujesz? – stwierdził bezceremonialnie. – Bo to pierwszy raz piratów spotykamy? Zawsze im dawaliśmy popalić, to i teraz sobie poradzimy – klepnął załamanego maga w ramię.

Ten wciąż ponuro patrzył przed siebie. Wolwin był już blisko, zajmował spory kawałek horyzontu. I jakie to licho podkusiło pogodnika, żeby zerknąć w tę stronę, zamiast pośród oceanicznych fal poszukiwać cycatych syren?

W rezultacie wypatrzył piracką flagę wbitą w blanki zamku Didloga! Już by wolał tę szmatę zawieszoną przez Hoena, którego wygnali z wyspy. A najbardziej chciał tam ujrzeć dowód, że Wolwin wrócił pod zarząd Brunhilda, że wystarczy tylko pozbyć się rumianku jadowitego i ta przeklęta skała będzie ich.

Piraci wszystkie te plany skomplikowali!

W dodatku byli to piraci lądowi. Już by ich wolał mieć na okręcie, taką walkę przeżył przecież kilka razy. Ale ze zdobywania wyspy miał jak najgorsze wspomnienia.

Filippon, który nieoczekiwanie pojawił się na pokładzie, ciężko westchnął. On także pamiętał, że aby poprzednim razem zdobyć Wolwin, trzeba było nauczyć się latać balonem.

– Jak ich pokonamy? – spytał. – Bo ja jestem od rumianku, nie od piratów. – Spojrzał na Rosselina. – Że tak przypomnę dla ścisłości.

Wszystkie spojrzenia skierowały się w stronę naszego nieszczęsnego bohatera. Ten zapłonął soczystą czerwienią, chociaż jego duszę ogarnął mrok depresji.

– To proste – odezwał się Tortinatus. – Spalisz ich ogniem.

Szyper świetnie pamiętał, jakie to piękne ogniste kule wyczarowywał pogodnik.

Ten przygryzł wargę, nadął się w sobie i...

I nic. Albo pogoda była niesprzyjająca, albo on za mało wystraszony. Albo nie znał metody, jaką należy zwalczać piratów lądowych.

– Podpłyńmy bliżej – mruknął z niechęcią. – Jeśli mamy ich pokonać, trzeba zejść na ląd.

Żeglarz kiwnął głową z absolutnym zaufaniem do maga. W końcu widział, co ten potrafi zrobić wrogom.

– Jasne. – Dał znak sternikowi i „Aquratnik" skierował się w stronę oceanu, aby opłynąć wyspę i dobić z drugiej strony, tam gdzie niewielka plaża łagodnie opadała ku wodzie.

Podpłynęli na jakieś pół mili do brzegu, gdy nagle rozległ się straszliwy huk, zobaczyli błysk, a w ich stronę pofrunął pocisk armatni. Nie żeby piraci chcieli ich trafić – statek był stanowczo za daleko. Dawali po prostu znak, pokazywali morski odpowiednik tabliczki UWAGA, ZŁY PIES!, tłumacząc łagodnie, że lepiej ich ominąć, niż próbować zdobyć. Bowiem marynarstwo podwodne to jednak niezbyt pasjonujące zajęcie – chociaż praca na pełen etat, to jednak bez możliwości wypowiedzenia.

Wtedy, słysząc zamieszanie i podniesione głosy, na pokład wyszedł rozgniewany Irapio.

– Odpłyńmy poza zasięg ich dział – nakazał władczym tonem, ledwie zorientował się w sytuacji. – Teraz ja się nimi zajmę.

No cóż, czasem dobrze jest mieć na pokładzie kogoś, kto naprawdę umie czarować.

W tej ciężkiej chwili Rosselin gotów był nawet znieść błysk uwielbienia w oczach smoka. Filippon spoglądał na zbiegłego maga jak na geniusza, który najpierw pokona piratów i oczyści wyspę, a wreszcie doprowadzi go do Smoczego Miasta.

Najpierw jednak wszyscy spokojnie zjedli kolację.

– Trzeba poczekać, aż zapadnie zmierzch. Światło dnia powinno się mieszać z ciemnością nocy – wyjaśnił Irapio, krojąc mięso na małe kawałki. – I musicie mnie wyrzucić niedaleko brzegu. Wystarczy podpłynąć na sto stóp, dalej dam sobie radę.

Tak też się stało. Co prawda piraci rozpoczęli ostrzał, ale ludzie Tortinatusa byli dobrze wyszkoleni. Unikając kul, podprowadzili statek tak blisko, jak tylko się dało. Mag skoczył w wodę i przegarniając fale silnymi ramionami, począł płynąć do brzegu.

A kiedy na nim stanął...

Kimkolwiek był, dysponował potężną mocą. Na chwilę powietrze zamgliło się, a potem skały zaczęły jakby ściekać do oceanu. W absolutnej ciszy zamek spłaszczył się niby naleśnik, sflaczał, a działom opadły lufy.

Powietrze trzeszczało jak podczas burzy. Tyle że było bardziej nieruchome niż podczas ciszy morskiej. Żagle opadły, okręt stanął w miejscu. Zaś cały Wolwin, poza skrawkiem ziemi, na której stał Irapio, falował niespokojnie, to zapadając się, to dźwigając w górę jak lawa w wulkanie, który dostał uporczywej czkawki.

– Jasny szlag – wyszeptał Czarny Szyper. Z niepokojem spojrzał na Rosselina. – Mamy go po swojej stronie, co, mały?

Pogodnik skinął głową.

Miał nadzieję, że póki Filippon jest jego przyjacielem, Irapio w pewnym sensie też. Chociaż już się domyślał, kto tak naprawdę będzie panem na Wolwinie...

Tymczasem groźny mag wreszcie przestał rzucać swe czary i spokojnie, nawet leniwie, wkroczył do wody. Po czym zaczął płynąć w stronę „Aquratnika", po drodze jeszcze odepchnąwszy jakąś rybę, która postanowiła policzyć mu palce u nóg. Nie mógł co prawda użyć magii, ale za to miał okazję udowodnić, że sztukę celnych kopnięć przeciwnika w nos także opanował.

– Zrobione – stwierdził, gdy ociekając wodą, dotarł na pokład po rzuconej mu sznurowej drabince. – A teraz wybaczcie, pójdę się trochę przespać. Wyczerpała mnie ta zabawa.

Przez całą noc słychać było od strony wyspy syki, trzaski, niekiedy też słabe ludzkie głosy.

– Nie zejdziemy na brzeg? – spytał Rosselin, kiedy obudził się nad ranem i wyszedł na pokład.

– Trzeba odczekać – powiedział oparty o burtę Irapio, a w jego oczach błyskały jakieś niespokojne iskry.

Pogodnik stracił ochotę do dalszej rozmowy. Już odwrócił się plecami, aby wrócić do swojej kajuty, gdy pogromca piratów dodał jeszcze:

– Nie jestem szalony, uwierz. Są sprawy, w których to Rada się myli, a ja mam rację.

Tymi dwoma zdaniami zapewnił magowi trzeciej kategorii nocne koszmary rangi (w skali Bernarda) co najmniej drugiej.

Rankiem wyspa wyglądała tak samo jak poprzedniego dnia przed czarami Irapia. Zamek wciąż stał, a na szczycie powiewała piracka flaga.

Różnica polegała na tym, że Wolwin był pogrążony w niepokojącej ciszy. Nikt z obrońców nie pokazał się na murach, nie wrzasnął bojowo. Jedynie skrzypienie okrętu, chlupot fal uderzających o burtę oraz głosy załogi uświadamiały pogodnikowi, że nie ogłuchł.

Tortinatus na wszelki wypadek nie zamierzał opuszczać swojego statku. Podpłynął do plaży na ćwierć mili, zrzucił na wodę wiosłową łódź, którą Rosselin, Filippon oraz Irapio dotarli na brzeg.

– Fajna ta nasza wyspa – westchnął smok, gdy przez otwartą bramę dotarli na zamkowy dziedziniec wielkości trzech powozów.

– Nasza wyspa? – warknął Rosselin, próbując bronić swego. – To ja wszystko załatwiłem...

Jaszczur popatrzył na niego z drwiącym uśmieszkiem. A nie ma nic bardziej nieprzyjemnego niż drwiący uśmieszek na potężnej paszczy. Wtedy podnosi się górna warga i odsłania kły ostre niczym *brzytew* – jak mawiają w dokach Fertu.

– Właściwie to moja wyspa – sucho oznajmił Filippon. – Gdyby nie mój mag, nie miałbyś żadnej. A tak na marginesie, pamiętasz, co powiedziała cesarzowa, kiedy składałem jej hołd? Że mi Osterwaldu nie podaruje, bo się jej jeszcze przyda, ale jak znajdę sobie mały kamień, to mi go odda. No to właśnie znalazłem – roześmiał się zgrzytliwie.

– Didlog nie będzie zadowolony – mruknął pogodnik. – Jakby i bez tego nie miał pod górkę...

Smok roześmiał się chrapliwie.

– Jakoś przeżyje stratę tej skały. A jakby nie, to zadbam, żeby miał mokre sny... – Tu śmiech bestii przeszedł na rejestry okrucieństwa. – Mokre od krwi, a co myślałeś? – puścił oko do Rosselina. – A ja na tej swojej Filipponii będę miał gdzie prowadzić badania... – dodał z zadowoleniem.

Stojący obok nich i w milczeniu przyglądający się zamkowym murom Irapio chrząknął nagle.

– Poprawka – wycedził. – To ja będę prowadził badania. Ty tylko skorzystasz z ich wyników.

Nasz bohater nerwowo przygryzł wargę.

Ciekawe, z jakich badań zechce skorzystać kat, jeżeli o wszystkim dowie się cesarzowa? – pomyślał zrezygnowany. – *Albo Rada Magów?*

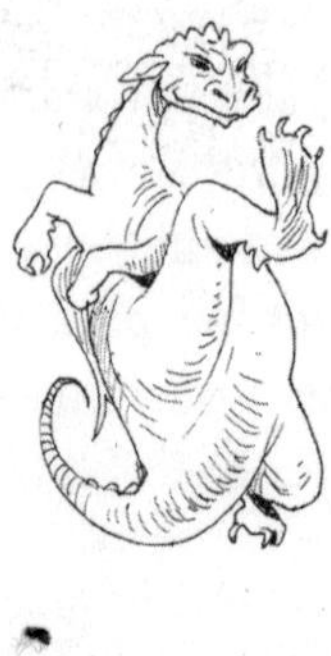

Redakcja serii
Eryk Górski
Robert Łakuta

Redaktor prowadzący
Dorota Szczuka

Projekt okładki
Piotr Cieśliński

Ilustracje oraz grafika na okładce
Andrzej Łaski

Redakcja
Marcin Wroński

Korekta
Magdalena Putek

Skład i łamanie oraz opracowanie graficzne okładki
Dariusz Nowakowski

Sprzedaż internetowa
merlin.pl

Zamówienia hurtowe
Firma Księgarska Jacek Olesiejuk
01-217 Warszawa, ul. Kolejowa 15/17
tel./fax: (22) 631-48-32
www.olesiejuk.pl, e-mail: hurt@olesiejuk.pl

Wydawca
Fabryka Słów Sp. z o.o.
20-111 Lublin, Rynek 2
www.fabryka.pl
e-mail: fabryka@fabryka.pl

Druk i oprawa
OPOLgraf SA
www.opolgraf.com.pl